楊増志（一期生）／反満抗日運動のリーダー。在学中に憲兵隊に逮捕され、無期懲役の判決を受けた。［**第五章 大連**］

右頁上●藤森孝一（二期生）／建国大学の学生生活を綴った『藤森日記』の著者。シベリア抑留から帰国後、長く同窓会の会長を務めた。
［**第三章 東京**］

右頁下●百々和（一期生）／終戦後一一年も大陸に留め置かれ、一九五六年に帰国。神戸大学の経済学教授として一般教養の大切さを学生たちに説き続けた。
［**第四章 神戸**］

左頁　●ウルジン・ダシニャム（三期生）／著名な満州国軍幹部の長男として、将来は満州国軍を率いることを夢見た。モンゴル帰国後は美術館の解説員を務めた。
［**第七章 ウランバートル**］

右頁上●姜英勲（新制三期生）／朝鮮人指導者・崔南善に憧れて建国大学に入学。終戦後は韓国首相となり、南北初の首相会談を実現させた。
［**第八章 ソウル**］

右頁下●李水清（一期生）／頭脳の明晰さから「台湾の怪物」と呼ばれた。終戦後は台湾で一大製紙企業を立ち上げた。
［**第九章 台北**］

左頁●山口淑子／中国人歌手「李香蘭」として人気を博すも、敗戦後は日本帝国主義の協力者として拘束。帰国後はハリウッド女優や参議院議員などとして活躍。
［**第六章 長春**］

右頁　●ゲオルゲ・スミルノフと宮野泰（いずれも六期生）／二〇〇三年、長年行方不明になっていた元ロシア人学生がカザフスタンで生きていることが判明。二〇一〇年、同期で新潟在住の宮野が同国を訪れ、六五年ぶりの再会を果たした。

左頁上●若き日のスミルノフと宮野。

左頁下●日本語で書かれた国民高等学校の卒業証書を嬉しそうに広げるスミルノフ。

［**第十一章 アルマトイ**］

ATTECTAT
第四一號
卒業證書
ゲ・ア・スミルノフ
右者本校所定ノ課程ヲ修了シ
將ニ其ノ業ヲ終ヘタリ仍テ茲ニ之ヲ證ス
康德九年十二月二十五日

アルマトイに残された日本人抑留者たちの墓にゆっくりと歩み寄る宮野泰。
［第十一章 アルマトイ］

五色の虹

満州建国大学卒業生たちの戦後

三浦英之

集英社文庫

最近、訃報を受け取った。

友よ、君を何と呼べばいい。小林軍治か、それとも熊谷直介か。

小林軍治と会ったのは、建国大学の入学式だった。同じ塾（寮）で六年間、寝食を共にした。柔道三段の君はたくましく見えたよ。

熊谷直介に会ったのは、敗戦直後のシベリアだった。ライチーハという極寒地の炭坑で「クマガイという頭の切れる男がいる」と聞き、会ってみて驚いた。

「なんだ、小林じゃないか」

君は笑った。

「俺はここでは熊谷直介なのさ。人間が入れ替わったんだ」

別の抑留者から聞いたよ。故郷で病弱の両親や妻子が待っている、と泣き続けている抑留者がいた。すでに帰国が決まっていた君は、彼を「小林軍治」として送り出し、以来、彼の名を名乗っているのだと――。

零下三〇度での炭坑現場でも、君は冗談を忘れなかった。一九四八年、帰国した舞鶴《まいづる》港《こう》で言ったね。

「よし、もうそろそろ、小林軍治に戻っても良かろう」

数十年後、君の奥さんが話していたよ。

「その後、本物の熊谷さんがお見えになり、泣きながら感謝しておりました」

友よ。九一歳になった今でも、私は君のことを誇りに思う。君のような心意気を、自己犠牲の精神を、今この国の若者はどれだけ持ち合わせているだろう。

君と誓った、「いい国をつくろう」。

その行く末をもう少し見定めてから、私は君のもとへ逝《い》こう。

二〇一〇年九月　建国大学一期生　村上和夫

建国大学外観。校門左側に日本国旗、右側に満州国旗が掲げられている。

上右●石原莞爾（一八八九〜一九四九）―関東軍作戦参謀として満州事変を首謀。満州国建国後、建国大学のもととなる「亜細亜大学」構想を提唱した。©共同通信社/amanaimages

上左●愛新覚羅溥儀（一九〇六〜一九六七）―清朝の最後の皇帝。満州事変により中国東北部に傀儡国家・満州国が建国されると、満州国皇帝として君臨した。©World History Archive/TopFoto/amanaimages

下●辻政信（一九〇二〜一九六一年に行方不明）―石原莞爾の命を受け、建国大学の設立計画を推進した。その後、数々の戦争犯罪に関与し、「地獄の使者」と恐れられた。©朝日新聞社

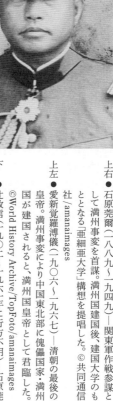

上●自習室で勉強する日本、中国、朝鮮、モンゴル、ロシアの五民族の学生たち。「満州国建国十周年行事」のPR用として撮影された。

下●校門の前で肩を組む一期生のロシア人学生（左）と中国人学生。

右頁　●構内の農場で収穫された馬鈴薯をほおばる四期生たち。

左頁上●満州国の首都・新京の街を歩く一期生たち。

左頁中●塾内の風景。一人一畳が寝床として割り与えられていた。棚の上には制帽が、その下にたたまれた布団が置かれている。

左頁下●大学内の食事風景。入学式などの記念日には豪華な中華料理が供された。

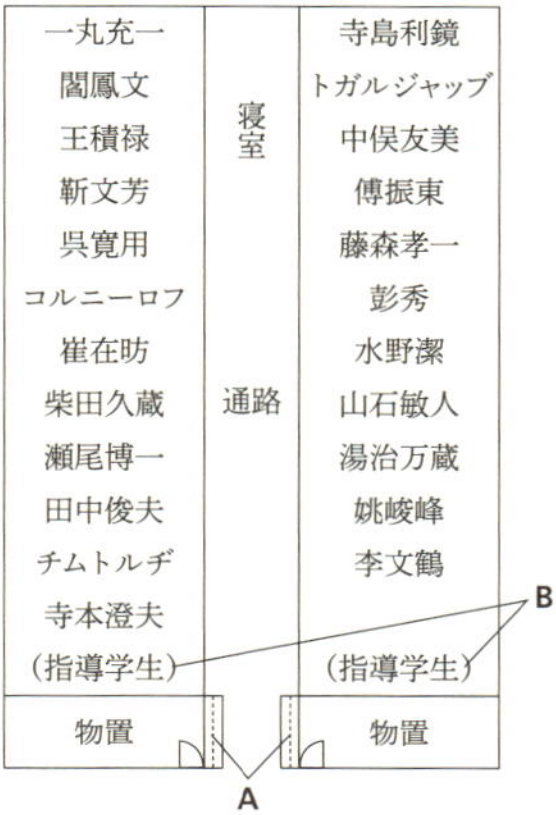

建国大学の塾生活

一九三九年(昭和一四年)四月、二期生第一二塾より

A…銃架 一人につき三八式歩兵銃一丁、銃剣、帯革が貸与されていた。

B…指導学生 塾生活に慣れるまで上級学生と寝食を共にした。

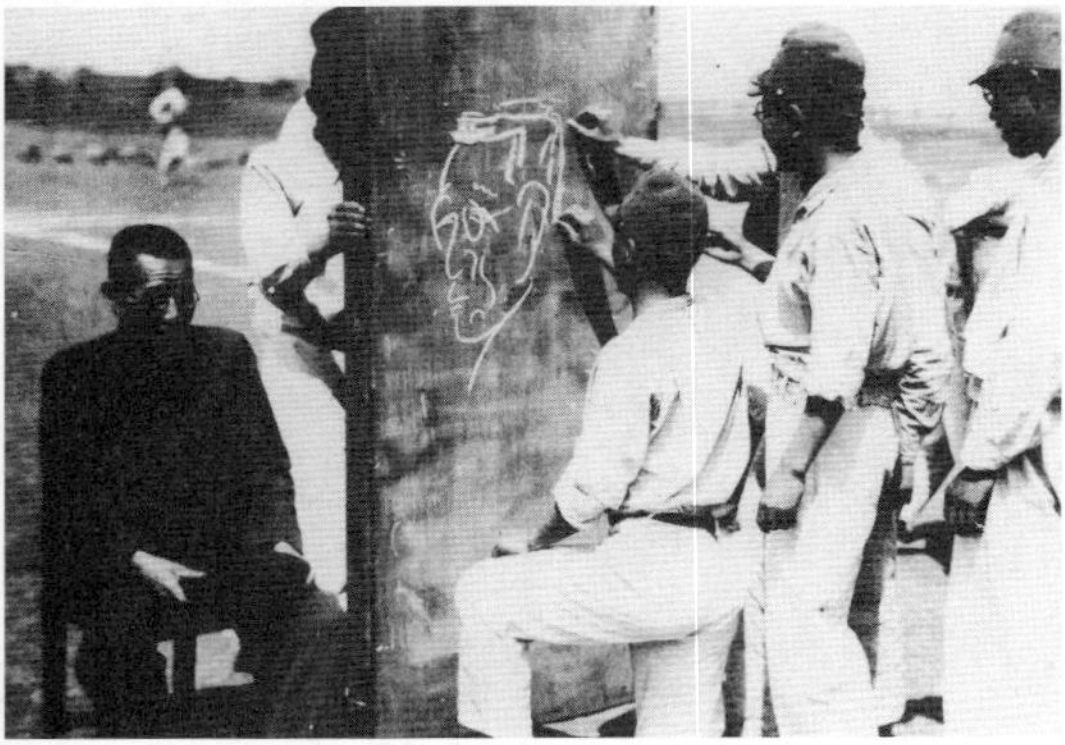

上●運動会では相撲やムカデ競走、綱引きや学年対抗リレーなどが行われた。

下●運動会での一コマ。学生たちが副総長の似顔絵を描いている。

上●塾から教室へと向かう二期生たち。普段、登校には制服を着用しなかったため、PR用に撮影された可能性がある。

中●楽器の演奏を披露するロシア人学生たち。開学記念日などには学内で演奏会が開かれた。

下●建国大学では部活動も盛んに行われた。写真は剣道部の面々。

右頁上●一九四二年五月、大同広場で開かれた「満州建国十周年興亜国民動員全国大会」で行進する学生たち。

右頁中●乗馬訓練は「騎道」と呼ばれた。平原を馬に乗って駆ける学生たち。

右頁下●特別講師を招いた滑空訓練も行われた。

左頁上●「養正堂」と名付けられた練武場は、武道訓練のほか、各種式典の会場としても使われた。

左頁下●一期生の卒業式。満州国皇帝・溥儀が出席し、満州各紙は一面で伝えた。

「満州国」地図
ソビエト連邦
満州里
ハイラル
ハバロフスク
モンゴル
人民共和国
チチハル
東清鉄道
ハルビン
(内蒙古)
牡丹江
綏芬河
新京(長春)
吉林
ウラジオストク
延吉
南満州鉄道
奉天(瀋陽)
撫順
通化
営口
北京
山海関
平壌
天津
旅順
大連
日本海
朝鮮
中華民国
日本

新京市街図

(一九四一年当時)

『満州脱出』(武田英克、中公新書、一九八五年)、『建国大学と民族協和』(宮沢恵理子、風間書房、一九九七年)をもとに改編、作成。

目次

五色の虹　満州建国大学卒業生たちの戦後

序章　最後の同窓会

で開かれた。

最後の同窓会と呼ばれたその会合は二〇一〇年六月、東京・竹橋《たけばし》のKKRホテル東京で開かれた。

開宴時間は正午ちょうど。私は会場入り口のすぐそばに脚立を組んで、彼らの到着を待ちわびていた。

時計の針が午前一一時半を回ったあたりから、彼らはぽつりぽつりと集まってきた。清楚《せいそ》なスーツに身を包み、多くが片手に杖《つえ》をついている。

私はその一人ひとりにレンズを向けて、脚立の上から慎重にシャッターを切っていった。焦点距離五〇ミリ、F値一・八の明るい単焦点レンズは、彼らの表情を克明に写し取っている。

恥ずかしそうに照れ笑いする者、顔を伏せたまま通り過ぎる者、私に一瞥《いちべつ》をくれる者、軍隊式の敬礼をして子どものようにおちゃらける者……。

そんな表情や仕草の一つひとつは、私に彼らがこれまで歩んできた幾つもの「道」を連想させた。「道」とはすなわち、「呼び名」の数と一致している。彼らは半世紀もの間、実に様々な場所で、実に様々な「呼び名」を与えられてきた。

「神童」「秀才」「皇民」「開拓者」「棟梁《とうりょう》」「皇軍」「将校」「侵略者」「東洋鬼子」「逃亡者」「投降兵」「捕虜」「抑留者」「裏切り者」「アカ」「共産主義者」「アクティブ」……。

彼らは日中戦争当時、日本が満州国に設立した最高学府「建国大学」の卒業生たちである。中国東北部がまだ満州国という名前で呼ばれていた時代、日本政府がその傀儡《かいらい》国家における将来の国家運営を担わせようと、日本全土や満州全域から選抜した、いわば戦前戦中の「スーパーエリート」たちである。

彼らには当時、極めて実験的な教育が施されていた。日本、中国、朝鮮、モンゴル、ロシアの各民族から選び抜かれた若者たちが満州国の首都・新京《しんきょう》（現・長春《ちょうしゅん》）に集められ、約六年間、異民族と共同生活を送るよう強制されていたのである。

それは今で言う「国際交流」とはかなり次元が異なるものだった。異民族の学生たちは「塾」と呼ばれる二十数人単位の寮に振り分けられ、授業はもちろん、食事も、睡眠も、運動も、生活のすべてを異民族と共に実施するよう求められていたのだ。塾内では一人一畳のスペースが与えられ、就寝時には枕木のように十数人が一列になって眠るよう定められていた。その順番においても同じ民族がなるべく隣同士にならぬよう、異民族を交互に配して眠らせるほどの徹底ぶりだった。

そこまでして、彼らが目指そうとしていたものは何だったのか——。

答えはもちろん、満州国が当時国是として掲げていた「五族協和」の実践である。満州国には当時、漢民族、満州族、朝鮮族、モンゴル族などの民族がモザイクのように入り交じって暮らしていた。日本政府は満州国建国の早い時期から、総人口のわずか二％にすぎない日本人が圧倒的多数の異民族を支配することは極めて困難だと判断し、結果、国の実権は事実上すべて握りながらも、「五つの民族が共に手を取り合いながら、新しい国を作り上げよう」という「五族協和」のスローガンを意図的かつ戦略的に国内外へと掲げたのである。満州国の最高学府として設立された建国大学は、そのスローガンを実践するための「実験場」であり、その成果を国際社会へと発信するための「広告塔」でもあった。

そしてそれは皮肉なことに、日本が独自に創設した初の「国際大学」でもあった。国際化をうたいながらも実質的には在校生の大多数を日本人が独占していた各地の帝国大学とは一線を画し、建国大学では日本人学生は定員の半分に制限され、残りの半数は中国、朝鮮、モンゴル、ロシアの各民族の学生たちにきちんと割り当てられていた。カリキュラムも語学が授業の三分の一を占めており、学生たちは公用語である日本語や中国語のほか、英語、ドイツ語、フランス語、ロシア語、モンゴル語などの言語を自由に選択することが許されていた。

そして驚くべきことに、建国大学の学生たちには当時、戦前戦中の風潮からはちょっと想像もつかないような、ある特権が付与されていた。

言論の自由である。

五族協和を実践するためには、異なる生活習慣や歴史認識の違いだけでなく、互いの内面下にある感情さえをも正しく理解する必要があるとして、建国大学は開学当初から中国人学生や朝鮮人学生を含むすべての学生に言論の自由を――つまり日本政府を公然と批判する自由を――認めていたのである。

その特権は彼らのなかに独自の文化を生み出した。塾内では毎晩のように言論の自由が保障された「座談会」が開催され、朝鮮人学生や中国人学生たちとの議論のなかで、日本政府に対する激しい非難が連日のように日本人学生へと向けられたのだ。

同世代の若者同士が一定期間、対等な立場で生活を送れば、民族の間に優劣の差などないことは誰もが簡単に見抜けてしまう。彼らは、日本は優越民族の国であるという選民思想に踊らされていた当時の大多数の日本人のなかで、政府が掲げる理想がいかに矛盾に満ちたものであるのかを身をもって知り抜いていた、極めて希《け》有《う》な日本人でもあった。

そんな彼らの複雑な思いを内包したまま、建国大学は一九四五年八月、満州国の崩壊とともに歴史の深い闇へ姿を消した。開学わずか八年しか存在し得なかった大学の名を今記憶している人はほとんどいない。それは日本が敗戦時に建国大学に関する資料の多くを焼却したためであり、戦後、それぞれの祖国へと散った卒業生たちが、後世に記録として残されることをひどく嫌ったせいでもあるといわれている。

最後の同窓会は穏やかな雰囲気のなかで幕を開けた。

参加者は約一二〇人。ホテルの大広間には八つの円卓が並び、一期生から八期生までの卒業生たちがそれぞれの入学期に分かれて腰掛けていた。

開会の挨拶は一期生の村上和夫。司会から名前を呼ばれると、村上は会場の奥から「ハイ」と小学生のように声を上げて立ち上がり、杖をつきながら壇上に上がった。

「これから最後の同窓会を、はじめま――す」

新人議員が国会開会の進行動議でやるようないささか滑稽な開会宣言に、会場のあちこちから笑い声が漏れた。それが村上のキャラクターなのだろう、会場からは「他没有改変」（あの人は変わらないな）というつぶやきが上がり、誰かがそれにロシア語で応えた。

村上に次いで壇上に上がったのは、同窓会長を務める二期生の藤森孝一だった。在学中から指折りの成績優秀者であり、戦後長らく同窓会の顔として全国の卒業生たちを束ねる役割を務めてきた藤森は、最後の同窓会を無事開催できたことを関係各位に感謝するとともに、最後に少しだけ時間を与えていただきたい、と列席者に乞うた。

「姚峻峰、閻鳳文、王積禄、靳文芳、傅振東、彭秀、李文鶴、呉寛用、崔在昉、チムトルヂ、トガルジャップ、コルニーロフ……」

静かだった会場にざわめきが走った。藤森はそんな会場の反応を無視するように、両目を閉じながらかつて同塾で暮らした二二人の氏名を訥々《とつとつ》と諳《そら》んじ続けた。

「一丸充一、柴田久蔵、瀬尾博一、田中俊夫、寺島利鏡、寺本澄夫、中俣友美、水野潔、山石敏人、湯治万蔵……」

二二人全員の氏名の朗読を終えたとき、藤森の声がかすかに震えた。

「今でもはっきりと思い出します……。寝室では私の左隣が傅振東、右隣は彭秀でした。名前を呼ぶと……、面影や話し方など……」

藤森の慟哭《どうこく》に会場の空気が波打った。列席者たちは知っている。藤森が読み上げた二二人はもう誰一人、この世には生存していないのだ。建国大学の出身者である約一四〇〇人のうち、現在生存が確認されているのはわずかに約三五〇人。病死や老衰だけではない。戦後、建国大学出身者を見舞った悲劇によって、今でも多くの同窓生がその安否さえ摑《つか》めていないのである。

建国大学で学んだ学生たちは戦後、その大学が有していた特殊性を理由に自国で激しく迫害され、弾圧された。日本人学生の多くは敗戦直後のソ連の不法行為によってシベリアに送られ、帰国後も傀儡国家の最高学府出身者というレッテルにより、高い学力と語学力を有しながらも多くの学生が相応の職種に就くことができなかった。

もちろん、日本人学生たちはまだ良い方だった。建国大学に在籍した中国人やロシア人、モンゴル人の学生たちの多くは戦後、「日本の帝国主義への協力者」とみなされ、自国の政府によって逮捕されたり、拷問を受けたり、自己批判を強要されたりした。ある学生は殺され、ある学生は自殺し、ある学生は極北の僻地《へきち》に隔離されて、馬や牛と同じような環境で何十年間も強制労働を強いられた。

それゆえに、多くの建国大学の卒業生たちはこれまで、自らの過去を記録として残すことを好まなかった。自分たちのためだけではない。記憶を文字として刻むことがやがて証拠となり、後に他国の為政者によって共に暮らした異民族の学生やその家族への弾圧の材料に使われることを極度に恐れたからである。

そのなかで唯一、彼らが書き継いできたものがある。いつの日か卒業生たちが互いに連絡を取りあえるようにと、秘《ひそ》かに編み続けてきた同窓会名簿である。

彼らは戦後、戦地や抑留先から戻ると真っ先に、各国に散らばった同期生や同塾生の連絡先を探り始めた。六年もの間、同じ釜の飯を食い、深夜まで青い議論をぶつけ合った仲間たちが今、どこでどんな暮らしを送っているのか。激しい戦闘や過酷な労働によって体や精神を傷めてはいないか、国家権力から弾圧を受けてはいないか、金銭的に苦しい生活を強いられてはいないか――。

彼らはたとえ国家間の国交が断絶している期間であっても、特殊なルートを使って連絡先をたどり、運良く連絡先が判明すると、手製の名簿に住所や電話番号を書き足していった。二〇〇九年に完成した最終版である『建国大学同窓会名簿』には、約一四〇〇人分の氏名や当時在籍した塾番号に加え、現在暮らしている住所や電話番号、戦後所属した組織やその役職などがひっそりと記録されている。

私は厚さ一センチあまりのその名簿を見開いた瞬間、職業記者の性《さが》として、そこに記載されている卒業生や出身者一人ひとりを訪ね歩き、自らの目と耳によって彼らの半生を記録してみたいという衝動に駆られた。いかなる野心を抱《いだ》いて大陸へと渡ったのか。「五族協和」を掲げる大学で夢見たものとは。どのような「戦後」を生き、今、当時からはあまりに変わってしまった日本という国をどのような視線で見つめているのか――。

二〇一〇年秋、私は各国に散らばっている卒業生たちの「過去」と「現在」を集めるため、日本、中国、韓国、モンゴル、台湾、カザフスタンの各地を訪ね歩いていく「旅」に出た。

日中戦争の最中《さなか》、日本、中国、朝鮮、モンゴル、ロシアの各民族から選抜され、約六年間、共同生活を送った若者たちがいた――。

　これは日中戦争当時、日本が植民地的な支配を進めるために満州国に造り出したある国策大学に関する記録であり、そこで学んだ学生たちが戦後、どのような人生を送ったのかを綴《つづ》ったドキュメントである。そして、それは紛れもなく、平和とは何かという認識ですらうまく持てなくなってしまっている、私たち「日本人」の物語である。

第一章

新潟

1

立川《たちかわ》は不思議な街である。ＪＲ立川駅の改札口前に立つとよくわかる。有名デパートが林立する北口と地元商店街が密集する南口をつなぐ南北通路は、平日休日を問わず色とりどりの服で着飾った老若男女が激しく交錯し、そのあまりのカオスに時折めまいを覚えそうになる。中央、南武《なんぶ》、青梅《おうめ》の主要各線が連結し、その上空を多摩モノレールがかすめ飛ぶ多摩地区最大の「モンスター・ステーション」。新宿ほどの派手さはない。池袋ほどのいかがわしさもない。ただただ人が濁流のようになって目の前を通り過ぎていくのだ。

かつて、ここは「空」の街だった。一九二二年、立川駅北口の広大な土地を利用して帝都防衛のための「立川飛行場」が完成すると、一九二九年には立川と大阪を約三時間でつなぐ国内初の民間定期便が就航し、人々は新しい産業がもたらす高揚感のなかで空を見上げた。

しかし、そんな輝かしい街の歴史は決して長くは続かなかった。戦時中、軍専用の飛行場へと用途を変えていた立川飛行場は戦後、アメリカ軍に接収され、朝鮮戦争の勃発時には極東最大の輸送基地としての役割を担った。基地周辺には米兵や娼婦《しょうふ》が住み着くようになり、暴力と売春、いかがわしいネオンライトとフライドポテトがこの街の代名詞になっていった。

一九七七年、ようやく基地が返還されると、そこに忍び込んできたのは「大量消費社会」という名の化け物だった。庶民にマイホームを提供するという政府の怪しげなスローガンのもと、土木業界が立川を含む多摩地区全体を徹底的に宅地に変えると、そこにニュージーランドの総人口にも匹敵する約四〇〇万人もの人々が住み着いたのだ。かつて基地が存在していた広大な空き地やその周辺には大型ショッピングセンターが次々と進出し、週末になる度に街は数十万の買い物客であふれかえった。高度経済成長の熱風は日本人の風景を劇的に変えた。人々は競い合うようにして目新しい商品を買い求め、ひとたび流行が過ぎ去るとそれらを惜しみなく買い換えた。誰もが子どもの教育に熱心で、人目を気にせずによく笑い、貧しささえも恨まなくなった。

そんな現代日本の縮図のような街に、私が所属新聞社の都内版担当記者として赴任したのは二〇一〇年の春だった。

直後、一本の面会希望の電話を受けた。

「新潟から着任なされた記者さんですよね。実はお話ししたいことがありまして。一度お会いさせていただけませんでしょうか」

電話口の男性は事前に前任者から私の引き継ぎを受けているらしく、私が新潟県から赴任したことや、その直前に一年間の育児休業を取得していたことなどをかなり詳細に把握していた。「電話ではダメでしょうか」と私が電話口で申し出ると、男性は「できれば、お会いしてお話ししたいのですが」となぜか執拗《しつよう》に食い下がった。

私はひとまず連絡先を聞き、回答を留保した上で電話を切った。

困ったな、と正直思った。この手の引き継ぎには昔からどうも気乗りがしない。捜査機関や行政官庁における業務的な引き継ぎならばいざしらず、自由に取材ができる環境で前任者の個人的な興味を押しつけられてはたまらない。一度書かれたネタを再度紙面で取り上げることは難しいし、会って話を聞いたとしても、「前任者はこんな風に取り上げてくれたのに」と相手に不愉快な思いをさせて関係を終わらせてしまうことが少なくないのだ。

私は電話はしないだろうなと考えながら、靴を履いたまま職場のソファーに横たわった。

ところが次の瞬間、私は胸の奥に何か予感のようなものを感じ、気がつくとソファーから跳び起きて男性の連絡先をダイヤルしていた。

男性が最後に告げた一言が心のどこかに引っ掛かっていた。

彼は確かにこう言っていたのだ。

「誰でも良いわけではないのです。新潟に勤務経験のある記者さんしか書けない記事だと思うのですが……」


翌日、待ち合わせ場所の国立《くにたち》市役所に現れたのは、アウトドアウェアーに身を包んだ痩身の中年男性だった。挨拶をするなり、財布の中から名刺を取り出し、「自転車でシルクロードを横断している団体の者です」と自己紹介した。名刺には『シルクロード雑学大学（歴史探検隊）代表・長澤法隆』と記されていた。

「シルクロード？」

「ええ」と長澤は笑顔で言った。「今、中高年にはシルクロードが結構な人気なんです。『絹の道を辿《たど》る旅』とか『シルクロード夢紀行』とか、旅行雑誌で見かけませんか？僕らはただそこに行くだけじゃなくて、いっそのこと自転車でそのシルクロードを駆け抜けてみませんか、と定年退職した世代に呼びかけて会員を募っているんです。年に数回、飛行機で中国の奥地や中央アジアに渡り、自転車を使ってシルクロードを走破する。そんな冒険と旅行の中間のようなことをやっています」

「すごいですね」と私はいささか社交辞令的に驚いて会話を進めた。「でも、随分と時間がかかりそうですね。シルクロードを自転車で横断するにはどれくらい時間がかかるんですか」

「だいたい二〇年ぐらいですかね」と長澤はこともなげに言った。

「二〇年？」と私は今度は本当に驚いて聞いた。「二〇年もやっているんですか」

「ええ、実はそうなんです」と長澤は少し照れながら言った。「年に数週間だけ現地に行って尺取り虫のように距離を稼いでいるから、どうしても二〇年はかかっちゃうんです。あらかじめその年のスタート地点とゴール地点を決めておき、次の年はそのゴール地点から新たなゴール地点へと自転車を進める。もうだいぶ進んできたので、このままのペースで行けば再来年までには最終目的地のローマまで辿り着けると思うのですが……」

長澤の話は確かに興味深いものではあったが、詳細を尋ねてみると予想通り、一連の企画は前任者によってすでに紙面化されていた。私が「新聞では同じ内容を重複して掲載できないんです」と新聞社の事情を遠回しに説明すると、長澤は「いや、いいんです。今回はこっちが主題じゃありませんから」とまったく気にする素振りを見せず、「それよりも、三浦さんは日本の近現代史に興味をお持ちではありませんか」と簡単に話題を変えた。

「近現代史？」

「そう、近現代史」と長澤は続けた。「正確に言うと、戦後間もない混乱期の話です。僕がやっているシルクロードにちょっと関係するテーマなんですが、実は最近、キルギスという旧ソ連邦の山奥にかつて多くの日本人が抑留されていた事実が僕らの調査で明らかになってきたんです。現地を自転車で旅していたときに、『ここでは昔、日本人がたくさん働いていたんだ』というような話を耳にしたので、日本に帰ってから調べてみたところ、どうも敗戦後、ソ連軍の捕虜になった元日本兵たちが中央アジアにまで運ばれてきて、そこで強制労働をさせられていたらしいということがわかったんです。そこで先日、あるメディアを通じて情報提供を呼びかけてみたところ、なんと、当時キルギスに抑留されていたというその元日本兵が自ら名乗り出てくれたんですよ」

へえ、と私は思わず頷《うなず》いていた。

「ね、面白そうな話でしょう」と長澤は私の顔をのぞき込むようにして話を続けた。「まだ実現するかどうかは未定なのですが、できれば今年、その元日本兵の協力を得てキルギスに抑留記念館を造れないかと考えているんです」

「例えば……」と私は思わず身を乗り出して長澤に尋ねた。「その抑留記念館の設立の際に、私が同行取材させていただくことは可能なのでしょうか」

「もちろんです」と長澤は言った。「でもその前に、その抑留経験者の方に直接インタビューなさってはいかがですか？　その方が概要を摑めると思うし、いわゆる『前うち記事』なんかも書けるんじゃないかと――」

「よろしくお願いします」と私は完全に仕事モードになって長澤に頭を下げた。「その方は今どこにお住まいなのですか」

「新潟ですよ」

「新潟？」

「そう、新潟です」と長澤は少し笑ったように見えた。「だから、電話で言ったじゃないですか。新潟に勤務経験のある記者さんしか書けない記事だって。新潟に勤務経験のある記者さんなら、彼の新潟弁も難なく理解できるんじゃないかと思って――」

2

数日後、私は上越新幹線に乗って残雪の光る新緑の新潟へと向かった。長澤には「電話取材でも構いませんよ」と言われたが、私は本人との面会取材にこだわった。過去、特に戦時中に起きた出来事については、その事実の裏付けの難しさからどうしても誇張やフィクションが紛れ込んでしまう。私は長澤から聞いた話がどこまで事実に基づくものなのか、時間や距離といった制約をできるだけなくした状態で元抑留者と呼ばれる人物を取材したかった。

キルギスに抑留されていたという元日本兵は、新発田《しばた》という新潟県北部の小さな町で農業を営んでいた。ＪＲ新潟駅から四〇分ほどローカル線に揺られ、ＪＲ新発田駅から小型タクシーで二〇分ほど行くと、古くて簡素な民家の前で小柄な老人が私の到着を待ち受けていた。

「宮野泰です」と老人は私がタクシーを降りるなりいきなり頭を下げてフルネームを名乗った。幾重にも刻まれた深い皺《しわ》。人なつっこそうな大きな瞳。元兵士という肩書にはあまりにもそぐわない、農業というよりは、むしろ元教師や元僧侶といった形容がぴったりとくるような老人だった。

私が自己紹介をして手土産を渡すと、宮野は目を細めて私を民家の中へと導いてくれた。玄関の引き戸を開けると、雪国独特の湿度を含んだ土や木の匂いがした。建てられてから年月が経《た》っているのだろう、廊下は歩くたびに床板がきしんで大きな音をたてた。

通された客間には中国製と見られる木彫りや石造りの彫像が並び、壁には大きな漢詩の掛け軸が掛けられていた。

「中国の装飾がお好きなのですね」と私が挨拶代わりに切り出すと、「ええ、戦時中は満州におりましたから」と宮野は淡々とした口調で答えた。

「中国語もお話しになる」

「ほんの少しですが」と宮野は今度は少し恥ずかしそうな表情で言葉を返した。「でも、もうだいぶお返ししてしまいました。当時はかなりしゃべることができたんですが……。戦争に負けて、こちらに引き揚げてきまして、以来まともには使っていません。でもなんというか、中国のことはその後もどこかに引っ掛かっていて、今でもちょくちょく新潟の日中友好団体などで中国から来た留学生なんかにつたない日本語を教えたりしとるんです。でもまあこの通り、私は新潟なまりがひどいもんで、彼らに間違った日本語を植え付けてないかと若干心配ではあるのですが……」

宮野は一通り自己紹介を終えると、台所からお茶の入った湯飲みを二つ、客間のテーブルに運んできてくれた。片足が不自由らしく、途中で何度もお茶をこぼしそうになる。私は両手で湯飲みを受け取ると、それを一息に飲み干してからICレコーダーの電源を入れた。

「今、おいくつですか」

「八五歳になりました」と宮野はわざと背筋を伸ばして笑いながら言った。「恥ずかしながら、最近少しずつ体が動かんようになってきています。これでもまあ、昔は戦争に行き、長い間、抑留生活も経験したんですが、やはり歳《とし》には勝てません。情けないことです……」

最初に会話を交わした限りでは、宮野は若干耳が遠くなっているものの、思考は極めて明瞭であり、取材については何一つ問題ないように思われた。

ところが、実際に質問を始めてみると、取材はまったくと言っていいほどうまく前には進まなかった。宮野は優れた記憶力の持ち主らしく、抑留中に訪れた地名や共に過ごした抑留者の名前をほぼ正確に記憶しているのだが、どうもいい加減なことが許せない性格らしく、私が質問をする度に自分の記憶が過去の事実と間違っていないか、その裏付けを取るために何度も客間のふすまの奥へと姿を消してしまうのである。ふすまの奥には二階へと続く階段があり、そこには過去の資料が置かれている彼の「勉強部屋」があるらしかった。私はいっそのこと資料が置かれているその「勉強部屋」で話を聞かせてもらえないかと彼に提案をしてみたが、彼は「随分と散らかっておりますもので」と頑として私の申し出を受け付けなかった。

それでも何度目かの往来の際、私がふとした隙をついて二階へと続く急な階段へと足を運ぶと、宮野がちょうど階段を下りてくるところだった。宮野は私の再度の申し出に多分に困惑しながらも、最後には渋々、私を二階の部屋へと案内してくれた。

「たいした部屋じゃないんですが……」と宮野が両手で部屋のふすまを引き開けた瞬間、私は目にした光景に一瞬動けなくなってしまった。

私の目の前に広がっていたもの。それは壁一面に積み上げられた、ＮＨＫラジオ・ロシア語講座の教材だった。

「お恥ずかしい限りです」と宮野は下を向きながら私に言った。「この歳になっても、まだ細々と続けておるんです……」

壁を覆っている薄汚れたカセットの背面には、小さな文字でそれらを録音した日付のようなものが書き込まれていた。目を凝らして見てみると、二〇年以上も前の日付のものも含まれている。私は霞《かすみ》のような沈黙のなかで、このテープの持ち主がこの部屋でこれまで過ごしてきた無限の時間を想像せずにはいられなかった。

何のために——。

私の胸には当然とも言える幾多もの疑問が浮かんだ。今の時代、言語の習得を趣味のように楽しむ人々は珍しくない。だがしかし、彼らの多くにはその習得の先に旅行や留学という確固たる目標が存在しており、新潟県の片田舎で暮らす農家の宮野の姿からは、類似の目標を想像することが難しかった。

もしかすると——。

そのときになってようやく、私は自分がこれまで何か大切なことを見落としているのではないかということに気づいた。私はそれまで、宮野が「話せる」と言っていた中国語について、彼が一時期満州で暮らしていたために自然に身についたものなのだと思い込んでいた。しかし今、民家の壁を埋めているカセットテープの山々は、それらの事実を明確に否定していた。宮野はきっとそれをどこかで習得したのだ。今も学び続けているロシア語と同じように——。

「中国語も勉強したのですね。こんな風にして」と私は声を低くして宮野に尋ねた。

「ええ」と宮野は小さく頷いて質問に答えた。「方法はだいぶ異なりますが、私なりに一生懸命勉強をしたつもりです……」

「一つ、質問してもいいですか」

「どうぞ」

「なぜ、ロシア語なのでしょうか」

宮野の背中が一瞬微笑《ほほえ》んだように見えた。

「それは……、ロシアは非常に大きくて強い国ですからね。中国がどんなに力をつけても、日本にとっては脅威にはなり得ないんです。それは依然としてロシアです。今も昔もそれだけは変わっておりません……」

宮野は私の方を振り向いて話を続けた。

「中国と日本は所詮、遠い親戚のようなものでね。外交上はそれほど難しい国ではないのです。今でもちょくちょく諍《いさか》いはありますが、なに、所詮は同じ黄色人種の国ですし、古くから文化的なつながりも強い。お互いなんとなく意思の疎通ができるんですよ。でも、ロシアとなるとそうはいかない。相手は白色人種の国ですからね。文化や生活習慣はもちろん、価値観というか、考え方がもうまるで違うんです。互いが互いを理解し合うことが本当に難しい。そこのところをしっかりと認識しておかないと、日本はいつか必ず痛い目に遭いいます。そんなことを考えていると、いつの日かロシア語が必要になる日が来るのではないかと……」

私は目の前にいる八五歳の老人と向き合えるだけの言葉が自分のなかに見つからなかった。内包している世界の大きさが違う。言語習得の先に見据えている、到達点としての地平が違う。

「凄《すご》いですね」と私はあまりに稚拙な言葉で宮野を褒めた。

「いや、たいしたことはありません」と宮野は笑いながら謙虚に言った。「私はこれでも建大生《ケンダイセイ》の端くれですから」

「ケンダイセイ?」

「ええ、そうです」と宮野は繰り返した。「私は当時満州国に設立されていた建国大学の出身者なのです」

満州国の建国大学――。

それが「幻の大学」と呼ばれた大学の名を、私が初めて耳にした瞬間だった。

第二章　武蔵野

3

新潟出張を終えて東京に戻ると、私はルーティーンの合間を縫って、かつて宮野泰が通ったという建国大学について少しずつ調べ始めた。宮野はその大学の六期生だったが、学徒出陣で実質的には一年あまりしか在籍できなかったとして、大学の詳細を自ら積極的に語ろうとはしなかった。建国大学とはいかなる大学で、そこではどのような教育が実施されていたのか。実際に取材ができるかどうかはわからなかったが、それを判断するためにも、まずは大まかな全体像だけでもつかんでおきたかった。

ところが、実際に図書館に足を運んでみると、それらがいかに困難なことなのか、身にしみてわかった。どの図書館をのぞいてみても、日中戦争や満州国について書かれた本は星の数ほど出版されているにもかかわらず、建国大学について記された書籍はほとんど存在していないのだ。市販されている本は一〇冊に満たない。しかも、そのほとんどが建国大学の名を借りただけの記録性をもたないフィクションなのだ。

北海道新聞で論説主幹まで務め、自らも建国大学の新制三期生（著者註《ちゅう》・この期には選抜方法の違いにより三期と新制三期が存在していた）だった小林金三でさえ、その体験をフィクションとして書籍化している。小林は著書『白塔――満洲国建国大学』（新人物往来社）のあとがきでノンフィクションとして残せなかった理由を次のように告白していた。

《元岩波書店の編集者で年来の友人である田村義也氏は、当然ノン・フィクションで書くべきだと強く希望した。「ジャーナリストだった君は記録者として歴史的責任がある」とまで迫った。できればそれが望ましいと私も考えたが、とうとう果たせなかった。ノン・フィクションとして書けなかったのである。

その理由を少し説明したい。

建国大学はつねに日系と非日系との構造的課題をかかえていた。戦中は一方の支配的立場と、他方の被支配的立場の関係であり、戦後は一方の大量の情報と、他方の過少の情報という形をとっている。それは体制の違いによって質的な違いをもたらしている。たとえば中国の場合は、より多くの同窓に会えば会うほど明らかになるといった性格の問題ではない。

戦後中国共産党に入党することができたのか、できなかったのか。それは建国大学にいたこととどうかかわったのか――。国共内戦のとき、〈国民党側にいようが共産党側にいようが、建大生同士に区別はない〉という証言を、引き上げ前の日系学生が多くの中国系建大生から聞いている。そのあとも変わりはないのかどうか――。とりわけ旧体制打破のため武闘に明け暮れた四人組時代に、建大在学の過去を持った者がどう扱われたのか――。

聞きたいことは山ほどある。しかし中国同窓の口は堅い。わたしの数少ない経験によれば、天津《てんしん》に住んでいた同窓の一人が「われわれは建大で日本との友好につとめていたのではない。ほとんどの者が反満抗日をしていた。にもかかわらず（中国政府によって）正当に評価されていない」といった。これが私が聞いた唯一の彼らの〝心情〟（無念）吐露である。殆《ほとん》どの同窓からは、せいぜい「困難な時代を過ごした」という〝ひとまとめ〟の述懐を聞くにとどまっている。

（中略）そもそも彼らの証言なくして〈建大物語〉は成立しようがないのである。》

それでも約二週間の模索と乱読を経て、私はなんとか自らの思考の拠《よ》り所《どころ》にできそうな二冊の書籍を探り当てることができた。いずれも一般には市販されていない記録集で、一冊は建国大学の出身者である湯治万蔵が十数年の年月をかけて一九八一年に編集した『建国大学年表』（非売品）。もう一冊は国際基督教《キリストきょう》大学（ＩＣＵ）の博士課程に在籍していた宮沢恵理子が一九九七年に博士論文を書籍として発表した『建国大学と民族協和』（風間書房）だった。『建国大学年表』は閲覧可能なすべての記録を年代順にまとめた労作であり、『建国大学と民族協和』はそれらの記録をベースとして、宮沢が自らの足を使って直接当事者に会い、研究者の視点で当時の建国大学像を多角的に浮かび上がらせた秀作だった。

宮沢の『建国大学と民族協和』には、建国大学の概要が次のように綴られていた。

《建国大学は「満州国」における文科系最高学府として、関東軍と「満州国」政府によって一九三八年に新京市（現長春市）に創設された。「民族協和」をその建学の精神とし、日本人・朝鮮人・中国人・モンゴル人・白系ロシア人の優秀な学生を集めて共同生活の中で切磋琢磨《せっさたくま》して、将来の満州国建設の指導者たるべき人材を養成するとの教育方針に加えて、すべてが官費で賄われ全寮制で授業料免除といった軍関係の学校並みの条件から、創立当時は合格定員一五〇名に対して日本領および満州国内から約二万人以上の志願者が集まった。》

《建国大学は、将来の「満州国」を指導する人材の育成（中略）を創設目的としていたために、「満州国」の建国理念の定義および「建国精神」の確立、つまり「民族協和」「王道楽土」といった語句に具体的内容を与えることを使命としていた。（中略）そのため建国大学は、その大学構想・教育内容・研究内容・学生生活等の

すべてが「建国精神」、特に「民族協和」を強く意識して構成されていた。》

調べてみると、『建国大学年表』の編者である湯治は二〇〇二年にすでに鬼籍に入《い》っていたが、『建国大学と民族協和』の著者である宮沢は博士論文を提出した母校であるICUに研究員として在籍していることがわかった。思い切って連絡を取ってみると、宮沢は私との面会を快く認めてくれた。

東京都三鷹《みたか》市にあるICUのキャンパスを訪ねたのは五月の連休前だった。アジア文化研究所のある本館は奇《く》しくも戦時中に零戦《ゼロせん》を製造していた「旧中島飛行機三鷹研究所本館」を改造した建物であり、私も何度か平和関連の取材で訪れていた。

宮沢はICUの校風をそのまま体現したような、物腰の柔らかな女性研究者だった。彼女は書類が乱積した研究室のソファーに座り、建国大学をテーマに選んだ理由や博士論文への反響、建国大学の卒業生の現状などについて、私に一つひとつ丁寧に教えてくれた。私は約二時間かけて準備してきた質問を一通り尋ね終わった後、長年一つのテーマを追い続けてきた研究者として今建国大学にどのような印象を抱いているか、率直な感想を宮沢に尋ねた。

「正直に言って、国際教育という面から見れば、かなり成功していると思います」と宮沢はシンプルな言葉を使って私の質問に答えた。「あるいは、この分野では先駆的であると言われているICUよりも、相対的に大きな成果を挙げていると言っていいかもしれません。例えば、建国大学の出身者たちは卒業後も、国境を越えて親密に交流を続けています。交流は国交回復前から始まり、教科書問題などで日中間がぎくしゃくした時期においても、その本質は決して変化することがありませんでした。極めて興味深いことの一つに、彼らのなかには依然、『言論の自由は何としても守る』という独特な文化が残っているんです。例えば戦後、四期生の元中国人学生が建国大学について厳しい批評を本にして出版しようとしたことがあります。しかしこのときも、日本の四期生たちはみんなでお金を出しあってその出版を後押ししたりするんです。本の内容には大いに異論や疑問があるが、あいつが出版するのであればお金を出そうと。四期生に限らず、建国大学の卒業生にはどの期にもそういうところがあるんです。意見は違うけれど、それを受け入れた上で付き合いは続けていこうと。それが彼らの——あるいは建国大学の——独特の文化なのでしょう」

「宮沢さんの『建国大学と民族協和』を読んで、疑問に感じた所がいくつかあります」と私は素直な感想を著者にぶつけた。「当時、日本と中国はすでに交戦状態にあったはずです。一方で朝鮮半島や台湾は日本の『植民地』になっていた。そんな風に互いの祖国が支配・被支配の関係にあるなかで、それぞれの民族の学生たちは本当に対等な関係を築くことができたのでしょうか」

「そこは解釈が非常に難しいところです」と宮沢は言葉を選ぶようにして私の質問に答えた。「人によって、あるいはその学生のオリジナリティ（民族）や、彼らが属していた『期』（入学年次）によっても、それぞれの回答が異なるからです。大学が『五族協和』を掲げたことによって一定期間、異なる民族の若者同士が一緒に生活するという環境が生まれた。衝突を含めて異民族を直《じか》に理解するという機会があったということは当時、他では持つことのできない貴重な体験だったことは間違いありません。ただ、そこで彼らが何を感じたのか。祖国が対立状態にあったとしても、現状の打破を目指して必死に前に進もうと努力していた期もあれば、分裂が決定的になってしまい、民族間の交流があまりうまくいかなかった期もあります。『民族の垣根を越えて真の友情をはぐくめた』という卒業生もいる一方で、『共同生活によって得るものなどなかった』と否定する卒業生もいるのです。ただ、満州を研究する人の中にも建国大学が関東軍の幹部養成学校だったように言及しているような人がいますが、それは事実ではありません。調べてみればすぐにわかることですが、建国大学は開学後、関東軍の影響をほとんど受けていません。軍は正直なところ、大学教育についてはよくわからなかったんです。学生たちを導いたのは有能な教授陣に加え、当時の若い研究者たちでした。彼らは比較的自由な空気があった建国大学に就職し、若い思想でそれぞれの理想を実現しようとした。

学生たちはそんな若き研究者たちの影響を受けながら、『民族とは何か』という命題に対して必死に答えを出そうとしていた――」
「それが大学の設立目的ではなかったにせよ」と私は付け加えるように言った。
「そうですね」と宮沢は私の意見に頷いてみせた。「それが大学の真の設立目的ではなかったにもかかわらず――」

ＩＣＵのキャンパスを出た後、私はその日は職場には戻らず、自宅の机で建国大学の関連資料をもう一度読み返してみることにした。一九七〇年に満蒙《まんもう》同胞援護会から刊行された『「満洲国史」総論』には建国大学の成り立ちが次のように記載されていた。

《満洲国は建国以来わずかな期間に目覚ましい発展を遂げたが、民族協和を国是とする理想国家永遠の発展を期するためには、さらにその指導原理を確固たらしめ、かつその指導者たるべき人材を満洲国自体で養成する必要があり、さらには広くアジアの復興に貢献すべき大学として、亜細亜《アジア》大学（著者註・後の建国大学）設立の議が、一九三六年（康徳三年）ごろ関東軍より提起された。これは満洲建国に因縁の深い参謀本部石原莞爾《いしわらかんじ》大佐の抱懐する試案でもあった。》

石原莞爾――。

一九三一年に起きた満州事変の首謀者であったにもかかわらず、後に中国戦線の不拡大方針を訴えて東条英機《とうじょうひでき》と対立し、その結果、敗戦後も戦犯指定を免れるという数奇な人生を歩んだ石原は、二一世紀の現在においても一部の研究者や庶民などから熱烈な支持を集める不思議な軍人の一人として知られている。

宮沢が著した『建国大学と民族協和』には、その石原が一九三七年春頃、満州国の首都・新京に新設される最高学府の東京創設事務所を訪れ、次のような意見を述べたと記されていた。

①建国精神、民族協和を中心とすること
②日本の既成の大学の真似《まね》をしないこと
③各民族の学生が共に学び、食事をし、各民族語でケンカができるようにすること
④学生は満州国内だけでなく、広く中国本土、インド、東南アジアからも募集すること
⑤思想を学び、批判し、克服すべき研究素材として、各地の先覚者、民族革命家を招聘《しょうへい》すること

『建国大学と民族協和』によると、石原は当時、新設される大学は「満州国の最高学府」にするのではなく、「アジアの最高学府」にするべきだと訴えていた。特に⑤の教授陣については、中国の胡適《こてき》や周作人《しゅうさくじん》、インドのガンジー、ボース、ソ連のトロツキー、米国のオーエン・ラティモア、パール・バックなどの著名人を広く招くよう要請している。

なぜ、石原はそこまでして新設大学に「国際性」を持たせようとしたのか。その答えは彼がその後著した一冊の書籍が解き明かしている。

彼の戦略家としての集大成とも言える『最終戦争論』。

陸軍大学校を卒業後、ドイツ留学を経験した石原は当時、世界は近い将来、アジア、ヨーロッパ、ソ連、南北アメリカという大きなブロックに区分けされ、最終的には日本とアメリカが「最終戦争」を行い、勝った方を中心に世界が一つにまとまるという終末論を抱いていた。一九四〇年に出版されたその書籍には、後に開戦される太平洋戦争の情景や、その結末を見通しているかのような予言じみた描写が随所にちりばめられている。

《一番遠い太平洋を挟んで空軍による決戦の行なわれる時が、人類最後の一大決勝戦の時であります。即ち無着陸で世界をぐるぐる廻《まわ》れるような飛行機ができる時代であります。それから破壊の兵器も今度の欧州大戦で使っているようなものでは、まだ問題になりません。もっと徹底的な、一発あたると何万人もがペチャンコにやられるところの、私どもには想像もされないような大威力のものができねばなりません。飛行機は無着陸で世界をグルグル廻る。しかも破壊兵器は最も新鋭なもの、例えば今日戦争になって次の朝、夜が明けて見ると敵国の首府や主要都市は徹底的に破壊されている。その代り大阪も、東京も、北京《ペキン》も、上海《シャンハイ》も、廃墟《はいきょ》になっておりましょう。すべてが吹き飛んでしまう……。それぐらいの破壊力のものであろうと思います。（中略）このような決戦兵器を創造して、この惨状にどこまでも堪え得《う》る者が最後の優者であります。》

私は石原が著した一連の文章を読みながら、自らの思考を少しずつ整理していった。当時、満州事変を主導した石原が脳裏に思い描いていたものは、目先の満州や中国との戦争などではなく、やがて到来するだろうアメリカとの「最終戦争」を勝ち抜けるだけの強固な東亜連盟の結成だった。ゆえに彼は満州国に新設される最高学府にこそ、その核となるべく人材育成の機能をなんとしても付与したいと考えていた——。

一九三七年二月、陸軍が新設大学の創設案を提出すると、すぐさま新京と東京に創設準備委員会が設置され、満州国国務院会議で予算が決まる。一九三七年度五八万二二五八円、三八年度三五万円、三九年度一八六万八六四二円。一円が現在の一万円の価値を持っていた当時の満州国において、民政部所管大学の三〜六倍にあたる空前の巨費が一つの大学に投入されることになった。

その後、石原の意を受けた関東軍参謀の大尉・辻政信《つじまさのぶ》らが中心となり、大学の骨格も徐々に決められていった。一学年の定員は一五〇人。修学期間は前期三年と後期三年の計六年間。全寮制を基本とし、授業料は全額官費で賄うほか、月五円の「手当」も支給する。「学問」「勤労実習」「軍事訓練」の三つを教育指針の柱とし、「学問」においては日本国内の既成大学をリードすること、「勤労実習」においては満州国の大多数が農民であることから、将来指導者となるために勤労を通じて農民の生活に精通すること、「軍事訓練」においては即戦力として前線に出られるよう、士官学校並みの技能と知識を修得することなどが義務づけられた。

いくつもの資料に目を通していくうちに、私は新潟で宮野がなぜ自らの大学についてあまり語りたがらなかったのか、その本当の理由がおぼろげながら見えた気がした。

満州国の最高学府——。

それは日本が最終戦争を勝ち抜くために満州国に設置した、極めて戦略的な「国策大学」だったからである。

第三章　東京

4

ＩＣＵの研究者・宮沢恵理子との面会を終えた後も、私はなかなか建国大学の取材に取りかかれなかった。職業記者としてはぜひとも取り組んでみたいテーマではあったが、いかんせんスケールがあまりにも大きすぎた。一連の計画は戦時中の東京で立案され、遠く離れた中国で実施されている。大学自体は半世紀以上前に消滅しており、日本やアジア各国に散らばっている卒業生たちは、たとえ存命であったとしても、すでに八五歳を超えていた。

前進のきっかけを与えてくれたのは、早稲田大学で武道教育の面から建国大学の研究を続けている志々田文明という大学教授だった。西東京市にある彼の研究室を訪ねると、志々田は研究室の奥から『藤森日記』と呼ばれる大量のコピーの束を私の前に運び出してきてくれた。

机の上に積み上げられたＡ３用紙の山は、ざっと見ただけでも一五〇〇枚以上はありそうだった。私は研究室にあった大きな紙袋を四つほど借りると、それらをすべて詰め込んで立川の職場へと運び、約六時間かけてコピーした。そして、コーヒーメーカーで通常の倍の量のコーヒーを淹《い》れると、その日のうちに膨大な記録の海へと没頭していった。

『藤森日記』と呼ばれる一連の記録は、当時二期生だった藤森孝一が大学入学前に個人的につけていた一冊の日記と、彼が入学後に建国大学の学生生活の様子を綴った三冊の『塾生日誌』によって構成されていた。期間は一九三九年一月から一九四二年二月までの約三年間。そこには当時周囲から「神童」と呼ばれていた一七歳の青年がどのような思いで大陸に渡り、日本の植民地のようになっていた満州で何を見たのか、それらの事実が青春期の微細な心の揺れと共に鮮やかに描かれていた。

一九三九年元旦、藤森は『建設』というタイトルが付けられた日記帳の最初のページに次のような思いを刻み込んでいる。

《吾《われ》、この世に生を受けて十八年。いかほどの進歩をなしとげただろうか。悲しきことながらいささかの進歩も認め得ず。残念至極。本日元旦なり。是《ここ》を持って将来の大計を建てん。日々に／時々に／秒々に／向上す》

一九二一年、現在の長野県諏訪《すわ》市で農業を営む両親のもとに生まれた藤森は、一九三八年の秋に満一七歳で建国大学に合格している。開学二年目の二期生にあたり、約一万五〇〇〇人の応募のなかから長野県で一次試験を通過したのはわずかに五人。最終的に合格したのは藤森を入れて二人だけだった。当時の日記には諏訪で過ごした中学生活の詳細が彼独特のユーモアあふれる筆致で描かれている。

〈一月四日〉

昨日、伊藤先生の家へ行ってきた。その時、先生や先生のお父さんから受けた教訓。

・日本人は満州人や支那人の性質を知らねばならぬ。それには満州へ行った最初の二、三年によく注意するように。五年も六年も経てば、わからなくなってしまう。

・健康が大切だ。特に風土の異なる満州へ行くのであるから注意を要する。向こうへ行ったら、満州人と同様にやれ。日本にいるようにやっていては必ず気管をやられてしまう。

・何か趣味を持っていくことが望ましい。そうすれば、生活に潤いが出てくる。

・酒と女に注意。決して消極的、警戒的になれというのではない。それらのために自分を破壊してしまったり、みんなに迷惑をかけるようなことがあってはならない。

〈一月二十一日〉

ストーブ事件あり。牛山先生や田中先生に叱られた。自分は今まで正義をもって貫くような強い力を持っていなかった。誰だって机を壊してストーブにくべることが悪いことだとわかっている。自分にはそれを止めることができなかった。恐るべし良心の麻痺《まひ》。「力なき正義は無力である」と誰かが言った。自分は無力である。級長として誠に済まないと思う。今後は自分の心に正しいと思ったら、どこまでも断行しよう。

〈二月二十八日〉

試験も終わって十九日より休み。先生が事務の方と話をしてくれ、満州に行くまで毎日助手をやることになる。先生は「旅費ぐらい稼いでいくといい」と冗談を言って笑われた。

午後、先生はポケットから紙片を出して私に示した。紙には私と早出君の成績が記入してあった。早出君は三学期の総点が私より一点多い。しかし、一学期、二学期の総点を加えると、私の方が五点多い。だから私が卒業生代表となるべきなのだが、代表は早出君になってしまった。点数の多い方を一番にし、代表としないということがあるものか。人物も考えて代表を決定するとしても、私は決して早出君には劣っていない。そこで、先生は校長先生の家まで行って話をされたそうだ。校長先生も先生の考えに同感された。しかし、深い間の伝統で今更これを急に変更することはできないと言われたのだという。諏訪中のような長い伝統を有する学校では良いにつけ悪いにつけ、急に変更することは不可能なのだそうだ。先生が去られた後、誰もいなくなった教室で考えた。こんな事があったのか。今まで自分は成績ということには割合無頓着であったように思う。一番だって二番だってどうせ通知簿はあてにならないといい加減に考えてきた。でも、通知簿を記入する立場においては、できるだけその通知簿を正しいものにしようとするのは当然なのだろう。その点において先生は大いに良心的なのだと思った。そんなことを考えながら家に帰ったけれど、先生の言ったことを父に言うのもなんだか変なので、卒業式に通知簿をもらうまで一言も言うまいと決めた。

藤森が故郷を離れて満州へと向かったのは一九三九年三月二七日。宮沢恵理子の『建国大学と民族協和』によると、当時、建国大学の新入生たちは入学前に一度東京に集められ、京都の寺院や朝鮮半島の戦跡などをめぐった後、列車で満州に向かうことになっていた。正式には「入学前訓練」と呼ばれる「訓練」の一環だったが、旅行を通じて学生たちに集団生活を学ばせるといった目的のほかにも、入学前に大陸に渡る決意をした若者たちに祖国の美しさを少しでも見せておいてやりたいという大学側の親心も多分に含まれていたらしい。

一七歳の藤森にとって、それは初めて経験する「海外旅行」でもあった。藤森はそのとき目にした風景を、当時としてはかなりきわどい表現を用いて日記に書き綴っている。

〈三月二十七日〉

午前十時二分、上諏訪《かみすわ》駅発にて上京。多くの人に見送られる。友達あり、親戚あり、恩師あり。自分は幸福である。この多くの人々の好意を無にしてはならぬ。大和仁平先生の発声のもとに叫ばれた万歳を忘れてはならぬ。小島君の母上が忙しい作業を休んでまでも見送ってくださった姿……。終生忘れない。午後三時半ごろ東京に着く。

〈三月三十日〉

上野帝室博物館拝観。夜は満州国留日学生会館での壮行会に出席。阮《げん》駐日大使や本庄《ほんじょう》大将の壮行の辞あり。自分が答辞をなす。終わって食堂で晩餐会《ばんさんかい》を開く。それから直ちに東京駅に向かい、十時二十五分発鳥羽《とば》行普通列車にて出発。父と妹が駅で見送ってくれた。フォームでは叔父が見送ってくれた。

〈四月三日〉

午前十時に宇治山田《うじやまだ》駅を出発。八木《やぎ》で乗り換え橿原神宮前《かしはらじんぐうまえ》駅にて下車。本日は神武天皇祭《じんむてんのうさい》である。橿原神宮は修理中で勤労奉仕団などがおり、なかなかにぎやかであった。我々は満州国旗を先頭にして行ったので、多くの人は我々を満人と間違えていたらしい。こっちをじろじろと見ている。我々も満人と間違えられるのは嬉《うれ》しくなかった。満人や朝鮮人で内地にいる者の気苦しさがわかるような気がした。我々も我々で満人であると間違えられても、もし満人の方が日本人より優れていると思っていれば、そうたいして嫌な心持ちはしなかったであろう。我々の心の中にもどこかに満人に対する優越感、彼らに対する軽蔑の念が潜んでいるのかもしれない。内地にいる満人、半島人にとってみれば、珍しそうにじろじろと見られることは決して快いことではないだろう。

〈四月四日〉

八時二十分大阪駅発。汽車は一路、西へ西へと走る。須磨《すま》は実に美しい。白砂青松はさながら絵のごとし。淡路島《あわじしま》は間近に浮かび、カモメが白い翼をさんさんと照る日光に美しく輝かせている。源氏物語の須磨の秋を思い浮かべ、再び窓の外を見ると、いつの間にか風景が変わり洋風のモダンな家が建ち並んでいる。

汽車は時折海に面し、麗しい瀬戸内海の景色を見せてくれる。実に美しい一大庭園だ。こんな美しさが世界にあるだろうか。遠くの島は赤みを帯びて暖かそうな色をして眠るが如《ごと》く。近くの島は松の色濃くその対照が実にいい。海の色も美しい。太平洋のような偉大さはないが、友禅染のごとき美しさがある。青い松の島の間より、赤みを帯びた島を望んでいると、南国という感が深い。午後十時関釜《かんぷ》連絡船に乗り込む。狭いところに五十五人も詰め込まれ、身動きもろくにできないが、汽車の疲れが出て朝まで眠った。

〈四月五日〉

目を覚ましてしばらくすると、釜山《プサン》に着いていた。朝風が頰にひんやりする。鼻が痛く、大陸に来たことを知る。駅を降りて龍頭山《りゅうとうさん》神社に徒歩で参拝。町は汚い。所々に痰《たん》や唾がある。風習の相違であるといえども、気持ちが悪い。午前九時に釜山を出発。普通列車でゆっくり洛東《らくとう》に沿って上流へ進む。広い河原で半島人が草摘みをしていた。ぼろをまとい、小さい子どもが三人ほど近くでやはり草摘みをしていた。

日本の朝鮮に対する政策は間違っていたと思う。日本は英米等の植民地政策を真似たに過ぎない。すなわち日本の利益のために朝鮮を犠牲にしたのだ。朝鮮の学問のある青年に「朝鮮総督府をどう考えているか」と問えば、彼は黙って「これが自分の答えだ」と言う。彼らは決して幸せではない。嬉しくもない。彼らは独立したいのだ。ただ、日本の力が恐ろしいから黙っているだけなのだ。満州はこの真似をさせてはいけない。今のところは朝鮮と同じではないか。日支事変を「聖戦だ、聖戦だ」と言っているが、聖戦の意義がなくなってしまいはしないか。

湯治万蔵が著した『建国大学年表』によると、二期生の日本人学生東京班五一人の一行は一九三九年四月七日に列車で新京に到着している。しかし、残念なことに藤森は到着日の前後のことを日記には記してはいない。彼が日記を再開させるのは、大学で入学式が開かれた四月一一日からである。設立計画からわずか一年で開学した最高学府には当時まだ校舎と呼べるような建物は完成していなかった。藤森は「建国大学」と記された木製看板が掛けられただけの石積みの門をくぐり、高揚と葛藤の中で学生生活の第一歩を踏み出している。

〈四月十一日〉

十時より入学式。作田《さくだ》副総長の訓辞の中に「日常の小さな事を忽《ゆるが》せにしてはならぬ」ということがあった。日常の生活が充実せずにぬくぬくと論じても、それはいたずらに大言壮語をもって人をうるさがらせるのみである。日常の些細《ささい》なことをできなくて、どうして我等《われら》のこの大使命が果たせるだろうか。一時より宣誓式があり、その後外出を許される。


〈四月十二日〉

初めての授業。一時限は論理であったが休講。一時より協和会の入会式あり。六、七時限は軍事教練。辻少将閣下のお話。「建国大学の軍事教練の目的は世界一に置く」。また「どうしても二期生は一期生に劣る」と。その言葉に大いに考えさせられた。どうしても俺たちは一期生に頼りがちになる。辻閣下は今までの常例を破って必ず一期生より立派になれと言われたが、本当にそうだ。しかしなかなか困難なことであろう。一期生以上の緊張をもってしなければ、なし得られない。「一期生に負けるな」。この言葉は二期生の反省のもとになるものだと思う。

〈四月十三日〉

今日は学課なし。南新京の病院で身体検査。その帰りに町を見たが、まるで日本式である。これまで二回外出したが、その時に見ても、立派な町は全部日本人向きである。町の重要な所を日本人が占領してしまったという感がある。それでも、新京は日本人が建てたから仕方がないではないか、と言う者もあろうが、これでは真の協和はできないと思う。それではどうすればいいのか、と言われると、俺には分からない。これは今後とも考えねばならぬ問題で、満人にとってみても、こうした日本人の手段は嬉しくないことはもちろんである。

〈四月十五日〉

三、四時限は漢語。漢語は難しい。それも実用的な会話のできることが要求されているのだ。英語でさえ会話のできるものは少ない。一六〇〇もの発音の種類のある漢語に限ってはなお、大いなる困難を覚悟せねばならぬ。我々にとっては、漢語の会話に通ずることがどうしても必要である。満州国の民衆と言葉が通じないで、何の協和であろうか。一期生の方が言われた。「漢語だけはしっかりとやらねばならぬ。俺たちは少しまごまごしていたら、発音が全然駄目になってしまった」。特に自分は舌がなめらかに動かない。少しの発音の差で区別する漢語ができるであろうか。どうしても漢語だけは満人と同じくらいにはできるようになりたい。塾で生活しているうちにも、満人たちがなにかわからぬことを話しているのを聞く度に、早く彼らと満語で話をしたいと思うのである。

〈四月十六日〉
昼食後、南湖《なんこ》へ魚釣りを見に行く。帰りに満人の部落を通った。実に粗末な家。土塀は崩れて倒れそうになっており、百姓たちは畑を一生懸命耕していた。振り返ってみると、新京の立派な建物が青空にそびえている。文化的な住宅と崩れ落ちそうな農民の小屋。対照的な光景が何かを問いかけているように思われた。建大の敷地を通って帰る。藤田先生も言われたとおり、コーリャンの粥《かゆ》をすすっている農民たちを追い払って建大を建てたのだ。考えさせられることがあまりに多い。

藤森が見た新京とは一体どのような街だったのだろう。満州関連の書籍をいくつかひもといてみると、当時一七歳の藤森が目にした光景の一部を頭の中に思い浮かべてみることができる。

関連書籍の記述によると、来訪者のほとんどがまず驚かされたのが、新京駅前に広がる巨大なロータリーだったらしい。駅を出ると目の前に競馬場のようなロータリーが現れ、馬車や車の砂埃《すなぼこり》と相俟《あいま》って沿道に建てられた南満州鉄道（満鉄）支社や満鉄直営ヤマトホテルなどが遠くに霞《かす》んで見えるほどだったという。駅前からは道幅が五四メートルもある巨大なメインストリート「大同大街《だいどうだいがい》」がまっすぐ南方へと延びており、その二・五キロ南には直径約三〇〇メートル、外周約一キロという巨大な「大同広場」が設置されていた。

建国大学はそんな街の中心である大同広場から約五キロ南の郊外に造られていた。約六五万坪の敷地内には満州国の経緯度測定の標準点になった「歓喜嶺《かんきれい》」と呼ばれる丘があり、そこに上れば人造湖である南湖を隔てて新京市街を一望することができた。

広大な敷地には二階建ての教室一棟と食堂、学生が暮らす塾舎（寮）が一二棟あるだけ。塾舎はどれも同じような造りになっており、入って右側が自習室、左側が寝室。寝室の中央には通路があり、その両側の畳を敷き詰めた一段高い場所こそが、学生たちが寝泊まりをする「寝床」として割り与えられていた。

学生たちが予想していた通り、建国大学の生活は極めて厳しい規律によって縛られていた。毎朝午前六時（冬季は午前六時半）に大太鼓が鳴ると、学生たちは運動場へと集まって全員で東方遥拝《とうほうようはい》を行い、「天を突き、地球を回す」という理念によって考案された「建国体操」を実施した。その後は再び塾に戻って一列に正座し、「民族協和、王道楽土」と唱えて各自黙想を行った。黙想の後は自習時間で、午前中には学科の授業があり、午後には軍事、武道、農業の各訓練が実施されることになっていた。

建国大学では学生は徹底した自主管理によって学習を達成すべきだとの認識から、学科試験などは一切なく、各学期の終了時には簡単なレポートの提出が求められるだけだった。結果や成績も本人には通知されず、成績が落ちると指導教官などから個別に呼び出されて注意を受けた。

戦後、西日本新聞に入り、ケネディ米大統領の暗殺時にはワシントン支局長を務めた先川祐次（一期生）は当時の塾生活を次のように振り返っている。

「実質的な指導者だった作田荘一副総長の教えは『人の生涯は信念と思想、行動を一貫して働くものである』ということでした。大学ではこの教えを実践するため、塾生活にも一切の規則がなく、指導教官も学生の相談には応じるものの、干渉はしない。すべてが塾生たちの自律に委ねられていました。新しい国造りに青雲の志を燃やす日本人学生、すべては日本の大陸進出を美化するまやかしだと反発する中国人学生、満州の国造りを成功させることが朝鮮独立への道につながると現実路線を敷く朝鮮人学生、少数民族が被支配の立場から脱却できると希望を燃やす台湾人学生やモンゴル人学生、共産革命を逃れて安住の地ができると陽気にはしゃぐロシア人学生。夜の自由時間は議論に明け暮れ、敷地外の湖畔にあった泥造りの茶店が、夜の点呼後に抜け出した学生たちの論争の場でもありました」

武器の知識や軍事的理論が不可欠な時代だったこともあり、建国大学では軍事訓練や武道訓練はとりわけ厳しく指導されていた。柔道と剣道は必修であり、分列行進や格闘などの基礎技術のほか、射撃やグライダー操縦などといった特殊訓練も正規の授業として採用されていた。

藤森はその軍事訓練を少し苦手としていたようだ。その心情が日記にはわずかな揺らぎとなって表れている。

〈四月十九日〉

午後は軍事訓練。兵器を貸与された。「兵器は武士の魂であり、之《これ》と生死を共にすべきものである。尊重愛護せねばならぬ」と辻閣下が言われた。いざと言うときには、これでソ連軍のパラシュート隊と戦わねばならぬ。木被《もくひ》が傷んでいるのも、満州事変の時、我々の先輩が之と生死を共にされたしるしである。

〈四月二十一日〉

午後、剣道の訓練終了後、居残り練習をした。辻閣下に手合わせをお願いしたところ、「手先だけではいけない。一足一刀、大きく飛び込んで切れ」と言われた。どうもいけない。手先でやっているので、姿勢が崩れ易《やす》い。辻閣下のあのデップリと太った腹で、体当たりを喰《く》らわされた時には、壁にドシンと突き当たった。壁がなければ、もう二、三間《けん》も先へ吹っ飛んでいたかもしれぬ。癪《しゃく》に障ったけれども、どうにもならない。焦れば焦るほど、姿勢が崩れる。つい、小手先の太刀となってしまう。骨を切らせて髄を切れ。とにかく強くなるのだ。強くなることによって、心も亦《また》断をなしえることもできるであろう。

〈六月二十六日〉

午後は辻閣下の戦史講話。初陣の初弾丸について。突然、黒板に轟音《ごうおん》を発したと思った途端、黒い弾丸が飛んできた。一瞬みんながビクッとした。見てみるとこの弾丸は黒豆だった。黒河《こくが》国境においては、あるいは初弾丸にお目見えするかもしれない。そのときの覚悟を作っておくべきだ。最初は誰でも頭をペッコリと下げて土色の顔をするそうだ。顔を映すものがあれば、己の顔をよく見てみたい。実際に初弾丸を被ったとき、腰を抜かすかどうか。普段の努力を試してみたい気もする。

軍事訓練と並んで建国大学の核とされていたのが農事訓練の存在だった。国民の大多数が農民である満州国の指導者になるためには、彼らと同じ苦労を経験しなければならないとして、大学側は構内外にある五〇町歩《ちょうぶ》の農場を使って学生たちに大豆やコウリヤン、カボチャ、トマト、ナス、キュウリ、メロン、スイカ、ジャガイモ、ニンジンなどを栽培させ、実際に名古屋コーチンやバークシャ種の養豚、乳牛、オーストラリア産の綿羊などといった家畜の世話にも従事させていた。

農事訓練を担当したのは、京都大学農学部を卒業後、宮城農学寮長として青年たちの指導にあたっていた藤田松二。藤田が提唱していた農業は化学肥料はもちろん、耕作機械なども一切使わないかなり厳格な無農薬農業であり、自らも農場に泊まり込みながら学生たちを牽引《けんいん》していた。農家の出身である藤森はそんな藤田の思想に強く共感し、半ば心酔するように農事訓練に取り組んでいる。

〈四月二十日〉

午後は農事訓練。力の出し惜しみはしなかったつもりだ。しかし、まだ「自分は人より一心にやっている」とか「他人は自分の作業の仕方に感心しているだろう」などと考えつつやっている。力を出し惜しまなかったなどと書いたが、こんな事を思ったりしている所を考えてみると、まだ本当に一生懸命にやっていない。大地にぶっ倒れるくらいやってみたい。自分の力がどのくらいあるのか知りたい。

〈四月二十四日〉

農事訓練。今日は何も考えなかった。と言ってもこの前の如く人のことを考えず、自分一人の事は考えた。腰が痛くなる。しかし、何も考えず一心にシャベルを動かし、ふと気が付いてみると、腰の痛みは全くない。変だな、と思って暫《しばら》くたつとまた痛くなる。所謂三昧境《いわゆるさんまいきょう》に入るというのかも知れぬ。内地に居る時、田植えにはいつも腰が痛くて困った。ところが父だけは腰が痛くないという。この事は近所でも不思議に思われていた。自分も父に聞いてみたが、父はただ黙ってニコニコ笑っているだけだった。その理由が少しばかり分かったような気がする。そう思うと、何だか嬉しかった。

〈五月十一日〉

農業訓練のたびに父の事を思い出す。黙々と田を耕している父の姿を想像しながら、鍬《くわ》を動かしている。大陸も満州も建大も何も頭の中にはない。ただ鍬の先が大地をえぐっていくのを見つめている。腰の痛さも、疲れも感じない。鍬がカチンと石に当たったので、我に返って大陸にいるのだと感じた瞬間、再び腰が痛くなり、疲れを感じる。こんな瞬間があってよいのかどうかは分からないが、自分にとっては嫌なことではない。

倹約的な生活を強いられ続ける学生たちにとって、唯一の楽しみは休日や就寝前の自由時間だった。就寝は午後九時半に決められており、夜更かしこそ許されなかったものの、夕食後から消灯までの自由時間に何をするのかは個人の意思に委ねられていた。学生たちはそれらの時間を使って言論の自由が保障された座談会を開催したり、休日は街に繰り出したりした。

学生たちのもう一つの楽しみが読書だった。建国大学の図書館には当時、約一五万冊という膨大な数の書籍が所蔵されており、「知識がなければ批判もできない」という理由から、日本では読むことが難しい共産主義に関する発禁本なども特別に閲読が許可されていた。いつの時代においても、人は大きな壁にぶち当たったとき、その答えを書物の中に求めようとする。藤森も当時、実に多くの本を読んでいる。

〈五月一日〉

ニューヨークタイムズ、ハレット・アーベンド東洋支局長著の『崩れゆく支那』を読了する。シナ民族の哀れな悲惨な状態にはつくづく考えさせられた。南北統一は不可能であると言われているこのシナを一体どうしたらいいのだろう。シナ事変は海南島《かいなんとう》まで展開された。この後始末をする人が現代の日本にいるだろうか。結局、他人には頼めない。我々がやらねばならぬのだ。これから苦しんで行かねばならない。

〈五月三日〉

夜、『戦争文化』を読む。欧米の帝国主義は何という非人道的なものであろう。メキシコのマヤ文明は彼らの鉄砲の前に崩壊してしまった。何のためにこの偉大なる民族を、偉大なる文化を破壊したのか。これは「自己のぜいたくのため」ということだけの理由だ。ペルーの一画にその文化の偉大を誇るインカ帝国も、かの残虐なるスペインのために一朝のうちに破壊し尽くされてしまった。ただ武力が弱いばかりに暴力に屈し、奴隷とならなければならない現実のどこが正義だろうか。どこが平和だろうか。そしてこうした現実は実に隣邦のシナでも行われている。

〈六月十五日〉

登張竹風《とばりちくふう》先生の『人間修行』。清涼飲料水を一杯グーッと飲んだように壮快な気分になった。近頃の若者のこと。論語に縛られ、冗談も言わず、礼儀というものにとりつかれて身動きも自由ではない。これで民族協和でござる、道義世界でござるという。こんな肝っ玉の小さい、萎縮した人間に何ができるというのか。民族協和のために、塾のなかで狭苦しい思いをするくらいなら、こんなつまらぬ所を飛び出して、ゴビ砂漠ででも泥をこねていた方が役に立つ人間になるかもしれぬ。

〈九月七日〉

矢野仁一の『近代支那史』を読む。歴史家の文献を中心として得た見方だ。自ら革命の動乱の中に飛び込んで行っただけによく書けている。欧州の動乱はまさに怒濤《どとう》の岩をかむがごとく。そのときにあって日本政府は一意、シナ事変の遂行に邁進《まいしん》する旨を発表した。しかし、日本に、満州に、シナの本当の姿を、現在の生きているシナの姿を見極めている人がどれだけいるだろうか。一歩誤れば、また、シナを誤導するに違いない。それでは、シナ事変を遂行するために、尊い命を捨てられた幾多の忠勇の士に対しても、銃後の日満の人民に対しても申し訳ない。シナに行きたい。動いているシナへ――。

5

私が東京都町田《まちだ》市にある藤森孝一の自宅を訪れたのは夏の初めのことだった。小田急線の町田駅で降りて国道沿いを一五分ほど歩くと、住宅街の一角に決して大きいとは言えない藤森のささやかな戸建てがあった。呼び鈴を押してしばらく待つと、当時は長身の部類に属したのだろう、身長一七七センチの私とそれほど変わらない背丈の老人が現れた。小さな居間へと招かれ、冷たい麦茶に口をつけた時、藤森が「実は今日が九〇歳の誕生日でして……」と最初に告げた。私が卒寿の記念日にお邪魔した非礼を述べると、彼は「いえいえ、ご覧のように祝ってくれる人はもう不在ですから」と少し寂しそうな表情を浮かべた。

「『藤森日記』を読みました」と私が切り出すと、藤森は数秒をおいてから「そうですか。随分と読みにくかったでしょう」と言って笑った。

「昔の日記を他人に読まれるというのはなんだか照れくさい感じもいたしますが、まあ、あんな些細な日記を今後の世の中のために役立てようとしてくれる人がいることに、私としては感謝を申し上げなければなりません。こうも歳を取ると色々と思うこともありまして。でも、それをうまく伝えられなくなってきていることもまた事実なのです……」

テーブルの上には、事前に藤森が準備してくれていたものなのだろう、一冊の古いアルバムが置かれていた。布製のカバーが変色し、端々が所々損壊している表紙を注意深くめくると、二〇歳前後の若者たちの無邪気なモノクロームの写真が現れた。塾舎前での集合写真のほかにも、外出時に撮られたとみられる新京郊外の風景や、学生同士が悪ふざけしあって笑っているスナップが紛れ込んでいる。

「随分と若々しい写真集ですね」と私は写真集に見入りながら感想を述べた。

「二期生が学徒動員で出陣するとき、みんなで作った写真集です」と藤森は言った。

「今思うと、当時は本当に楽しかったですね。みんな若かったですから。日本人も、中国人も、朝鮮人も、ロシア人も、モンゴル人も、みんな年齢が似たり寄ったりで、当時は何か共通したものを持っていると信じていました。連帯感と言えば、そういうものなのかもしれません。厳しい試験をかいくぐってきた連中ばかりですから、互いに高度で論理的な議論ができることが、私としては何より嬉しかったです。建設的で、批評的で、何より自由で。二期生に限って言えば、ロシアだから、朝鮮だから、蒙古だから、という民族の差別はなかったような気がしています。民族が違えば、考え方は当然違う。そこら辺のことはみんな承知した上で、私たちはそれを誇りに思っていました」

「一つ質問をしてもいいですか」と私は前置きしてから準備してきた質問を藤森に尋ねた。

「藤森さんは当時、本当に『五族協和』を実現できると信じていましたか」

「それは……」と藤森は私の質問に若干批判的な色を感じとったのか、少し動揺しながら言葉を選ぶようにして言った。「正直に言えば、確かに難しかったのかもしれません。限界のようなものは、当時の私も心のどこかで感じていました。中国本土では絶えず日本と中国がドンパチを繰り返していましたからね。でも一方で、いつかは『対等』に話し合えるようになる、と信じていたのも事実です。思い込んでいた、というのとはちょっと違います。近い将来に必ず対等な関係になれると二期生のほとんどが信じていた——」

「対等な関係に——」

「ええ」と藤森は目を開いたまま静かに答えた。「随分と昔の話です。建国大学には『座談会』という伝統がありましてね。そこで塾生たちが毎晩侃々諤々《かんかんがくがく》の議論を繰り広げるのですが、我々はいつも中国人学生の厳しい批判に晒《さら》されるわけです。『日本は民族協和を掲げながら、一方で中国人民を殺している、民族協和も建国大学も侵略戦争をカモフラージュする単なる道具にすぎないのではないか』とね。消灯は夜九時半でしたが、議論の熱が冷めやらないと、私たちはよくロッカールームの隅などに隠れて議論を続けたものです。ある夜、崔という朝鮮人学生に『日本人は朝鮮で何をやっているか知っているのか』と問いつめられました。殴り合いのようになり、その後しばらくして仲直りのような状態になったとき、私がふと、『お前はなんで建国大学に入ったんだ』と聞いたのです。すると、彼は『俺は建国大学には自由があると思ったんだ。朝鮮にいては息が詰まるからな』なんて言いながら泣き出したのです。あのような大学がなぜ新京に作られたのか、学生たちは皆、当時からそれなりに気づいていました。頭の良い連中ですからね。だからこそ、私たちは真剣に悩んだんです。本音で話ができる、というところまで当時人間関係が築けていたかどうかは正直わかりません。ただ五年間も一緒に生活をしていて、お互いが何を考えているのかがわかるようになっていた。互いの痛みがわかるようになると、人間は大きく変わっていくのです――」

藤森はそう言うとしばらくの間、私と一緒にテーブルの上に置かれた写真集を懐かしそうにめくり続けた。そして最後のページをめくり終えると、おもむろに「満州に骨を埋めるつもりでした」と独り言のように言った。

「新しい国を作るためには、若い人の力が必要だと信じていました。建国大学で学んだことを大いに活《い》かして、この満州の礎《いしずえ》になろうと。建国大学では年に数回、地方に出向いて実情を学ぶという『訓練』があり、私はその『訓練』が大好きでした。貧困の最前線に行って現地の農民や役人から話を聞くと、本当にもう色々な問題が出てくる。関東軍の問題もあるし、地方政府の問題もある。武力によって治安こそ安定に保たれているものの、経済活動が円滑に行えるようになるまでには、かなり長い道のりが必要だなと私は心からそう思いました。だからこそ、私は中央で職を得るよりも、地方へ行ってがんばろうと思っていた。土地を改良し、生産を向上させ、農民の利益を守る。そういうことを、一生をかけてやろうと思っていた――」

藤森が写真集を見終えると、私は持参してきたICレコーダーのスイッチを入れ、かつて「日記」のなかで苦悩し続けていた青年がその後どのような半生を歩んだのか、その詳細をゆっくりと時間をかけて聞き取っていった。

　一九四五年八月、学徒動員によって関東軍へと組み込まれていた藤森が敗戦の報を聞いたのは、ハルビン郊外の軍用列車の中だった。その日のうちにすべての書類を焼却するよう命じられ、軍旗と共に所持していた記録のすべてをドラム缶の炎の中へとくべていたとき、ふと空を見上げると、立ち昇る乳白色の煙と共に自らの人生もどこか手の届かないところへ行ってしまうような錯覚にとらわれた。

　侵攻してきたソ連軍に捕らえられ、捕虜として移送されたのは、かつて農村の復興を夢見た満州とソ連の国境地帯だった。「ウラジオストクから日本へ帰す」というソ連兵の言葉を信じて一〇〇キロ以上の道のりを歩いたが、トラックで運ばれた先は日本人専用の捕虜収容所だった。

　待っていたのは過酷な強制労働だった。粗末なノコギリと斧《おの》を渡され、直径一メートル以上もある針葉樹を切り倒し、それを人力で担いで運ぶ。零下三〇度のなかでも休息を取ることは許されず、「食事」として与えられるのは一日三〇〇グラムのパンとインクを水で溶かしたような薄くて味のしないスープだけ。冬は音もなく忍び寄り、仲間が次々と力尽きていった。食べることが満足にできなくなると、人は加速度的にいやしくなっていく。ロシア人のゴミ捨て場をあさったり、無闇に野山の草を食べたりした仲間たちは、翌朝決まって脱水症状を起こして死んでいった。

厳しい冬を二つ乗り越え、舞鶴港に帰国できたのは一九四七年一〇月。祖国の土を踏みしめたとき、涙で周囲が見えなくなった。東へと向かう列車に飛び乗り、ぼんやりと車窓の風景を眺めていると、大陸での生活に胸を膨らませ、満州を目指した一〇代の日々がまるで夢のなかの出来事のように感じられた。故郷の諏訪はちょうど稲刈り時期だった。駅に降り立って生家へ走ると、戸が開けっ放しになっていて、家の中で母親が夕飯の支度をしているのが見えた。

「お母ちゃん」

藤森が一言そう言うと、母はその場にしばらく立ち尽くし、嗚咽《おえつ》と共に泣き崩れたという。

大陸に渡って八年。藤森は二六歳になっていた。

藤森は復員後、諏訪市の実家で三年ほど農業をした後、知人を頼って上京し、会社勤めや宝石商の手伝いなどをしながら細々と暮らしをつないだ。建国大学出身者のなかでも一際明晰《めいせき》な頭脳を有し、誰もが絶賛する人格の持ち主だった藤森にとって、その半生が相応《ふさわ》しいものだったのかどうか、私にはわからない。『藤森日記』に書き記された当時の文章を読めば、彼の知識や思考力がどれほどのものであったのかは容易に想像がつく。真面目な性格とその実直さからその後何年にもわたって建国大学の同窓会の会長をまかされ続けた藤森は、多くの卒業生たちが公言するように確かに「何者かになれた」はずの人材だった。

私は取材の最後にあえて聞きにくい質問を藤森に尋ねた。

「藤森さんの人生は幸せだったのでしょうか」

藤森は一瞬笑ったように見えた。

「自分ではよくわかりません」と彼は私を見つめて緩やかに言った。「人生は一度きりしかありませんから。誰にもその比較ができません。若い頃は目の前に沢山の道が開けていて、全部が自分の可能性のように思えてしまう。すべてが自分の未来だと勘違いしてしまうんですね。でも本当はそうじゃない。そのうちのほんの一つしか選べない。自分が生きてきた人生がすなわち私の人生だとすれば、私は私の人生に悔いというものはありません」

「もしもあのとき、満州に渡っていなかったら、と考えることはありますか」

「それは……、あるかもしれません」と藤森はゆっくりとした口調で言った。「でも、それはあの大きな時代のうねりのなかでは、あまり考えることを必要としない問いかけだと思います。空から爆弾が降ってくるような時代に、人の運命がどうなるかなんて、木の葉がどこに落ちるかを予想するくらい難しかったんです。今、社会に存在している確実性というものが、当時にはまったく存在していなかった。人の人生なんて所詮、時代という大きな大河に浮かんだ小さな手こぎの舟にすぎない。小さな力で必死に櫓《ろ》を漕《こ》ぎだしてみたところで、自ら進める距離はほんのわずかで、結局、川の流れに沿って我々は流されていくしかないのです。誰も自らの未来を予測することなんてできない。不確実性という言葉しか私たちの時代にはなかったのです」

私は自分の向けようとしている質問の無神経さを十分に理解した上で、最後の質問を藤森に尋ねた。

「それは、本心ですか」

「ええ」と藤森は今度は自分に言い聞かせるように言った。「私は自分の人生を精一杯生きましたから――」

乗り込んだJR南武線は自宅へ帰るサラリーマンでごった返していた。私は立川へと向かう途中駅でなんとか座席を確保すると、鞄《かばん》から『藤森日記』を取り出して膝の上で読み返してみることにした。丁寧に記された小さな文字の連脈は、藤森の性格をそのまま言い表しているようだった。真面目で、律儀で、実直で。実際、藤森はその筆跡の通りの人間だった。

顔を上げ、夕暮れ時の車窓へと視線を移すと、多摩丘陵地に張り付く無数の住宅地の灯《あか》りがうっすらと見えた。私はそんな柔らかな風景の中でふと気がつくと、無意識のうちに藤森が最後に言った「不確実性」という言葉を心の中で反芻《はんすう》していた。不確実性。彼はどのような思いでその言葉を選び、私に向かって発したのだろう。

不確実性――。

それは決して戦時下に限った言葉ではないようにそのときの私には思われた。二一世紀の現代においてでさえ、私たちはほんの数日先の未来ですら予見することができないでいる。

それでも、と私は列車の激しい揺れのなかで思い直した。彼らのようにあらゆる物事が即座に中断され、否定され、排除されるという境遇を、私はこれまでの人生でどれほど経験してきただろう。希望の方向とはまったく異なる道を歩まされた経験ならば、私の中にだって存在している。しかし、その不条理の連続こそが「五族協和」の実現を夢見た彼らの多くの半生なのだとしたら――。

彼らは今どこで何をしているだろう、と満員電車の中で私は思った。間に合うだろうか、と小さく一人つぶやいてみた。

第四章　神戸

6

二期生・藤森孝一への取材を皮切りに、私は全国に散らばっている建国大学出身者たちへの取材を本格的に開始した。まずは関東近郊で暮らしている卒業生から聞き取りを始め、その後、東北地方や関西地方へと徐々に取材の輪を広げていった。

同窓会名簿に並ぶ卒業生は多くがすでに他界していたが、それでも少なくない数の卒業生が私の取材に応じてくれた。私はまず彼らが過ごした建国大学の学生生活について尋ね、その後、彼らが戦後どのような道を歩んだのかを時間をかけて聞き取っていった。

かつて藤森がそうだったように、ほとんどの日本人学生が学徒出陣によって軍隊に取られ、戦後はシベリアなどでの過酷な抑留生活を経験していた。極寒の地に抑留された約六〇万人の日本兵のうち、約一〇分の一にあたる約六万人が栄養失調や極度の過労で死亡したとされるソ連の違法行為において、彼らもやはりその貴重な命を落としていた。卒業生の一人は「シベリアに散った同窓生の無念を今も思わずにはいられない」と話してくれた。

復員後の進路については人それぞれだったが、多くの卒業生たちが戦後、満州国が設立した最高学府の出身者という「侵略者」としてのイメージと、終戦後に捕虜として赤化教育を受けた「共産主義者」というレッテルに苛《さいな》まれ、満足な職に就くことができないでいた。なかには最終学歴から建国大学を消すために日本の別の大学に入り直したり、当時は比較的自由な雰囲気のあった新聞社に入社したりした卒業生もいたが、もちろん、数としては多数派ではなく、ほとんどの卒業生たちが優秀な頭脳や語学力を十分に活かし切ることができずに、不遇の日々をやりすごしていた。

日本人学生の多くがシベリアなどの抑留先から帰国したのは、敗戦から二、三年が過ぎた一九四七年から四八年にかけてのことである。しかし、そのなかでただ一人、戦後も長く日本に帰ってこられなかった卒業生がいたことを、私はある日本人卒業生への取材で知った。その卒業生が日本に帰国できたのは一九五六年、終戦から一一年も過ぎた後のことだったというのである。

一期生の百々和《どどかず》は神戸市郊外の高級住宅街に建てられた特別養護老人ホームに入居していた。実際にホームを訪ねてみると、比較的裕福な高齢者向けに造られているのだろう、太陽光がふんだんに取り込まれた室内では居住者よりも遥《はる》かに多いスタッフたちが居住者たちの食事の世話をしたり、一緒になって民謡を歌ったりしていた。

二〇代前半の女性スタッフは私を三階の個室へと案内する際、百々に「教授」という呼称を用いた。リノリウムの廊下をしばらく歩き、「ここが『教授』のお部屋です」とスライド式のドアを引き開けた。

百々は六畳ほどの個室のベッドに寝間着姿で横たわっていた。私が入り口近くで小さくお辞儀をすると、百々は「わかった」というように何度か頷き、私の隣にいた女性スタッフを手招いた。九一歳の百々がすでに寝たきりであることは何人かの同窓生から耳にしていたが、顔色を見る限り、体調は思っていたよりも芳しくはなさそうだった。

女性スタッフが百々の体を起こそうとすると、百々は「このままの方が楽だから」と横になりながら私の取材を受けたいと申し出た。百々が「ふたりきりで話がしたい」と言うので、女性スタッフは一瞬困ったような顔をしたが、すぐに表情を作り直し、「何かあれば、壁のボタンで連絡してください」と私に告げて個室から出て行った。

「まだ死なないらしいですよ」と百々は女性スタッフが出て行ったのを見届けてから私にいたずらっぽく微笑みかけた。「先週健康診断を受けたんだが、どこも死ぬほどには悪いところがないらしい。おかしなものさ。すべてが一様に劣化しているから、どこが悪いのか、医者もはっきりとはわからんのだよ。病気ではない。でもこの通り、体がまったく動かない。果たしてこれで健康だと言えるかね。こんな状態になってもまだ頭だけははっきりしているんだから、人間というのは実に不思議にできているものだと、最近づく思うのだがね」

　私はこの「教授」と呼ばれる男性の顔をかつてスクリーンで見たことがあった。映画監督・池谷薫《いけやかおる》が二〇〇六年に公開したドキュメンタリー映画『蟻《あり》の兵隊』。日中戦争の終結後、中国山西省《さんせいしょう》にいた日本兵約二六〇〇人が国民党軍に組み入れられ、終戦後四年間、戦闘員として中国共産党と戦わされた問題を取り上げた秀逸のノンフィクション作品だった。百々はその映画の冒頭で「蟻の兵隊」の一人としてスクリーンの中央に収まっていた。

「随分と昔の話を調べているみたいだね」と百々はベッドの上からかすかに聞き取れるような声で私に言った。「君が取材に来るだろうということは、何人かの同窓生から聞いていた。『変わっているが、芯がある』というのが彼らの君に対する評価だよ。正直、この日を楽しみにしていた。実を言うと、僕も若い頃、物書きを目指していた頃があってね。『矢内健三』というのが当時のペンネームだった。ただ、今振り返ってみると、当時の私がどれだけ『書くこと』を職業としてとらえていたかは、若干疑問の余地が残るな。当時の私にとって、何かを書くという行為は、どちらかというと目の前の現実から逃れるための手段の一つにすぎなかったから――」

「教授」は突然ベッドの上から右手を差し出し、何かを確かめるように私に向かって握手を求めた。

「何を聞きたい？」

私は聞きたいことがありすぎて、すぐには言葉が出てこなかった。

私は百々への質問を、事前に入手していた百々の私的な回想録である『道芝折々の記』（非売品）と『自分史回想』（文芸社）の文脈に沿って重ねていった。

二冊の著書や百々自身の証言によると、百々が歩んだ人生は、こと一九四五年八月一五日以前のものに限って言えば、その他の建国大学出身者たちのそれとそれほど代わり映えしないものだったと言えた。貿易商を営んでいた父の大連《だいれん》赴任に伴って神戸から大連へと転居した百々は、一九三八年に一期生として建国大学に入学した後、撫順《ぶじゅん》軽金属製造会社への就職を経て、一九四四年三月に関東軍に徴兵されていた。

百々の人生を極めて数奇なものへと変えたのは、「八月一五日にどこにいたか」という、当時の日本人にとっては極めて重大な分岐点だった。百々に限らず、満州や朝鮮、台湾という外地で暮らしていた日本人にとって、「八月一五日にどこにいたか」という地理的ファクターは、その後の未来を大きく左右しただけでなく、生死をも分断しかねない極めて大きな意味を持ち合わせていた。

百々はその日、中国山西省の万泉《まんせん》にいた。彼の所属する北支那方面軍第一軍は敗戦を知ると、山西省の省都・太原《たいげん》へと移動を試みたものの、そこで予期せぬトラブルに巻き込まれてしまう。

敗戦に伴う「投降」がスムーズに行われなかったのである。

当時、中国大陸における日本軍の投降先は蔣介石《しょうかいせき》系の国民党軍に限定されていた。ところが、山西省を掌握している国民党軍はその頃、太原やその周辺で中国共産党軍との激しい戦闘に明け暮れていた。国民党軍の司令官・閻錫山《えんしゃくざん》はそこで日本軍から来る投降兵を「捕虜」としてではなく、自軍の「兵士」として組み入れることができないかと思いつく。この提案を日本軍幹部が秘密裏に受け入れたことで、百々をはじめとする約一万人もの日本兵が敗戦後も「鉄道修理工作隊」などとして中国大陸に留《とど》まることになってしまった。俗に言う「山西省旧日本軍残留問題」である。

百々が所属する第一一四師団にも約二五〇〇人を残すよう上官からの指示があり、百々はそのうちの一人として残留を余儀なくされた。現地で生活を続けるためには、近くの農村から食料や炭などを調達する必要がある。しかし、中国語の通訳は戦犯に指定されることを恐れてすでに帰国させていたため、部隊には当時、中国語を話せる者が百々以外にいなかったのである。

捕虜であるはずの日本兵たちは閻錫山の指揮によって次々と国共内戦の最前線へと送られ、やがて遺体となって帰還した。そんなあまりにも無慈悲で無価値な死に方に、部隊内ではしきりに「殿軍《しんがり》」（軍隊が退却する際、前線に留まって本隊の速やかな後退を実現させる特殊部隊）の意義ばかりが強調された。

「俺たちは中国に残された日本人を祖国へと送り返すため、命を張って敵の追撃を防いでいるのだ――」

しかし、そんな日々が一年以上も続き、多くの日本人が大陸から日本へと帰還し終えてしまうと、当然のように「殿軍」のスローガンも説得力を持ち得なくなっていった。「守るべきもの」を失った彼らに次に掲げられたものは、「現地残留、祖国復興」という極めて難解な「解釈」だった。アメリカとの戦争には敗れはしたが、蔣介石の国民党軍を支援することにより、中国を足がかりとして日本をアメリカの支配から救い出す――。

そんなあまりにも非現実的な幻想を、それでも残留日本兵たちは心の底から信じようとした。そうでもしなければ、自らの精神を正常に保つことが難しかったのだろう。一方的な命令によって中国人同士の戦闘に銃を抱えて飛び込んでいかなければならない彼らにとって、自らの命を差し出すための大義名分が――それがどんなに滑稽な思い込みであったとしても――必要だったのである。

戦場は常軌を逸した場所だった。

百々はある日、突撃によって占領した村で、銃を捨てて投降してくる敵兵を味方の古参兵が塹壕《ざんごう》の中へと引き入れている場面を目撃する。中に踏み込むと、古参兵は銃剣の先で投降兵を滅多刺しにして虐殺していた。

「やめろっ――」

百々が古参兵の肩をつかむと、古参兵は振り向きざまに射るような視線で百々をにらんだ。

「いいか、インテリ、よく聞けよ」と古参兵は肩で息をしながら百々につばした。「お前は戦争なんて何にもわかっちゃいない。背後に敵を残したら、こいつらは必ずまた銃を取って撃ってくる。挟み撃ちにされたら殺《や》られるのはどっちだ――」

《殺られる前に、殺る――》

それはある意味、戦場では極めて真っ当な「論理」だった。「投降兵を殺《あや》めてはいけない」というのはあくまでも平時のルールであり、自分が相手にいつ殺されるかわからない戦場においては何の説得力も持ち得ない。相手に殺されてしまえば、論理もへったくれもないからである。

でも一方で、百々は戦場でどんなに悲惨な光景を目にしたとしても、それらの「論理」を素直に受け入れることがどうしてもできなかった。苦学して建国大学に進んだ百々にとって、論理や倫理というものは唯一、人が人であり続けるための根幹とも言えるべきもののはずだった。それが状況によって解釈が入れ替わり、あらゆる行為が許容されてしまうのだとすれば、人は進むべき道を見失い、やがて根底から崩れ去ってしまう。

古参兵は涙を流しながら何かうわごとのようなものを繰り返し、その足元では刺殺された投降兵たちが鮮血を噴き出しながら息絶えていた。百々は心の底から帰りたいと思った。俺はここで一体何をしている？　なぜ中国人を殺し、中国人に殺される？　誰のために俺は死ぬのだ？　日本の戦争はもうとっくに終わっているというのに……。

直後、百々は銃撃戦で敵弾に胸を撃ち抜かれ、弾薬輸送のトラックで太原の野戦病院へと運ばれてしまう。しかし、不運にも弾丸は胸部を貫通していて、「重傷」とはみなされず、百々はわずか二カ月間入院生活を送っただけで、再び戦闘員として共産党軍との戦闘へと駆り出されていった。

百々にとって最後の戦場となったのは一九四九年四月、国民党軍が最後の拠点である太原城内へと追い込まれて戦った省都・太原における防衛戦だった。残留日本兵たちはその防衛戦において、陣地内にあるかつて日本軍がレーダーを設置するために構築した「牛駝塞《ぎゅうださい》」と呼ばれる拠点の防衛をまかされることになった。

戦闘は日没と同時に始まった。遠方からの砲音が止《や》むと、共産党軍は宵闇に紛れて徒歩で陣内に侵入してきた。ピシッ、ピシッ、という弾丸で土壁が弾《はじ》け飛ぶ音が迫ると、残留日本兵たちは土壁の裏に身を伏せながら、「一、二、三」という掛け声に合わせて敵兵の頭上に手榴弾《しゅりゅうだん》の雨を降らせた。ピシッ、ピシッ、という乾いた炸裂音《さくれつおん》とともに、仲間が口から血を吐き出しながら倒れていく。「一、二、三」「一、二、三」……。その単調な攻撃が敵兵にどれだけの損害を与えているのかはわからなかったが、百々たちには手榴弾を上回る火器も、劣勢を覆せるだけの戦略も持ちあわせてはいなかった。

勝敗が決するのはもはや時間の問題だった。周囲が完全に暗闇に覆われた頃、「降伏しろ。銃を渡せ！」という共産党軍兵士たちの警告が陣営のすぐ近くから聞こえた。直後、「全員脱出」の号令が響き渡り、国民党軍の兵士たちが高さ四、五メートルもある陣地の上から大地に向かって飛び降り始めた。残留日本兵たちもその列に続き、百々も大きく息を吸って暗闇の底へとジャンプした。数秒後、思ったほどの衝撃はなかった。不思議に思って足元を見ると、敵弾に倒れた味方の兵士たちが大地に折り重なって倒れていた。暗闇のなかに瞳を凝らすと、共産党軍に幾重にも包囲され、完全に共産党軍の捕虜へと堕《お》ちたことを知った。一九四九年四月二〇日。日本の敗戦からすでに三年八カ月の月日が過ぎ去っていた。

捕虜収容所での生活は、百々が当初想像していたものとはかなり様相が異なったものだった。

百々が送り込まれた河北省《かほくしょう》永年《えいねん》の収容所は労働よりも思想改造に重点が置かれていたため、収容所内では労働の合間にバスケットボールやバレーボールなどのスポーツのほか、演劇や歌唱といった文化活動を楽しむことが許されていた。学生時代、バスケットボールの選手だった百々は、そこで捕虜仲間や看守らとチームを組んでバスケット漬けの日々を過ごした。

ところが、捕虜生活が三年半を迎えようとしていた一九五二年秋、百々が演出した演劇の内容が「反革命的である」と上層部に睨《にら》まれ、百々は太原の監獄へと送られてしまう。そこで待っていたのは「告白」と「反省」の日々だった。収容者たちは自らの力によって「罪」を毎日告白し、深く反省しなければならなかった。「罪」は文書に書いて提出するだけでなく、声に出して朗読したり、他の収容者の前で発表させられたりもした。朝食前や夕食後には必ず「討論会」が開かれ、自己批判と仲間による相互批判が繰り返された。

密告や裏切りが推奨される暮らしのなかで、それでも百々は「いくつかの面白い発見をした」と回顧録『自分史回想』に次のようなエピソードを紹介している。

《中共地区での抑留生活の主な仕事は、戦争中の罪悪の告白とその反省であった。最初、何でもよいから罪行の告白を書けと言われた時、将校連中は、たいてい自分の指揮がまずくて多くの部下を殺したということを書いた。すると、我々の管理に当たっていた中国側の幹部から、こっぴどい批判を受けた。中国人民の敵である君《きみ》等《ら》の部下を殺したのは、手柄でこそあれ、罪ではない。君等の罪悪とは中国人民に与えた損失である、と言うのだ。なるほどと思った。立場が違うと罪の意識も逆立ちするのだ。》

事実を捉える角度によって「罪」の意識も逆転する。「罪」とは倫理という物差しではかられるものではなく、視点や立場といった主観によって決定されるものなのだ。そんな論理が頭の中で組み上がった瞬間、百々は「どうやら私にもまだ論理的な思考回路が残っているようだ」とほんの少しだけ嬉しくなった。

四年に及んだ監獄生活で、百々の唯一の楽しみは就寝中に夢を見ることだった。なぜ今こんな夢を見るのだろう、というような不思議な夢を百々は監獄の中で頻繁に見た。

最初の一、二年は、ほとんどが学生時代のテストに関する夢だった。配られた英語のテストの問題がまるでわからず、脂汗をかきながら白紙で解答用紙を提出する、あるいは十分に練習してきたはずの口頭試問で、面接官の基礎的な設問に何一つ答えられない。そんな夢を見る度に、百々はうなされるようにして監獄の冷たい床で目を覚まし、「なんで監獄でこんな夢を見るんだろう」と可笑《おか》しくなってひとり笑った。

やがて、それらの夢は故郷や両親のものへと変化していった。懐かしい神戸の街並みや、家族と一緒に夕食を囲んでいる夢。そんな「幻」を見る度に、夢はいい、と百々は思った。どんな夢を見ても、決して報告や反省をしなくてもいい——。

絶えず厳しい自己批判に晒され、人間としての尊厳をズタズタに切り刻まれ続ける日々のなかで、夢を見ることだけが当時の百々に許されていた唯一の人間らしい営みだったのかもしれない。

百々が日本に帰国できたのは一九五六年九月。奇しくも日本の『経済白書』に「もはや戦後ではない」という言葉が記された記念碑的な年でもあった。

中国東北部の撫順戦犯管理所に送られた百々は裁判で不起訴となり、日本へと向かう船舶の乗船券を受け取る。舞鶴で祖国の土を踏み、車窓から吹き込んでくる懐かしい神戸の風を吸い込んだとき、百々は敗戦から一一年間ずっと考え続けてきたことを実行に移そうと心に誓った。

百々にはどうしても叶《かな》えたい夢があった。

大学院に入りたかったのである。

百々は故郷の神戸に戻ると、三カ月後には神戸大学大学院に願書を提出し、翌春には見事試験を突破している。そのときすでに三八歳。髪には白いものが混じり始めていた。

「三八歳の新入生というのは、当時でもやはり珍しくてね」と百々は私の取材に少々誇らしげに語ってくれた。「助教授や助手よりも私の方が年上なので、彼らはちょっとやりづらそうでしたよ」

ところが、入学前の健康診断で、百々は医師から「肺に不審な影がある」と呼び出しを受けてしまう。エックス線写真を示しながら、「どうも肋骨《ろっこつ》が折れているんじゃないかと思うんだが」と尋ねる医師に対し、百々は「弾丸が胸を貫通しているんで、そのときに折れたのではないでしょうか」と正直に答えた。訳がわからずポカンとしている医師を横目に百々はなんだか嬉しくなり、診察室を出るなり大きな声で笑った。

「嬉しかったさ」と百々は当時の出来事を振り返りながら上気したような声で私に言った。「そのとき初めて『本当に日本に帰ることができたんだな』と実感できたような気がしたんだ。終戦から一一年が過ぎて、もうこの国の人たちは日本が戦争をしていたことさえ忘れている。愉快だったさ。日本はこんなに平和になっているのに、俺は一体これまで何をしていたんだろうってね」

神戸大学の大学院で経済学の博士課程を修了すると、百々は龍谷大学や龍谷短大などで講師の経験を積み、五三歳で神戸大学経済学部の教授に就いた。その後、六三歳で定年退官した後も二〇〇〇年まで西日本の大学で非常勤講師を務めた。

在職中、百々が若い学生たちに常に言い続けていた言葉がある。

〈企業で直接役に立つようなことは、給料をもらいながらやれ。大学で学費を払って勉強するのは、すぐには役に立たないかもしれないが、いつか必ず我が身を支えてくれる教養だ――〉

「建国大学は徹底した『教養主義』でね」と百々は学生に語りかけるような口調で私に言った。「在学時には私も『こんな知識が社会で役に立つもんか』といぶかしく思っていたが、実際に鉄砲玉が飛び交う戦場や大陸の冷たい監獄にぶち込まれていたとき、私の精神を何度も救ってくれたのは紛れもなく、あのとき大学で身につけた教養だった。歌や詩や哲学というものは、実際の社会ではあまり役に立たないかもしれないが、人が人生で絶望しそうになったとき、人を悲しみの淵《ふち》から救い出し、目の前の道を示してくれる。難点は、それを身につけるためにはとても時間がかかるということだよ。だから、私はそれを身につけることができる大学という場所を愛していたし、人生の一時期を大学で過ごせるということがいかに素晴らしく、貴重であるのかということを学生に伝えたかったんだ……」

7

百々へのインタビューは休息を挟んで合計三時間を超えていた。百々は時折いささか疲れたような表情を見せたが、それでも「話せるところまで話しましょう」と最後まで私の質問に根気よく付き合ってくれていた。

私は取材中、ずっとこの神戸に日帰りで出張に来たことを後悔していた。所用で十分な日程を組むことができなかったことがその主な理由ではあったが、百々の体調を考慮すれば、一日二時間程度のインタビューを二、三日に分けて実施するのが好ましいに違いなかった。一時は夏季や冬季のまとまった休暇を利用して取材に来ることも検討したが、正直に告白すれば、私は百々の年齢を恐れていた。記憶が失われてしまう前にという焦燥感のようなものが、建国大学の取材では絶えず私を急《せ》き立てていた。百々も自らに残された時間の長さに気づいていたのかもしれない。自分からは決して「次の機会にしましょう」とは言い出さなかった。

インタビューが終わり、ノートに記された取材内容をチェックしていると、一カ所だけ、どうしても確認をしておかなければならない部分があることに気づいた。それは百々が中国から帰国する直前、彼が戦犯かどうかを見極める裁判において、百々が「弁解も釈明もしなかった」と答えた点についてだった。七年間という年月を強制労働や監獄で過ごし、日本に帰ることができるかどうかの判断が下される裁判において、一切の弁解や釈明を固辞するという行動が果たして本当に取れるだろうか——。

「私はそれを『潔さ』だと考えていたから」と百々は私が予想していたものよりもずっと難解な言葉で質問に答えた。「英語でジェントルマンという言葉があるだろう。あの頃、私はその意味を『潔くあること』だと理解していた。私はジェントルマンでありたい、潔くありたいと、いつもそう思っていたんだよ」

かなり長い空白の後、私は「それは建国大学で学んだ気質なのですか」とあえて今回の取材に絡めるような形で質問を続けた。

「そうとも言えるし、そうではないとも言えるな」と百々は私の下心を察知したのか、若干苦笑いするような表情で言った。「でも、それはかつての日本人であれば誰もが持ち合わせていた気質だったんだよ。民族として最も大事にしていた美徳の一つだったと言えるかもしれない。あの頃の日本人にとっては『潔さ』とは『美しさ』とそれほど変わらない意味だった。そして『美しく』あることは、『生きる』ことよりも、遥かに尊いことだった」

でも、と百々は突然思い直したように言葉を続けた。

「それらをより強く意識していたのが建大生だったのかもしれないね。あの大学では毎晩、異民族の連中と『座談会』を開いていただろう。議論に参加するには知識や論理構成力だけでなく、何よりも勇気が必要なんだよ。自分の考えを口にする勇気じゃない。自分が負けたことを受け入れる勇気さ。自分の意見が常に正しいなんてあり得ない。時に論破され、過ちを激しく責められる。発言者はその度に自らの非を認め、改めなければならないんだ。そして、議論で何かが決まったら、その決定には絶対に従う。建国大学が当時、学生に求めていたことは、『時代のリーダーたれ』ということだった。それでは、『リーダーとは何か』と尋ねられれば、私は今もこう答えると思う。それは『いざというときには責任を取る』ということだ。リーダーに求められる資質とは、ただそれだけのことなんだよ。いざというときには責任を取る。それは易しいように見えて実は難しく、とても勇気のいる行為なんだ。何かあったときに必ず自ら責任を取ること。建大生はその点においては、徹底的にたたき込まれていた」

私が沈黙していると、百々は「森崎《もりさき》を知っているかい」と個室の片隅に作られている小さな本棚へと視線を移した。「『建大生らしさ』ということを考えるとき、私はいつも彼のことを思い出すんだ」

建国大学の四期生だった森崎湊は、卒業生のなかでは比較的著名な人物として知られていた。映画『塀の中の懲りない面々』などの傑作を世に送り出した映画監督・森崎東《あずま》の実兄でもある彼には、一六歳から二〇歳までの当時の日記が残されており、死後、遺族らの手によって『遺書』（図書出版社）というタイトルで刊行されているからである。

私も建国大学の取材を始めた直後にそれらの記録を手に取っていた。映画監督になった実弟と同様、彼にも類《たぐ》い希《まれ》なる感性が備わっていたことがよくわかる内容だった。『藤森日記』を残した藤森孝一と同様、彼も若者特有の瑞々《みずみず》しい感性によって建国大学における塾生活やそこでの苦悩を日記に書き記していた。

〈一九四二年六月二十日〉

どうもまずいことがおきてしまった。しまったことをやった。しかし、やむをえぬ。中尾と二人で話しているのを、満系に聞かれてしまったらしい。「満系なんかをあてにするのがそもそもの誤りだ。この建大も満州も、おれたち日本人の手で切りまわさなければどうにもならん」などと話していると、白振鐸《パイツエンツェ》と康祥春《カンシャンツエン》がちゃんとすぐそばにいる。しまった、と思った。その晩は佐々木さんがいなかった。と、満系の態度が俄然《がぜん》不穏になり、塾の空気がおかしくなった。山田と張宇賢《チャンユウチエン》が口論をはじめた。（中略）山田はよほど我慢したらしい。「うるさい」と一言いって蒲団《ふとん》をかぶって寝てしまった。それでも奴《やつ》はまだぶつぶついっている。しまいには満語でねちねち、ねちねちいっている。よくも山田はとびおきて張りとばさなかったことである。（中略）あの気の短かい男が――ほかの満系の奴等はみんな耳をすまして聞いている。（中略）消燈後あんまり話をやめないので、塾当番の高山が「話をやめ」とどなると、白振鐸の奴、満語で高山に悪口をいうのだ。悪口は自分もわかる。「ツァオニィマ、マァナガビィ、ツァオ」などといっている。おれはもう腹の中がむかむかして、とびおきて大喝してやろうと思ったが、まあまあと思ってやめた。満系はあんなところで団結しているので、おれが中尾と話していたことなど、みんな満系にたちまち知られてしまったにちがいない。（中略）それにしてもおれはつらくなった。おれは肚《はら》の中ではそういう決心で、外ではあくまで儒教的に、顔色もやわらげて彼らに親しむつもりであったが、今日、森崎という奴はあんな肚の人間だと知れてしまった以上、そういう態度に出るわけにもゆかず、そうかといって彼らと顔をあわせても、むっつりにらんでいるわけにもゆかず、どうもまずいことになってしまった。

〈六月二十一日〉

満系の者が珍しくみんな揃《そろ》って外出した。おそらく彼らは昨夜のことからしていろいろ話しあいをきめて、何か変わったように出るにちがいない。（中略）日系対満系の競争となるだろうが、ちっともかまわぬ。今までのようなだれた空気よりいくら気持がいいかわからぬ。ここで一つ、外見と内容ということだが、彼らにおいては服装がきちっとしているから、整頓がきちんとしているから、心構えもきちんとしているとは必ずしもいえない。彼らはやたらに人前の面子《メンツ》を重んずる。服装とか容貌とか自分のものの体裁などいうことには面子を重んずる。ましてや整頓をきちんとやらんと先生から叱られる。成績にかかわるとか、日系の奴から人前で注意を受けてはみっともない、などと考えると、一生懸命になってやるらしい。しかし、それはそれとしても、日系の方も肚はたしかであろうか。そんな方面のことも彼らに劣り、ひいては日本人はだらしないとか、何もできぬ、勉強もあまりせぬ、などと思いこまれ、彼らにみくびられるようでは話になるまい。

夜、点呼後、董成新が口をきる。どんなことをいうかな、と待っていると、何の、何の、おかしくてたまらぬ。日系の人は人前で恥ずかし気もなく屁《へ》をひります。塾の内でも、私達の前でもかまわずひる。あれはみっともない。私達は、日本人は礼儀正しい国民であると聞いていました。しかしそうではないように見える。ことに大きな屁をひるのはやめてください。

何をいうかと思っているとこれだ。おかしくてたまらぬ。これきりしかいわぬのだ。実際彼らの面子というやつは情けない面子だな。おかしくて反駁《はんばく》する気にもならぬ。彼らは今日集まって「日系はやたらに屁をひるからいかん。だらしがない」とあの面で、真面目くさって話しあったのだろうか。それを思うとおかしくて話にならぬ。おれなんか、さしずめもっとも礼儀を心得ぬ日本人の一人だろう。なるほどおれが屁をひると、何か満語で話しあって騒いでいたようだったな。まあとにかく、それでは屁をひらぬようにしよう。

〈六月二十二日〉

このままでいったら完全に失敗だ。日系と満系は表面にこそ出さぬが、内部では完全に二分し、対立している。日系の方が協和への熱意が強く、満系はうわべはそうでなくとも、頑固に団結している。表面だけにこにこ親しんできたものの、大学を出たとたんに、満系は満系ばかり、日系は日系ばかりに分離して、めいめい自分の信ずるところへ進むといったことになるにちがいない。（中略）「彼らに畏敬の念をいだかしめるくらいにならなければならぬ」という人があるが、しかし、日系といい満系といっても同じ満州国民ではないか。畏敬とかなんとか、日本人の方が一段高いところにいるような不純な考え方はいやだ。至誠はかならず通ずるものだ。しかし、その至誠にしても、いかに表わすかといえば、やはり話しあったり、態度で示してゆく以外にない。（中略）

一期二期の人たちなど、創立当時の苦労をつぶさにともにし、たがいに肚もわり、真情をひれきしあい、その間、かなりの相互理解があったはずであるのに、やはり二十余人もの抗日学生たちが出た。民族間の問題というものは実にむずかしいものである。いくらおれたちが誠意を通じさせようときばってみてもしれたものかもしれない。もともと彼らの民族性は四千年にわたる長い歴史のなかでつちかわれてきた牢固《ろうこ》たるものであり、しかもその四千年の間に統一国家としての生活をしたことがないのだから、たかが日本人のちっぽけな誠意なんかで、一朝にして彼らをかえるということは絶対できるものではないような気がする。

〈九月二日〉

開学五周年記念日。物故教職員、学生の慰霊祭。運動会。祝賀晩餐会。和気あいあいたり。たのし、こころよし。

重慶《じゆうけい》により、延安《えんあん》によって苦闘抗戦する支那人たちも、思えば敬服にたると認めざるをえない。彼らからいわしむれば、崇高熱烈な志士、闘士であろう。彼らは彼らの使命を自覚し、その遂行のために生涯をささげんとしているのである。しかるに、おのれをかえりみるに、あまりのおぼつかなさに、暗然たらざるをえない。

ソ連はソ連で、彼らなりの八紘一宇《はつこういちう》を実現すべく、営々の努力を重ねつつ、前進、前進、また前進してくる。ソ連流の新秩序――それはそれで立派なものである。

（中略）

世にはどんな人もいる。おそろしい飢餓におそわれて、わが子を食う民もある。

生れてから死ぬまでの永い間、腹いっぱい食うこともなく、思うぞんぶん寝ることもなく、背骨の折れるまで働きつづける民もある。城内の満人街をぶらつき、わんわん喧騒《けんそう》をきわめて群れている労働者たちを見、いかにしたらこの人たちが救われるのか、自分にこの人たちを救う力があるのか、を考える。

満州の漢民族と支那本土の漢民族とをきり離して考えることはできない。満州国民もまた中国人であり、しかも祖国愛に強い連中であればあるほど、満州国人であるよりも「中国人」なのである。真にアジアのためになり、われらが陣営に迎え入れなければならぬ人材、われらの理想のために真に同志とすべき士は、悲しくも敵側にまわっているのである。彼らの抗日排日にも大いに敬服するところあらねばならぬ。

中国の人々に大らかな信頼を抱いてもらうためには、日本自身がまず正しくあらねばならぬ。われらが塾内の満系、これは中国人なのである。中国人の自覚と矜持《きょうじ》の強烈な者ほど、実はわれわれの同志たるべきものなのではないか。中国の同胞たちが日本軍の力の前にたたかれているのを彼らが見るとき、いかばかりの苦痛を感ずるであろうか。満州も中国もとりかえしたく思うだろう。尊敬する憂国の士は一意救国のため反満抗日を叫んで血を流している。今まで日本がどんなことを中国に対しおこなってきたかを彼らはよく知っている。

〈一九四三年四月十二日〉

夜、周仏海氏の講演放送。娯楽室で、満系の学生たちが寄りあって、その講演に聴き入っている姿をみて、つくづく感じた。今日の学科で、「われわれの世代のうちに、日満合邦という事実がくるかもしれぬ」といった教官があった（高橋匡四郎先生）。しかし、ここにある民族の姿、満系の姿を見るとき、自分は「不可だ、日満合邦不可だ！」と思った。彼らの真剣な態度のなかには、家の子が、本家に対するごとき心情がありありと感ぜられるではないか。彼らの本国支那からは、民族の血、同胞の血が、絶ちがたいきずなの強さでひき寄せているのだ。

同じ民族が二つにわかれ、それぞれ国家をたてて、いまさらあらたまって親善関係とか友邦関係とか結ぶということだけでさえ、奇異の感がし、苦痛を感ずるであろうに、まして日満合邦により漢民族たる彼らが明らかに日本国内におり、日本支那と二分し、日本という柵のなかに入れられてしまったことを知ったとき、彼らが故国に対する思慕の情はたえがたいであろう。同胞どうしが相対してことごとく友邦とか善隣とか、同生共死とか、同甘共苦とかをわざわざ強調せねばならないとは……。日満合併。そのときこそ満州の地は中国の失地となり、在満民族の苦悩は一段と重くなるであろう。いかに日華両国の親善となったとしても、民族の血の力と、満州国に対する国土愛、郷土愛の力と、いずれが強靭《きょうじん》であろうか。漢民族の性格を見れば、明らかなことである。同一な漢民族文化を保守する支那社会の共通性を思えば、さらに明らかである。日満合邦によりいよいよ善政をしけば、民は安居楽業《あんきょらくぎょう》してますますよくなり、幸福になるではないか、というのは、手前のことだけ考えて相手の心情を察せぬ理屈である。民族の血はそんななまやさしい理屈を承知するものではない。

私が三重県津市（旧・香良洲町《からすちょう》）にある香良洲歴史資料館を訪れたのは夏の盛りの暑い日だった。新幹線と近鉄名古屋線で津駅まで行き、そこからタクシーに乗って伊勢湾《いせわん》に面した三角洲《さんかくす》を目指すと、現在は資料館として使われている旧三重海軍航空隊の建物に着いた。館内には第二次世界大戦で使用された戦艦や空母の模型などが展示されており、資料館の入り口で目的を告げると、係員が三階の資料フロアへと案内してくれた。森崎の遺品は三階のショーケースの一角に収められていた。当時彼が携帯していた短刀や衣服の横に、建国大学で撮影されたものとみられる森崎の顔写真が添えられていた。

「ご遺族の方ですか」と係員に聞かれ、私は取材の趣旨をかいつまんで説明した。

「そうですか」と係員は特に感慨を示さずに小さな声で言った。「数年に一度、この方を訪ねに見えられる方がいらっしゃいます。私も詳しくは存じませんが、終戦翌日に自決なさった方だと……」

森崎は入学三年目の一九四四年四月に建国大学を自主退学し、特攻隊を志願して三重海軍航空隊に入隊していた。そして敗戦翌日の一九四五年八月一六日夜、一人宿舎を飛び出して近くの松林のある砂浜で割腹自決を図ったのである。

森崎を自決へと向かわせたのは何だったのか。その詳細は明らかになっていない。三重海軍航空隊が作った報告書や森崎の著書『遺書』によると、玉音放送が流れたとき、航空隊内にはあくまで決戦すべきだという声が渦巻いていたという。森崎はそのなかで親友の一人から短刀を譲り受け、夜一人で宿舎を抜け出し、伊勢湾に面した砂浜へと向かった。周囲の砂を掃き清め、靴の上に帽子、遺書、短刀のさやをのせて正座すると、指を切って白いハンカチに「一念」の血書をしたため、左腹に刺し、頸動脈《けいどうみゃく》を切り、最後に短刀を左胸に突き刺していた。航空隊が解散されたのは一八日。森崎の自決により、航空隊内の決戦論は沈静化し、解散復員は他に累を及ぼすことなく実施された、と当時の資料は伝えている。

航空隊は遺体のそばに添えられていた森崎の遺書を公開している。内容は次のようなものだった。

《遺書》

両親様

先立つ不孝御許《おゆるし》下さい。二十年間御苦労のかけ放しで何一つ御仕えもせず、又々深い悲しみを御かけ申す事、返す返すの親不孝何卒《なにとぞ》御許し下さい。

御国の御役にも立たず、何の手柄も立てず、申訳ありません。死んで護国の鬼となります。私は生きて降伏する事は出来ません。私が生長らえていたら必ず何か策動などして、恐れ乍《なが》ら和平の大詔《たいしょう》に背き奉り、君には不忠、親には不孝と相成る事目に見えるようであります。

日本はこれからどんな辛《つら》い目に逢《あ》うことでしょう。御両親様はどんな悲しい目に逢われることでしょう。それを思うと、覚悟も鈍ります。然《しか》し私が生きていたらきっと和平を破り国策に反し延《ひ》いて累を眷族《けんぞく》に及ぼすに至らんことを恐れます。湊の魂は必ずや父上母上の傍《そば》に参ります。アメリカが来たら御傍離れず御護《おまも》り致します。どうか御心を安らかに持たれて、日本が再び立ち直る日まで御長命下さい。その日までどうか父上も母上も御壮健で御機嫌よく御過し下さい。

昭和二十年八月十六日　夜　　　湊

（『遺書』より抜粋）

「彼だけが決して特別なわけではなかった、と私は思うんだ」と百々は特別養護老人ホームのベッドの上で天井を睨むようにして言葉を吐いた。「いざというときにはどう行動すべきか、誰もがそのことばかりを考えていた。命なんてこれっぽっちも惜しくはなかった。ただ日本のために、故郷のために、そればかりを考えて……」

百々は枕を動かし、今度は私の両目をしっかりと見上げた。

「そして、それは何も我々日本人学生だけじゃなかった。中国人も朝鮮人もモンゴル人もロシア人も、誰もが当時、どんな世の中を作るべきか、そればかりを考えていた。この先の自分の人生がどうなるのかということは、取るに足りないことだった。もっと大きなこと、もっと果てしないことを考えていた……」

百々はベッドの上から手を伸ばし、私が持参してきた建国大学の同窓会名簿を手に取った。そして、木の枝のように乾ききった指先で二百十数ページの紙の束をぱらぱらとめくってみせた。

「なあ、新聞記者君」と百々は私の方へと体をずらしながらつぶやくように言った。「君はこの先もまだ取材を続けるつもりかね？　もしそうならば、ぜひ彼らに伝えてくれないか。百々が最後にぜひ君たちに会いたがっていたと、そして、色々と謝りたかったと話していたと……」

強烈な西日が特別養護老人ホームの小さな個室をオレンジ色に染めていた。百々は両目を閉じたまま、しばらくの間動かなかった。その姿は何かを瞑想《めいそう》しているようでもあり、深く寝入ってしまったようにも見えた。

第五章　大連

8

大韓航空八六九便は離陸から五〇分も経たないうちに主翼を斜めに傾かせ、鉛色の分厚い雲のなかへとその巨大な機体をゆっくりと沈めていった。雲の切れ間からわずかに見える赤茶けた大地の色はそこが半島や島国ではなく、巨大な大陸であることを乗客たちに告げていた。韓国語と中国語のアナウンスに続いて英語による時刻調整の案内が流れると、私は腕時計の脇にある調整ボタンを数回押して液晶表示されている日本時刻を一時間ほど過去に戻した。そして、本当に来ることができたんだな、と何かを確認するように機内の雑音の中でつぶやいてみた。

私が建国大学の卒業生に関する海外取材の企画書を所属新聞社に提出したのは二〇一〇年七月だった。かつてスーパーエリートとして建国大学に集められ、その後、祖国へと戻った非日系の学生たちは今どこでどのように暮らしているのか。生存が確認された中国、韓国、台湾、モンゴル、カザフスタンの五つの国や地域に出張し、彼らが歩んだ激動の半生を連載記事として紹介する――。そんな内容の企画書だった。

以来、私は自分でもびっくりするほど積極的に――そして他人から見ればかなり執拗に――建国大学の取材における海外出張の必要性を関係部局に訴えて回った。私の場合、海外取材にはどうしても社の判断が必要だった。所属新聞社の推薦状がない限り、中国やモンゴル、カザフスタンなどの国々は取材に必要なビザを発給しない。万一不正が発覚した場合には海外拠点で勤務する特派員にペナルティーが科せられる恐れがあるため、新聞記者という身分を有して取材に当たる以上、観光ビザで入国するという行為が私にはどうしてもとれなかった。

企画を実現へと導いてくれたのは、私が当時配属されていた立川支局の支局長だった。ワシントン特派員の経験がある彼は「この手の話はあと五年で聞けなくなる」と海外出張の権限を持つ国際報道部にはもちろん、私が所属する社会部や編集局長室にまで足を運んで一連の企画を売り込んでくれた。「この出張には経費がほとんどかからない」というのが彼が経営幹部を説得するときの切り札だったらしい。複数の国にまたがる取材ではそれぞれの国の通訳が必要となるが、今回の取材対象者はいずれも日本語が堪能《たんのう》なため、助手や通訳を雇う必要がない。私は学生時代からカメラを趣味にしており、日本からカメラマンを同行させる必要もなかった。

会社からゴーサインが出たのは約一カ月後だった。滞在期間は約三週間。大連、長春、ウランバートル、ソウル、台北《タイペイ》、カザフスタンと申請したすべての都市への出張が認められていた。三週間という日程は六つの都市を回って取材することを考えるといささか短すぎるようにも思えたが、社命に基づく五輪やサミットなどの取材ではなく、記者個人の「持ち込み企画」である以上、それらは破格の待遇とも呼べるものだった。

中国・大連の周水子《しゅうすいし》国際空港は、薄いガーゼのような霧雨に包まれていた。到着ロビーは閑散としていて日本のそれとあまり変わらない印象を受けたが、一歩空港の外へと踏み出した途端、中国語のけたたましい喋《しゃべ》り声とチャイナタウンに漂う特有の香辛料の匂いに襲われた。私は日焼けした土産売りや両替商を半ば強引に振り払いながら、廃車寸前の正規タクシーの後部座席に身を押し込んだ。

「どこに行く」

「大連賓館《だいれんひんかん》」

私は事前に予約を入れていた歴史的建造物の名を告げた。日本の満鉄が戦前に「大連ヤマトホテル」という名で直営していた宿泊施設で、戦後は中国政府が接収し、今もホテルとして稼働している。満鉄の栄華を漂わせる重厚なルネサンス様式のバロック建築が至る所に保存されており、日本から訪れる「満州ツアー」のお決まりの観光スポットにもなっていた。

車が慌ただしく発車した後、私は後部座席の窓から雨に濡《ぬ》れた乱雑な街並みをぼんやりと眺めた。車が街の中心部に近づくにつれて、ドブネズミが駆け抜ける薄暗い雑多な建物群は影を潜め、どこか洗練されたヨーロッパの匂いを漂わせる街並みが窓の外に広がった。

「今もアカシアはありますか」

私は用意していた中国語でそう尋ねてみたが、運転手は私の中国語が理解できなかったのか、わずかに首をかしげただけだった。

大連はかつてロシアが建設した街だった。一八九八年、日清《にっしん》戦争後の三国干渉で清から遼東《りょうとう》半島南端の租借権を獲得すると、ロシアはこの地に多額の資金をつぎ込んで貿易港の整備を進めた。街の設計を託されたのは、東清《とうしん》鉄道の技師長サハロフ。彼はこの街をパリの華やかなイメージで彩ろうと考え、南ロシアから耐寒性の高いアカシアを何万本も取り寄せて街の至る所に植樹したのだと何かの本で読んだことがあった。

大連か――、と私は心の中でひとりごちた。

私がこの大連を海外取材のスタート地点に選んだのには大きく二つの理由があった。

一つは、私もかつて建国大学の新入生たちがそうしたように、飛行機ではなく鉄道で大学のある新京（現・長春）に入りたいと考えたからである。日本国内で取材をしていたとき、卒業生の多くが満州の特徴のひとつとしてその広大さを挙げた。在学中、グライダー部に所属していたという一期生の村上和夫は、両目を細めてこんなエピソードを話してくれた。

「グライダーに乗って空から見るとね、ずっと遠くまで陸地が続いていて、遥かその向こうに地平線が広がっているんだ。ははあ、これがつまり『大陸』というものなんだな、とそのとき改めて自分が満州に来たことを実感したんだよ」

彼らが過ごした満州という土地はいかなるスケールを持った場所だったのか。私もそんな距離感のようなものを、列車の振動や疲労によって体得したいと考えていた。

そしてもう一つ、大連を選んだ真の理由——。

それはこの街に一期生の元中国人学生・楊増志《ヤンツオンチ》が住んでいたからである。

9

元中国人学生の楊増志は約束の時間である午前一〇時ちょうどに待ち合わせ場所の大連賓館に現れた。入り口の古い回転扉がゆっくりと回ったかと思うと、大理石のロビーに白色のステッキをついたハット姿の男性が姿を見せた。

「いやあ、実に懐かしいですな」と楊は頭上の巨大なシャンデリアを見上げながらおもむろに日本語で言い放った。「ここには何度か来たことがあります。大連ヤマトホテル。昔は確かそういう名でしたな。それにしても、ここまで当時の面影が残っているとは……」

　私が慌てて楊のもとへと駆け寄ると、楊はまるで孫に接するかのように私の左肩をポンポンとたたいた。そして、「息子です」と連れ添ってきた五〇代とみられる男性を私に紹介してくれた。

　楊へのインタビューは当初、彼の自宅で実施することになっていた。ところが、私が大連入りした直後に彼の親族を名乗る男性から「取材の場所を変更してくれないか」という申し出があったため、急遽《きゅうきょ》会場を大連賓館に変更した経緯があった。私は楊に寄り添っている中年男性が昨日電話で会話を交わした人物だと思い込み、「昨日はどうも」と日本語で言ったが、相手は何の反応も示さなかった。

　楊と短く挨拶を交わした後、私はインタビュー用に予約を入れていた大連賓館の中庭にある喫茶ルームへとふたりを誘った。大連賓館は米国防総省ペンタゴンのように五角形の形をしており、その中央部分が吹き抜けの喫茶ルームになっている。重厚な建物によって外の喧騒が遮られ、インタビューには格好の空間が作られていた。

　私と楊と中年男性はポット入りのジャスミンティーを注文し、お茶が運ばれてくるまでの間、三人でとりとめのない雑談を交わした。楊の日本語は予想以上に劣化していたが、通訳が必要なほどのレベルではなかった。

　私は楊の日本語に注意深く耳を傾けながら、楊にこうしてインタビューができることを心の底から嬉しく思った。今回の一連の海外取材のなかで、私が最も強く面会を希望したのが目の前に座っている楊だった。新聞社の封筒では当局の検閲で届かない場合を想定して、同窓生の手紙に紛れ込ませる形で何通もの取材依頼文を楊に送った。楊から取材応諾の返事が届いたのは日本を出発する直前だった。私はそれまでの予定を大幅にキャンセルし、楊への取材を大連到着の直後にねじ込んでいた。

私には建国大学の実情を知る上でどうしても彼に会っておく必要があった。彼が中国に存命する数少ない一期生の元中国人学生だったからだけではない。彼が在学中に反満抗日運動を首謀し、後に関東憲兵隊司令部によって逮捕されることになる地下組織のリーダーだったからである。

「今日は何でも聞いてください」と楊はジャスミンティーのカップを顔の前に掲げて笑顔で言った。「時間はまだたっぷりとあるようです。あなたと私は今日初めてお会いしましたが、どうぞ、まるで古い昔からの友人のように――」

楊へのインタビューはそれまでの取材とは若干異なる環境で行われることになった。私がICレコーダーを取り出した瞬間、彼が証言の録音を強く拒否したからである。彼は理由を明らかにしなかったが、私はあえて詮索せずに彼の証言をノートに書き留めることにした。

「何から話そうか」と楊は最初に私に聞いた。「こういう場合、大事なことからお話しした方がいいのか、若い頃から順を追って説明した方がいいのか」

「どちらでも結構です」と私が言うと、楊は嬉しそうに微笑んだ。

「それではまず大事なことから」と楊は笑顔で話し始めた。「私が建国大学に入学して一番嬉しかったことは、学内に言論の自由があることでした」

　楊の証言によると、楊は幼い頃から周囲を日本人に囲まれて育った。実父が日本出資の製鋼会社に出入りしていたこともあり、日本語が共通語として用いられていた南満中学堂で学び、進学時には建国大学に願書を送った。合格通知を受け取ったとき、楊は自らの未来が大きく開けたような錯覚を抱いたという。

　当時、建国大学の入学生には多くの特権が付与されていた。月に五円の「手当」だけでなく、楊にとって何よりも嬉しく感じられたのが、学内に「言論の自由」が存在していることだった。そこでは民族の如何《いかん》を問わずあらゆる発言が許されており、日本人に向かって日本政府の植民地政策を真っ向から非難しても、決して咎《とが》められることがない。それは当時の満州国においては一般人が決して目にすることのできない「禁断の風景」でもあった。

　入学当初の楊にとって、同期の日本人学生たちは皆、一見誠実であるように見えた。「座談会」では満州国に広がっている不平等を認め、目の前の問題をどう解決していけばいいのか、自ら積極的に議論しようとする。

しかし、入学から半年が過ぎると、そんな日本人学生たちの姿に強い偽善の匂いを感じるようになった。学内でどんなに議論を尽くしてみても、得られた結論は決して学外に発信されることがない。座談会でどんなに「五族協和」をうたいあげてみたところで、大学構外での現実は何一つ変わらず、街では日本人による熾烈《しれつ》な差別のなかで中国人労働者たちが奴隷のようにこき使われていた。

現実と理想の埋めようのない落差のなかで、中国人学生たちは常に不安に苛まれていた。今はいい、理想を追って学内の議論に熱中できる。しかし、一度大学を卒業してしまえば、「五族協和」の名のもとに体制側へと組み込まれ、やがて日本の帝国主義に利用されてしまうのではないのか――。

楊を中心とした中国人学生たちが「勉強会」と呼ばれる会合を開くようになったのは、開学三年目の一九四〇年春頃からである。

それらはまず本を読むことから始まった。

建国大学ではマルクスやレーニン選書などの禁書だけでなく、孫文《そんぶん》の『三民主義』や蔣介石の『中国の命運』、毛沢東《もうたくとう》の『新民主主義論』などの書籍も閲読することが許されていた。中国人学生たちは夜間、図書館に忍び込むと、それらを手分けして書き写し、仲間内で密《ひそ》かに読み回していった。

学内に「勉強会」の活動が定着すると、楊はその活動を新京にある各大学へと広げていき、東北抗戦機構と呼ばれるネットワークへと編み込んでいった。横のつながりを構築することで、満州国内の情勢や日本政府の動きを素早くキャッチし、いざというときには瞬時にまとまって行動に移れる「力」を蓄えようと考えたのである。楊ら幹部は信頼の置ける学生数人を北京や国民党軍が駐屯する重慶へと送り、彼らが持ち帰ってきた抗日運動の情報を東北抗戦機構に所属する中国人学生たちに口移しで吹き込んでいった。

一九四一年六月、ドイツがソ連に侵攻すると、楊たちは具体的な蜂起の準備に取りかかった。ドイツは「日独伊三国同盟」に基づき、日本にソ連を東側から侵攻するよう求めていた。日本がソ連に侵攻した際には、中国の国民党軍や共産党軍がすかさず満州国内に入り、人民を解放へと導くだろう。我々もゲリラ兵士としてその敵対工作に加わるのだ――。

楊たちは毎晩のように会合を開き、一斉に蜂起する準備に入った。いつどこでどのように決起し、誰を狙撃し、どこに潜伏するか。与えられた時間は長くはない。大学の外では無数の同胞が現実に苦しみ、我々の救いを待っているのだ……。

楊が憲兵隊に検挙されたのは、蜂起計画がほぼ固まりつつあった一九四一年一二月だった。罪名は治安維持法違反。日本の治安維持法改正に伴って満州国でも改正されたばかりの新しい法律だった。当時、楊は国民党の資料を持っていたため必死に逃げようとしたが、七、八人の憲兵に取り囲まれ、その場で資料を丸めて口から飲み込んでいる。

「日本人というのはとても器用な民族でね」と楊は若干の嫌みを込めて私に言った。「隙がないというか、抜かりがないというか、何事も用意周到に進めるのが上手なんです。私の逮捕はまさにその典型でした。後でわかったことなのだけれども、東北抗戦機構にもちゃんとスパイが紛れ込んでいてね、ほとんどの情報が憲兵隊に筒抜けだった。そのスパイの名前を聞かされたとき、私は開いた口がふさがらなかったよ。私が最も信頼を置いていた中国人学生の一人だったんだからね。信じられるかい？　彼は東北抗戦機構の一員として重慶での情報収集にまで関わっていた人物なんだよ。日本の憲兵隊はね、そういうことを平気でするんだ。そしてすぐには検挙しない。スパイを深く潜らせて、長期間ひっそりと情報を上げさせる。そして爆発寸前に一網打尽にするんだな。敵ながらあっぱれ。ゲリラ気取りのインテリ学生には手も足も出なかったというわけだ」

検挙後、楊が連行されたのは関東憲兵隊司令部の地下勾留所だった。楊はそこで連日過酷な「取り調べ」を受けた。

楊の証言によると、「尋問」には様々な道具が使われた。憲兵たちは楊が着ていた衣服をはぎ取り、分厚いゴム板で皮膚に血がにじむまで執拗に叩《たた》いた。楊が口を割らないでいると、今度は大きな鉄製の鳥かごを持ち出してきて、その中に入るよう命令をした。

檻《おり》の内側には鋭い針が何本も取り付けられており、収容者がまっすぐ立っているぶんには針が体に刺さることはないのだが、少しでも疲れて体を傾けたりすると、鋭い針が容赦なく皮膚に突き刺さるようになっている。憲兵たちはその檻を揺らしたり、蹴ったり、時には転がしたりして、楊への「尋問」を長時間続けた。

憲兵たちが楊から必死になって聞き出そうとしていたものは、地下組織の全体像や建国大学内の協力者、メンバーが聞き込んできた重慶からの情報や今後予定している蜂起の具体的な計画だった。

楊は当然それらの情報のほぼ全容を知り得ていたが、どんなに厳しい拷問を受けても決して口を割ろうとはしなかった。一度情報を漏らしたら最後、自分はまったくの用無しになり、その場で殺されてしまうことが明らかだったからである。俺が情報を握っている限り、奴らは俺を殺すことができない。そんな確信だけが、楊にそのとき与えられていた唯一の「武器」でもあった。

徹底抗戦の構えを崩さない楊に対し、憲兵たちは徐々に「尋問」をエスカレートさせていった。炭火の中に鉄の棒を突っ込んでそれを額に押し付けたり、爪をはがしたり、電気コードを使って感電させたりする拷問が容赦なく続けられた。

なかでも最も熾烈だったのが「水責め」だった。片脚が切り落とされた長いすに頭を下にして仰向けに寝かされ、顔面にヤカンで水が注ぎ込まれる。苦しくて息をしようとすると、水が肺の中にまで入り込んでしまう。溺死寸前の状態になり、楊は何度も意識を失った。

一見シンプルにも見えるその拷問は、収容者を長期間苦しめることができる効果があった。一度「水責め」を受けてしまうと、多くの収容者がその後肺炎を患い、満足に息をすることすらできなくなってしまうのだ。

監獄内に響く他の収容者たちのうめき声を聞かされることは、楊にとって自分が拷問を受けることよりも遥かに辛いことだった。収容者のうちの何人かは楊への見せしめのために不当な拷問を受けていることが明らかだったからである。

「お前は卑劣な人間だ」と楊は拷問の度に憲兵隊から問いつめられた。「自分の身を可愛く思うがために、他の仲間を犠牲にしている。なんと醜い生き物だ」

それでも、楊は決してしゃべろうとはしなかった。話せば、自分も同志も殺される。楊はそう固く信じていたし、日本や日本人を心から恨んでもいた。

そんなある日、楊に一つの「事件」が起きた。収容されていた監房に突然、冬用の上着や綿入れが山のように放り込まれたのである。

「差し入れだ。署名をしろ」

看守に促され、受け取り欄にサインする際、差し入れ元の欄を見て楊は我が目を疑った。そこに書かれていたのは、かつて建国大学の同塾で暮らした日本人学生たちの氏名だったからである。楊は動揺を隠せなかった。当然彼らは知っている。政治犯に物品を差し入れるということが、どのような嫌疑を招くのかということを――。

「どこまで卑劣な手を使うんだ」と楊はあらゆる物事が信じられなくなった。「日本は私の心をどこまで引き裂こうというのだ……」

その夜、楊は収監されてから初めて泣いた。心の底から日本を呪い、その一方で彼らにもう一度会いたいと思った。

逮捕から一年半になろうとしていた一九四三年四月、楊は同時期に検挙された中国人学生と新京高等法院特別治安法廷で以下のような判決を受けた。

〈判決〉

楊増志（一期）無期懲役

柴純然（一期）無期懲役（獄死）

佟鈞鎧（三期）懲役一五年

陳東旭（二期）懲役一三年

李樹忠（一期）懲役一三年

胡毓崢（一期）懲役一三年

閻鳳文（二期）懲役一〇年
那庚辰（一期）懲役一〇年
董国良（三期）懲役一〇年
喬国鈺（三期）懲役一〇年
閻樹臣（一期）懲役一〇年
赫崇義（二期）懲役一〇年
馬維良（二期）懲役一〇年
李首春（一期）懲役一〇年
孫宝珍（一期）懲役一〇年

服役中、楊は新しい監獄を造るための肉体労働へと送られた。労働は一日一四時間。簡素なシャベルで凍《い》て付いた大地を削り、そこに素手でセメントを注入するよう指示された。夏も冬も食事はすべて屋外で取るよう命じられ、一年目の冬には手足の指がすべて凍傷で動かなくなった。

屋外労働者として働けなくなると、今度は監獄内の縫製工場へと異動を命じられ、製品検査の仕事を割り当てられた。作業時間は朝六時から夜一〇時まで。屋内での作業なので肉体的な負担は減ったが、食事は目に見えて簡素になり、冬でも監獄のコンクリートの床の上で寝起きしなければならなかった。

一九四五年の終戦直前、楊は急遽トラックに乗せられ、監獄の外へと運び出された。荷台に乗せられた囚人が重刑者ばかりだったため、囚人たちはこのままどこかで射殺されるのではないかと話し合ったが、実際に運ばれた先は吉林《きつりん》にある別の収監施設だった。

楊はそこでは雑役係という施設の文書管理のような仕事を言いつけられた。あまりの軽役に理由を尋ねると、看守は「監獄の幹部が囚人のリストにお前の名前を見つけ、特別に取り計らってくれたのだ」とその幹部の名前を告げた。南満中学堂時代、かつて同室で寝泊まりしていた一期上の先輩の名前だった。

楊にとって八月一五日は何の前触れもなく訪れた。政治犯たちは翌日一六日に釈放され、楊も他の囚人たちと一緒に吉林の街へと歩み出た。木のようにやせ細った囚人たちに対し、市民は水や食べ物を分け与えてくれた。路地で駐屯中の日本兵たちが軍の資料を必死にドラム缶の火のなかにくべているのを見て、楊は初めて「日本が戦争に負けたのだ」と理解した。あまりにも唐突な幕切れに、楊は解放の喜びよりもむしろ、底知れぬ恐怖の方を強く感じた。

10

楊は八月二三日に長春に戻ると、水責めによる拷問で中度の肺結核を患っていたため、その後半年間は親類の家で静養することにした。やがて春になり、健康状態が快復すると、知人の紹介により当時国民党が実施していた中国東北部の水田を管理する仕事を見つけ、正式に就職した。満州に残留していた日本人技術者を三〇人ほど留用し、アメリカ政府からの資金援助を受けながら土地の改良や品種の選定などを実施する管理職だった。

「そこには日本人だけでなく朝鮮人や中国人も一緒に働いていましたが、私にとって彼らを使って仕事をすることはそれほど難しいことではありませんでした。建国大学での生活でそれぞれの民族の特性を十分に知り抜いていたからね。『中国人は利で動く、朝鮮人は情で動く、日本人は義で動く』。日本人を使うことがね、実は一番簡単なんだよ。ポストさえ与えておけば――あるいはポストを与えると約束さえしておけば――彼らは極めて忠実によく働くんですよ。きっと自らの使命を達成したいという意識が他のどの民族よりも強いんでしょうね。だから職場の人間関係は比較的良好でした。ただ……」

「ただ?」

「あの頃の日本人は本当に大変でした。それまでずっと差別や拷問を受けてきた私の目から見ても、満州に残留していた日本人の生活は眼を覆いたくなるようなものばかりだった。侵攻してきたソ連兵からあらゆる略奪や暴行を受けながら、彼らはまるでネズミのようになって異国の地を逃げ回っていた……」

楊が担当していた中国東北部の農村部には無数の日本人移民村があり、どこでも同じような光景が繰り広げられていた。日本人が経営していた工場や農業施設はソ連兵によって徹底的に略奪され、女たちは老婆を含め、ソ連兵からの強姦《ごうかん》を恐れて自ら頭を丸刈りにしていた。それでもソ連兵たちはある日突然押しかけて、納屋の隅に隠れている女性たちを数人で襲った。同じ村で暮らす日本人たちはもちろん、近くで暮らす中国人たちもソ連兵の行為を止めることができなかった。戦争に負けるということはこういうことなのだ、と楊は泣き叫ぶ日本人たちの姿を見ながら胸に刻んだ。

数年後、楊は建国大学で学んだ経済の知識を少しでも役立てたいと、水田管理の仕事を辞めて長春市の議員へと転じた。長春の街をいち早く復興させせようと、寝る間を惜しんで民家や工場を回った。

異変に気づいたのは一九四八年の春頃だった。それまで果物や食料が山積みされていた商店の軒先から突然、商品が消え始めたのだ。当時、国民党軍が支配していた長春を攻略するため、共産党軍が街全体を巨大なバリケードで封鎖して兵糧《ひょうろうぜ》攻めにした「長春包囲戦」の始まりだった。

「長春包囲戦」については、ＮＨＫがドラマ化した山崎豊子《やまざきとよこ》原作の『大地の子』のワンシーンに使用されたこともあり、近年、日本でもその存在が広く知られるようになっている。ある記録によると、共産党軍はバリケード内部への徹底的な兵糧攻めによって、一五〇日間に長春市の人口の三分の二にあたる約三〇万人の市民を餓死させたと伝えられている。

「なにせ食べ物がありませんからね」と楊は声に力を込めて当時の状況を振り返った。

「街中の至る所に死体の山ができており、まるで地獄のような有り様でした。子どもも大人も道に生えている草をめぐって取っ組み合いをしているような状況で、木の樹皮を削り取ってかじりついている人なんかもいる。バリケードの出入り口には外に逃れようとたくさんの人が群がっているのですが、出入り口は週に何回かしか開かないのです。私たちは同じ中国人である中国共産党軍が、なぜこれほどまでに惨《むご》いことを同胞にするのか、まったく理解できませんでした」

「楊さんはずっとバリケードの中にいたのですか」と話の途中で私は尋ねた。

「いいえ」と楊は首を振って瞬時に答えた。「私は家族と一緒にバリケードの外に出ることを許されました」

「なぜですか」

「ある物を共産党軍に渡したからです」

「ある物？」

「銃です」と楊は短く答えた。「共産党軍は当時、自軍の役に立つ人間については特別にバリケードの外に逃がしていました。私は国民党軍の銃三丁を共産党軍に渡し、私と私の家族を鉄条網の外へと逃がしたのです……」

次の瞬間、喫茶ルームの空気が変わった。楊の隣に座っていた「息子」の携帯電話が突然鳴り出し、彼は慌てて喫茶ルームの外へと出て行った。十数秒後、彼は喫茶ルームの入り口で我々に向かって両手で大きく「×」の字を作ると、テーブルに戻ってくるなり楊に向かって何かを中国語で一方的にわめき立て始めた。

楊はしばらくの間涼しい顔で男性の抗議をやりすごしていたが、男性があまりにもしつこく食い下がるので、数分後には自らも顔を赤らめて中国語で何かを反撃し始めた。その間にも男性の携帯電話は執拗に鳴り続け、その度に男性は喫茶ルームの外へと走り、第三者に報告だか釈明だかを繰り返していた。

「大丈夫でしょうか」と私が隙を見て楊に尋ねると、楊は「大丈夫ですよ」と意図的に微笑みを作ってみせた。どこからか横やりが入ったのは明らかだったが、やりとりのすべてが中国語なので、それが何によるものなのか、私には推測がつかなかった。

もちろん、取材場所が楊の自宅から急遽この宿泊施設へと変更された時点で、私は今回の取材が何らかの形で当局に監視されるだろうということは覚悟していた。取材のスケジュールや面会する人物については取材ビザを申請する際にすべて中国当局に開示しており、当局が取材の盗撮や盗聴をしようと思えば、この施設内ほど彼らにとって都合の良い場所はない。

私は当初、楊の「息子」と名乗る男性を疑っていた。しかし、彼の携帯電話でのやりとりやその表情を見る限り、彼が政府関係者であるとは考えにくかった。

当局がどのようにして我々の会話を聞いていたのかについては知る由もなかったが、彼らが何に反応したのかは明確だった。

「長春包囲戦」である。

楊が建国大学における地下活動の実態や日本軍から受けた拷問について話していたときにはまったく何事もなかった喫茶ルームの雰囲気が、楊が共産党軍の「長春包囲戦」について触れた瞬間に大きく波打ち、すべてを押し流してしまったように私には感じられた。

共産党政府にとって利益になる事象については存分に取材させ、不都合な事実については徹底的に隠蔽《いんぺい》する。それが彼らのやり方なのだということは訪中前から熟知していたが、日本ではそのような介入を一度も経験したことのない私はやはり、激しく動揺し、混乱した。怒りを強く感じても、それをどこにぶつければいいのかさえわからない。どんなに抗議をしたくても、その相手が見つからないのだ。
　男性は依然、楊の真横で大声を張り上げ、楊をしきりに説得しようと躍起になってい
た。私が「何が起きたのか」と男性に英語で尋ねると、彼は両手を顔の前でクロスさせ、
興奮した声で「ノー、ノー」と二回答えただけだった。
「これからは中日友好の話をしましょう」と楊は目配せをしながら私に言った。
「ええ」と私は戸惑いながらも帳尻を合わせることにした。「今回の取材の目的も両国
の友好についてです。どんな話から始めましょうか」
「そうですね。北京五輪などどうでしょう」
　楊がそう言い終わらないうちに、男性は楊の上着を摑んで彼を無理やりいすから立ち
上がらせようとし始めた。楊はさすがに激高し、大きな声を上げて男性を激しく叱責し
始めた。それでも男性は楊の上着から手を離そうとしない。楊の一際大きな怒鳴り声が
レンガ造りの喫茶ルームに響き渡った。
「今日はこれで終わりです」と楊は男性の両手を振り払っていすに座ると、襟を正して
私に告げた。
「えっ」と私は大げさに驚いて楊に尋ねた。「でも、取材はまだ終わっていないのです
が……」
「お答えできなくなりました」と楊は少し悲しそうな表情になって言葉をつないだ。

「おわかりのことと思います。これ以上お答えすることはできません」

　私はどうしても楊のインタビューを続けたかった。昼食用に大連賓館内の中華レストランを予約していたし、翌日も翌々日も楊だけのために日程を空けている。彼の年齢を考慮に入れると、私たちに「もう一度」はないことは明らかだった。

　困惑している私を尻目に、男性は音を立てて席を立ち上がり、楊を引きずるようにして喫茶ルームの出口へと歩き始めた。私は「せめて食事だけでも」と楊に願い出てみたが、彼はため息をつきながら首を振り続けるだけだった。

　私は楊が大連賓館のロビーを出るまでの間、彼にぶら下がるようにして会話を続けた。短い言葉を交わしているうちに、私は自分の取材のことよりも、むしろ楊自身の身に何かが起こるのではないかと心配になった。「大丈夫でしょうか」と私が不安げに声をかけると、「なに、大丈夫ですよ」と楊はこともなげに笑って言った。

「明日も明後日《あさって》も時間を取っています」と私は告げた。「場所を変えて、取材に応じていただくことは可能でしょうか」

「難しいでしょう」と楊は答えた。「でも、私は今、文章を書いています」

「文章？」

「私の半生を綴った文章です」と楊は私の方を見ないで言った。「半年待ってください。そしたら、あなたに送ります。たぶん中国では出版できない。だから、村上さん（一期生）に協力を仰いで、ぜひ日本で出版してください。これは私からのお願いです」

「やってみます」と私が言うと、楊は少し安堵《あんど》したような表情で私の目を見た。「約束です。またいつかお会いしましょう」

楊が大連賓館の玄関口を抜けたとき、私はまだ彼の写真撮影を済ませていなかったことを思い出し、慌てて男性の前に立ちはだかって写真を撮るジェスチャーをした。彼はダメだとさえぎったが、楊はその手を両手で振り払い、「早く、しっかり撮ってください」と私に向かって大声で言った。

私がカメラを構えると、楊は杖を片手に大連賓館の前に立った。背筋をピンと伸ばし、静かに微笑みを湛《たた》えている。

私が片手を上げて撮影が成功したことを告げると、彼は満足そうに微笑んで、男性の左肩をポンと叩いた。私がカメラを抱えたまま楊のもとへと駆け寄ろうとすると、彼はその前に男性の手によって停車していたタクシーの後部座席へと押し込まれてしまった。

悔しさではなく、情けなさが私の胸に押し寄せた。

「ありがとうございました」

私はそう言って去りゆくタクシーに頭を下げた。楊は大連賓館に登場したときと同様、右手を軽く上げて挨拶をしたまま、クラクションの鳴り響く車列の海へと呑《の》み込まれていった。

＊

帰国後、私は楊から合計三通の手紙を受け取った。いずれも取材に来てくれたことを私に感謝する内容で、「あの後は特に何もありませんでしたから、心配なさらぬよう」との文面がしたためられていた。私は手紙を受け取る度に返事を書いたが、楊から届けられる手紙にはどの便にも「あなたからの返事がないので、とても淋《さび》しく思っている」との文章が記されていた。私の手紙が届いていたのかどうかはわからない。彼の手紙にはいずれも「約束をお願い致します」という文章が添えられていたが、肝心の「文章」は同封されていなかった。

楊からの手紙は二〇一一年夏を最後に届かなくなった。

第六章　長春

11

列車は漆黒の闇のなかを走り続けていた。降りしきる雨が車窓を激しく叩き、その雨音と、レールと車輪が奏でる不快な摩擦音だけが狭い蚕棚のような車内を支配していた。

私は大連から長春へと向かう寝台列車の中にいた。列車が大連を発《た》ったのは午後一〇時過ぎ。チケットには長春への到着時間が明朝六時と記載されていたから、乗車時間は約八時間弱ということになる。この地域がまだ満州国と呼ばれていた時代、日本が開発した「特急あじあ号」は大連と新京を約八時間半で結んでいたという。三四半世紀の歳月を経てもなお、この路線が当時とあまり変わらない時間軸を有しているということが、私にとってはいらだたしくもあり、反面羨ましくもあった。

激しく揺れる寝台の上で、私は大連で会った楊増志のことばかり考えていた。楊とは結局、その後連絡を取ることができなかった。取材の翌日、楊の自宅に電話をかけてはみたが、予想通り受話器は一度も上がらなかった。大連賓館のフロントから楊の自宅へとファクスを送ってもらったが、どんなに待っても返信はなかった。

あるいは私のミスだったのかもしれない、とその度に私は何度も思った。事前に当局の盗聴を察知していたのであれば、戦時中に受けた拷問などの体験談についてはともかく、「長春包囲戦」の内容が出た瞬間に質問を変更すべきではなかったか——。

しかし、それでは何一つ、楊の「戦後」は取材できない。建国大学で学んだ彼がその後の文化大革命をどう生き抜いたのか、日本や建国大学を今どう総括しているのか、すべての回答が当局のコードに引っ掛かってしまう。

一方、楊への取材後、私の周囲には明らかな変化が現れた。大連賓館のロビーから私が宿泊している部屋へとつながる廊下の隅に官服を来た係員が常時居座るようになったのである。外出するときはもちろん、食事のために館内のレストランへと移動するときでさえ、パスポートの提示を求められた。明らかに私をターゲットにした嫌がらせだった。

翌日もその翌日も、私に対するパスポートチェックは執拗に続いた。係員は毎日入れ替わったが、蠟人形《ろうにんぎょう》のような無表情さと私が何を質問しても決して受け付けようとしないその態度は判で押したように変わらなかった。

私はできるだけホテルで過ごす時間を短くしようと、楊への取材予備日として空けていた数日間を大連の街中を歩き回って潰そうと試みたが、あいにくの雨天で思うようには動けなかった。私は大連に留まることにいささか疲れてしまい、滞在を早めに切り上げて次の目的地である長春に向かうことにした。当初の予定では車窓にひろがる広大な景色を見ながら長春に入るつもりだったが、計画を前倒ししたために昼間の列車の予約を取ることができず、仕方なく深夜発の寝台列車のチケットを買った。

列車が瀋陽《しんよう》を通過したとき、微《かす》かな痛みが胸に走った。この街の郊外にある「柳条湖《りゅうじょうこ》」の名を知ったのは、たしか私がまだ高校生のときだった。

「柳条湖の周辺で鉄道を爆破し、それを口実に満州事変を起こしたのが、関東軍と呼ばれる日本の軍隊だったのは知っているね」と世界史の教師が授業で言っていた。「それではなぜ、その軍隊が関東軍と呼ばれていたのか、わかる人？」

「関東地方の出身者からなる部隊だったからですか」と指名された私の級友が自信なさそうに答えた。

「初めて聞いた人は、そう思う人がほとんどだと思う」と教師は苦笑しながら解説してくれた。「でも、日本の関東と満州国の関東軍はまったくの別物なんだ。中国には万里の長城という北方の異民族から身を守るための要塞があって、それが北京の北の方まで続いている。万里の長城の東端は山海関《さんかいかん》という場所で、そこより東側を『関東』と呼んでいたんだ。山海関の東にあるから『関東』。だから日本もそこに駐留する軍隊を関東軍と名づけていた」

独立国である中国になぜ日本の軍隊が駐留していたのか――。そんな小さな疑問が私に日本と中国の近現代史に興味を抱かせた最初のきっかけであったように思う。

その日以来、私は地域の図書館に籠もってその答えを自分なりに調べ始めた。一六歳の私にとって、満州事変までの一連の世界情勢は、日本ではなく、むしろロシアやイギリスを中心に考えた方がわかりやすかった。帝政ロシアと大英帝国。二つの大きな帝国は一九世紀以来、ユーラシアの覇権をめぐって激しい対立を繰り返していた。

ロシアの急所は海だった。国土の大部分が極北に位置するロシアでは、世界最大の陸軍力を有しながらも、冬になるとすべての港が流氷で覆われてしまい、兵士や物資を輸送することができない。ロシアが初めて「不凍港」を手にしたのは一八六〇年。清国と英仏との間で繰り広げられていた第二次アヘン戦争で仲介役を務めた見返りに清国に沿海州を割譲させると、その最南端を「ウラジオストク」（東方を支配する町）と名付けて初の「不凍港」を獲得したのだ。

しかし、そのウラジオストクにも地政学的には大きな欠陥があった。国土の最東端に位置するウラジオストクはモスクワやサンクトペテルブルクといったロシアの中枢部からはあまりにも離れすぎているため、都市間の連絡や物資の輸送を行う際には依然として海路に頼らざるを得なかったのである。しかし、その海路輸送を円滑に実行するための港湾拠点の多くはすでにイギリスによっておさえられていた。インドやシンガポール、香港《ホンコン》などといったユーラシアの中継基地はすべて「敵国」の支配下に置かれていたのだ。

そこでロシアが目をつけたのが、新しい時代の大量輸送機関である鉄道だった。ロシアはウラジオストクの孤立状態を解消するため、それまで鉄道の終着駅だったウラル山脈沿いの都市チェリャビンスクから一気にシベリア平原を横切ってウラジオストクへと鉄道をつなげる「巨大プロジェクト」を立ち上げる。

ところが、そこにもいくつかの解消すべき問題点があった。シベリア東部では清国の領土が大きく北側にせり出しているため、ロシア西部からウラジオストクへと鉄道を通そうとすると、清国の領土を避けてルートを大きく北側に迂回《うかい》させなければならないのである（本書一四頁《ページ》「満州国」地図を参照）。

それらの問題はやがて「棚ぼた的」に解決の目を見る。

一八九五年、日本が日清戦争で清国に勝利し、清国に台湾と遼東半島の割譲を認めさせると、ロシアはフランスやドイツと共にすかさず三国干渉に加わって、日本に遼東半島の還付を承諾させる。すると今度はその成果の見返りを清国に求め、清国の領土を突っ切ってシベリアとウラジオストクを直結させる短絡線「東清鉄道」の敷設権を認めさせたのである。

ロシアはその契約において、その後の満州の運命を決定づけるある「制度」の創設を盛り込んでいた。「鉄道会社は鉄道の建設や鉄道を警護するための土地を所有できる」という「鉄道附属地」と呼ばれる概念である。ロシアはこれらの条項に基づいて鉄道から数百メートルも離れた土地を「鉄道附属地」として占有し、清国の国土に事実上ロシアの都市を建設するという暴挙に乗り出す。一八九八年、清国から遼東半島南端の租借に成功すると、その半島の先にダルニー（後の大連）を建設し、東清鉄道とダルニーをつなぐ「南満州支線」を完成させて、やがて満州をT字型に「支配」していく。

そんなロシアの野望を打ち砕いたのが、極東で急成長を遂げていた日本だった。日露戦争でまさかの勝利を収めた日本は、ロシアから遼東半島南端の租借権や長春以南の東清鉄道線の経営権を譲り受けると、ロシアが創設した「鉄道附属地」の解釈に大幅な変更を加えることに成功する。ロシアが清国と結んでいた条約では、鉄道附属地には軍隊の駐留は許可されていなかったにもかかわらず、日本は「鉄道警護」を名目に線路一キロにつき一五人以下の兵力が駐留できるよう、大幅な制度の改変を清国に無理やり認めさせたのである。これにより日本は陸軍一個師団に相当する最大九三七五人の兵力を中国東北部に駐留させることができるようになり、輸送や通信の大動脈である鉄道の周辺地はすべて、日本の「鉄道守備隊」が駐留する事実上の「植民地」に成り下がってしまった。

「鉄道守備隊」はやがて関東軍へとその名前を変え、満州事変を契機に満州全土を掌握してゆく。中国東北部の現地有力者を懐柔し、各地で国民政府からの自治や独立を宣言させる際、彼らが切り札として利用したのが、清朝最後の皇帝溥儀《ふぎ》を満州国元首に据えることだったといわれている。満州国の成立は溥儀らにとっては清朝の復活を意味し、日本にとっても満州国が民族自決によって誕生した独立国家であることを国際社会に広くアピールできる最良の材料として使うことができた。

一連の筋書きを描いたのは、関東軍参謀の石原莞爾。国の元首や大臣といったポストには溥儀や現地の軍人らがあてがわれる一方で、政府の軸となる次官ポストにはすべて日本人官僚が採用され、日本による傀儡的な国家構造が確立された。

石原が次に描いたステップが、国家運営を継続するための人材育成、その根底となる教育制度の創設だった。

建国大学。

それは矛盾と暴挙に満ちた新生国家を知識と腕力によって操縦していくために発明された、比類なき「教育機関」だった。

12

長春の駅前広場は巨大なカオスに包まれていた。ロータリーの中を人や車がまるでパチンコ玉のように飛び交い、路地では両足を切断された女が大八車に乗せられて人々のさらし者になっていた。私は大きな荷物を抱えた行商人たちに何度もぶつかられ、その度に体ごと地面に押し倒されそうになった。

私は人混みをかき分けるようにして歩道を進み、ロータリーのすぐ脇に建てられていた「春誼賓館《しゅんぎひんかん》」にチェックインした。一瞬、大連のときと同じようにホテルの通路に係員が配置されているのではないかと心配したが、フロントや館内には官吏の姿はなく、スタッフも皆極めて友好的だった。

私は長春で取材することになっていた七期生の谷学謙《クーシュエチエン》に携帯電話で連絡を入れ、数日早く長春に入ったことを伝えた。かつて東北師範大学の教授として名を馳《は》せ、中国における日本語研究の権威として知られる谷は「お会いできることを楽しみにしております」と受話器の向こう側から日本語で答えた。

実を言うと、今回の企画で中国国内の取材が可能になったのは、この谷の存在が大きかった。中国における取材ビザの申請には中国側からの招聘状が不可欠だったが、谷は私に招聘状を書いてくれただけでなく、取材やビザの発給が円滑に進むよう、東京の中国大使館や中国国内の政府機関にまで周到に根回しをしてくれていた。

谷の尽力の陰にはもちろん、彼と同期である七期の日本人卒業生たちの多大なバックアップがあった。彼らは私が中国での取材を企画していることを知ると、真っ先に中国教育界の重鎮となっていた谷のもとへと手紙を送り、私のために必要な手はずを整えてくれるよう頼み込んでくれていた。

谷はまず、彼の教え子であり、現在は東北師範大学の国際合作与交流処で副処長を務める人物に私をサポートするよう指示してくれた。日本への留学経験がある副処長からはすぐに日本語で打ち合わせのメールが届き、私たちは希望する取材の日程や検討しているインタビューの内容（ここでは建国大学時代や文化大革命の時期を含めて谷教授の半生についてインタビューをしたいと正直に書いた）などについて何度かメールでやりとりをした。

七月下旬、一通の封書が私のもとへと送られてきた。中には谷の半生を紹介する二〇〇八年一〇月二二日付の地元紙『新文化報』の大型記事が同封されており、余白部分には谷の字で「これがインタビューで語った私の簡単な経歴です。もちろん、本学の許可を受けて語ったものなので、私と私の家族の苦難の更なるものは話しませんでした」と但し書きが添えられていた。

記事には中国当局への配慮のためか、いささか愛国的な誇張が含まれ、意図的に重要な箇所が抜け落ちたりしている部分が見られるものの、それでも「長春包囲戦」や「文化大革命」といった出来事についてもしっかりと触れられており、これまで決して明らかになることのなかった「建国大学で学んだ中国人学生が戦後をどう生き抜いたのか」という事実を垣間見《かいまみ》られる内容になっていた。

私はその長行記事を何度も読み返し、谷への質問を周到に練った。

偽満大臣の甥《おい》の変転する運命

谷学謙の伯父は偽満（著者註・中国における満州国の表記）の民政部大臣や交通部大臣を務めた谷次亨《クーツーチャン》である。谷は生まれながらにして中国現代の紛糾した歴史と関わり合う運命にあった。

谷は一九二五年、遼寧省《りようねいしよう》で生まれた。一九三五年一〇月、伯父の庇護《ひご》のもと日本の南山尋常小学校に入学した。すぐに日本の学習環境に適応し、学科の成績は音楽以外すべて甲という最高の成績を収めた。二年後、父親が朝鮮半島に転勤すると、谷もそこの日本人小学校に転校したが、成績は依然トップクラスだった。ただ、漢語のレベルは非常に見劣りするものだったため、母親は伯父に頼んで谷に中国歴史を学ばせ、谷に自分が中国人であることをしっかり覚えておくようにしつけた。谷少年は「我は中国人であって、中国五千年の歴史を決して忘れない」と自分に言い聞かせながら成長した。

一九四一年、谷は父親の転勤によって長春へと移り、新京第一中学を経て一九四五年には偽満の官吏養成を専門とする「偽満建国大学」（著者註・中国における建国大学の表記）に入学した。偽満政府の崩壊にともない、偽満建国大学は消滅し、彼は大学を失ったが、一九四六年に長春大学が成立すると、谷は長春大学に入って二年間学んだ。その後、「囲困長春」（著者註・中国における「長春包囲戦」の表記）に遭い、一九四九年四月には東北師範大学の図書館勤務になった。谷は「図書館には日本語図書が比較的多かった。私は幼少の頃から日本語で教育を受けていたので、日本語の書物を読むことは大きな喜びだった」と回想している。彼は書籍を整理する作業のなかで英語、ドイツ語、フランス語を習得した。多くの書物を閲読するなかで思想はさらに進歩し、積極的に中国共産主義青年団に入団したいと思うようになった。反動家族の出身であるため、なかなか希望はかなえられなかったが、一九五〇年、二五歳のときに彼は全校の団員大会の審査を経て初めて入団が許された。

一九五七年、「左」の思想が優勢になると、谷はその出身から「極右」の一つ下の階級に決定され、給料も九九元から六二元に減俸された。当時、谷は図書館の団支部の書記や労働組合の文化娯楽体育委員を務めていたが、右派と決められた直後には団と労働組合の両方から除名処分を受けた。毎週、自己批判会が開かれ、激しい批判闘争に遭った。「牛鬼蛇神」（著者註・牛の妖怪と蛇の化け物——得体の知れない悪人という意味）というのが当時の谷の代名詞であり、彼の「悪事」は批判闘争を通じて東北師範大学内で有名になった。

一九六一年、谷は右派の帽子を脱ぐことができ、三六歳で遅い結婚をした。その後、漢語のレベルを高めるため、四年間の夜間大学に通った。

しかし、「文革」の波は彼を決して逃がさなかった。学生たちは谷が漢奸《かんかん》（著者註・日本の帝国主義に協力した中国人）の甥であり、不誠実だと言って闘争を進めた。一九六九年、谷は下放《かほう》されると人民公社の生産隊に入って労働を続けた。五年後、一九七四年になってようやく東北師範大学へと復職することができた。大学では当時、女性教師が日本語を教えており、外国語学科で日本語を会得していたのは谷を含めて二人だけだったため、彼女は谷に教職に就いてはどうかと勧めた。しかし、それを聞きつけた学生たちが谷を再び批判闘争へと引きずり出し、全校大会で谷に対する批判闘争を行った。学内には至る所に「谷学謙は日本の工作員だ」「谷学謙は日本のスパイだ」という文句が並び、谷はしばらくの間隔離された。

一九七八年春、我が国が「右派問題」を解決すると、谷は東北師範大学の日本語研究室主任に任命された。彼は自分の運命が転機を迎えていたと感じ、「私は思い切って大きな仕事をして、私が反動的ではないということを証明しなければならない」と思った。一九七九年、谷の罪状調書はすべて焼却され、給料も毎月九九元に回復された。このとき、谷は五四歳。外国語学科の党組織大会では谷の名誉回復が宣言され、谷もその場で「教育事業のために最大の力をふるって貢献したい」と宣言をした。一九八〇年、谷は『新編日語』などの書物を出版し、その本は全国で日本語教材として使われるようになった。「二〇年以上もの年月を空費してしまった。もしあの時間をすべて日本語の教育に用いたならば、どれだけ多くの成果を成し遂げることができたであろうか」と谷は今、回想している。

一九八四年、谷の身には過労のために眼球の網膜が剝離するというアクシデントが起きた。旧友のはからいで日本の岡山大学で手術を受けられることになり、右眼は〇・一、左眼は〇・〇五まで視力を回復させることができたものの、その後左眼は失明してしまった。

しかし、このときの手術は谷の人生に新たなチャンスを与えた。手術をきっかけとして、彼はその後一二年もの間に一一人もの青年教師を日本へと送り出すことに成功したのだ。一一人のうちの八人は博士の学位を取得し、三人は修士の学位を得て帰国した。当時、我が国には日本語の博士が数人しかいなかったため、帰国した若者たちは各方面で活躍をした。

一九八五年、日本での治療を終えて帰国した谷はついに教授の肩書を手にした。谷の努力によって東北師範大学は一九九一年、日本語の修士を育成できるようになり、一九九八年には日本語の博士を養成できる資格を獲得。二〇〇一年、東北師範大学の日本語学部は全国で第一位の地位を得た。谷は国家教委大学教材編審会編審委員に任命され、中国の日本語教育界において極めて重要な人物となった。昨今、谷は病院での治療の傍ら、研究室で授業を行い、東北師範大学における日本文学研究に尽力している。

（『新文化報』二〇〇八年一〇月二二日付朝刊）

13

谷へのインタビューは二日後に予定されていたため、私はかつて建国大学の学生たちも練り歩いただろう、長春の街の散策に繰り出すことにした。

最初に向かったのは「偽満皇宮博物院」だった。満州国の元首となった溥儀が一九三二年から敗戦の一九四五年まで暮らしていた場所で、寝室や書斎、仏堂などが当時のままの状態で展示されている。一二ヘクタールもの敷地には随所に西洋と東洋の折衷様式の建物が建てられており、日本と満州国との間に交わされた各種書面や調印書などが展示されているほか、かつて満州国政府で要人を務めた中国人を「告発」するコーナーも設けられていた。プレートには「彼らこそが中国を日本に売り渡した売国奴である」という説明書きが添えられ、当該者の顔写真が掲げられていた。

そのなかの一人に谷学謙の伯父である谷次亨の写真も含まれていた。中国語の説明は読めなかったが、モノクロームの写真の表情はどこか悲しげで、閲覧者に許しを乞うようにわずかに下を向いたままこちらを見ていた。

偽満皇宮博物院の見学を終えた後、私はタクシーに乗って長春の中心部へと戻り、遅めの昼食を取ることにした。それほど空腹を感じていなかったため、雑居ビルの一階にある大衆食堂に入り、日本でもよく見かける肉まんのような食べ物とビールを一本注文した。

料理が運ばれてから間もなく、上着のポケットに入れていた携帯電話が鳴っているのに気づいた。発信元が「非通知」になっていたため、東京のデスクではないかと慌てて口の中の物を呑み込んで通話ボタンを押すと、通話口から漏れてきたのはどこかで聞き覚えのある女性の声だった。

「もしもし、三浦さん？」とその声は私の名前を呼んでいた。「私です。大鷹です」

「大鷹さん？」と私は復唱しながら該当する人物を頭の中に探した。しかし、その姓を持つ知人をすぐには思い出せなかった。

「三浦さん？　山口《やまぐち》です」と受話器の声は今度は名字を言い換えて私を呼んだ。「私です。山口淑子《よしこ》です」

その名前を聞いた瞬間、私は驚きのあまりその場でひっくり返りそうになってしまった。電話の発信者が山口淑子、そう、あの「李香蘭《りこうらん》」だったからである。

「えっ――、本当に山口さんなんですかぁ？」と私がだらしなく声を上げると、山口は「何を馬鹿なこと言っているんですか。私以外に誰がいるのよ。他に山口淑子というお知り合いでもいらっしゃって？」といつものように一方的に、そして若干興奮気味に、数日前に掲載された私の記事についての感想を語り始めた。

実はその数日前、私は山口に関する記事を全国版の文化面に掲載していた。本来であればその二週間前に社会面に掲載されるはずの原稿だったが（新聞社内的には社会面は文化面よりも数倍読まれていることになっている）、諸事情によって掲載が延期されていた長行の記事だった。

「記事の評判、なかなかいいわよ」と山口は少し上気した声で言った。「私のお友達からたくさん感想が届いているわ。特に出だしの部分は最高ね。そして最後のオチなんだけれど……」

今は長春に出張している私にとって、日本国内における私の記事の評判についてはもはやどうでもいいことだった。それよりもむしろ、私は今いる環境をすぐにでも山口に伝えたかった。

「それより、山口さん、僕、今どこにいると思います？」

「えっ、知らないわよ、そんなこと」

「長春ですよ。昔の新京」

「そう、長春……」と山口は聞き流すように言い、数秒後、その地名が持つ意味に気づいて驚きの声を上げた。「えっ、長春？」

「そうなんです、今、長春にいるんです」

「えー、本当に？　でもどうしてかしら？　これ日本の携帯電話の番号よ」

私は今の携帯電話にはローミングという機能があって、世界中のどこにいてもつながるようになっているのだと彼女に伝えた。彼女はその説明がうまく呑み込めなかったらしく、「本当にそうなの？」と繰り返していたが、しばらくすると何かを思い詰めたような声になって私に聞いた。

「ねえ、三浦さん、長春どうなってる？　どんな風に変わってる？」

「たぶん、凄く変わっていると思います」と私は答えた。「人も車もいっぱいで。高いビルがそこら中に建っていて……」

受話器の向こう側から嬉しそうな笑い声が漏れた。

「全然変わってないわ」と山口は笑いながら言った。「昔から人も車もいっぱいなのよ」

私が何から伝えようかと悩んでいると、山口は感慨深そうな声で言った。

「へえ、そうなの。あなたは今、新京にいるの——」

私が山口と知り合ったのは、ある偶然がきっかけだった。知人の演劇関係者がある日、こんな話を教えてくれた。

「演出家の倉本聰《くらもとそう》が近く、戦後のこの国のあり方に主題をおいた演劇を公開するらしい。どうも倉本はその初演に山口淑子（李香蘭）を招待したいと考えているようだ――」

もしその情報が本当ならば、私は絶対に自分の手で取材したいと強く思った。

山口淑子と時事通信記者の藤原作弥《ふじわらさくや》が共著で世に送り出した『李香蘭――私の半生』（新潮社）。その書籍は長らく、私にとっての「一冊の本」であり続けた。最初にめぐり逢ったのは高校二年の夏。山口が歩んだその壮絶な人生と藤原の突出した筆力に引き込まれ、私は夜も眠らずに約四〇〇ページのノンフィクションを一気に読んだ。そして夜明け前に読み終えたとき、私は人の一生とはこうも壮絶なものなのかと、しばらくの間放心状態に陥った。

一九二〇年に中国の撫順《ぶじゅん》で生まれた山口は、父親の親友から「李香蘭」という中国名を授けられ（当時、中国では親友同士が互いの子どもに名前を付け合うという風習が残っていた）、満州国の国策映画会社「満州映画協会」専属の中国人女優「李香蘭」として歌謡界にデビューする。東洋人離れしたルックスと抜群の歌唱力によって『夜来香《イエライシャン》』などのヒット曲を次々と生み出した彼女は、やがて中国の「歌姫」として名をはせていく。

そんな彼女の人生を敗戦が襲う。日本が戦争に敗れると、彼女は中国政府から漢奸として収容所に留置されてしまう。「李香蘭は近く上海の競馬場で銃殺されるだろう」という推測記事が新聞に載るなか、山口を救ったのはかつての親友の手によって届けられた一体の日本人形だった。人形の帯の中には山口が日本人であることを証明する日本の戸籍謄本が折り込まれており、その存在によって山口は軍事裁判で日本人であることが証明され、漢奸罪の適用ではなく、国外追放の処分が言い渡される。もんぺ姿で引き揚げ船に飛び乗った山口は、周囲に李香蘭だと悟られないよう出港直前までトイレの中に身を隠す。船が港から離れようとした瞬間、出港のドラに混じって船内のラジオから聞き覚えのある曲が流れているのを聴く。それは山口自らがかつて「李香蘭」として歌った、あの『夜来香』だった——。

演劇関係者から情報提供を受けた後、私は急いで山口の事務所に取材依頼の手紙を書いた。しばらく待ってもなかなか返事が来なかったので、私はある日、思い切って彼女の自宅に直接電話をかけてみることにした。

電話口に出た山口は「倉本さんの演劇を観《み》に行くかどうかについては、まだ決めていません」と多少困惑しながら私に言った。

「演劇に行くかどうかはともかく、一度お話を聞かせていただくことはできませんでしょうか」と私が無理を承知で頼んでみると、彼女は当初は明らかに当惑していたものの、会話を続けていくうちに徐々に打ち解けたような感じになり、最後には「しょうがないわね。じゃあ、一度私の家にいらっしゃい」と私を彼女の自宅に招待してくれた。

以来、私は彼女の邸宅を頻繁に訪ねるようになった。東京都中央区内にある山口の自宅は、住居というよりは小さな美術館といった方がぴったりくるような洒脱《しゃだつ》なマンションの一室だった。天井を高くして空間を広く確保したリビングには大額の絵画や前衛的な彫刻などが至る所に飾られていた。

当然だ、と山口の人生を知る人は納得するだろう。中国から帰国した後、彼女は「シャーリー山口」という名でハリウッド映画での主演を成し遂げ、世界的な彫刻家イサム・ノグチと結婚している。ノグチとの結婚は四年で破局し、日本人外交官と再婚した後は、テレビ番組でキャスターをしたり、田中角栄に推されて参議院議員を務めたりした。

そんな華麗な経歴の一方で、すでに九〇歳になっていた山口は、当時三五歳だった私にとって、物腰が柔らかでどこかおっとりとした、どこにでもいそうな品の良い「おばあちゃん」だった。あるいは、彼女自身も私のような青二才と世間話をすることを心のどこかで楽しんでいたのかもしれない。会うたびに大きな声でよく笑い、私に色々な打ち明け話をしてくれた。

大ヒットした『蘇州夜曲《そしゅうやきょく》』は実は蘇州で作られたものではなく、満映のあった長春の池の傍らで現地を想像しながら作られたものだということ。直接会った人物のなかで最も尊敬しているのは、喜劇王のチャップリンとアパルトヘイトを解決に導いた南アフリカのネルソン・マンデラ元大統領であること。自らの半生が上戸彩《うえとあや》の主演によってテレビドラマ化されるとき、上戸に「女優なら演技の前にもっと中国語を勉強しなさい」と注意したこと。最近、中国から一人の女性が『蘇州夜曲』の古いレコードを持ってきて、「このレコードの持ち主が川島芳子《かわしまよしこ》ではないかと思うのだが」と尋ねられて困ったこと……。

忘れられないエピソードがある。その日、私は雑談のなかで当時満映の理事長を務め、「満州の陰の支配者」と呼ばれた甘粕正彦《あまかすまさひこ》にはなぜ片腕がなかったのかと山口に尋ねた。「甘粕さんにはちゃんと両腕があったと思うけれど……」と目を丸くして驚く山口に、私は「確か甘粕には片腕がなかったはずですが……」と恥ずかしげもなく質問を重ねた。

もちろん、間違っていたのは私の方だった。ベルナルド・ベルトルッチが監督した映画『ラストエンペラー』で、音楽家の坂本龍一《さかもとりゅういち》が甘粕の役を片腕のない人物として演じていたため、私は実際の甘粕も片腕がなかったのだと思い込んでしまっていたのだ。調べてみると甘粕にはちゃんと両腕が存在しており、「片腕」の甘粕は彼の異常性を強調するための演出だったことがすぐにわかった。

そんなカラクリを後日告げると、山口は可笑しそうに笑い、少し遠い目をして私に言った。

「今では色々なことが言われているけれど、私にとって甘粕さんはみなさんが思っているような悪い人のようには思えなかったわ。うまく表現することができないけれど、深い闇を抱えていたのね。きっと誰もが……」

倉本聰が演出する演劇『歸國《きこく》』は二〇一〇年八月一二日、東京都港区の赤坂ACTシアターで全国ツアーの初日を迎えた。私が山口を連れて会場の裏口へと車をつけると、倉本自らが出迎えてくれ、山口を控え室までエスコートしてくれた。

倉本との雑談を終えた後、山口と私は特別席へと案内され、そこで若い劇団員からパンフレットを受け取った。場内が暗くなり、開演のブザーが鳴り響いた直後、隣に座った山口は「楽しみ、というのとはちょっと違うの。正直に言うと、少し怖いの」と私に言った。

パンフレットによると、倉本が演出する舞台『歸國』は、南方沖に沈んだ兵士たちが終戦記念日の夜に現代の日本に戻ってくるというストーリーらしかった。私には彼女の気持ちが少しだけわかるような気がした。彼女もまた、フィリピンで大切な人を亡くしているのだ。

山口の邸宅には今も、一枚のポートレートが飾られている。

軍服姿で笑う児玉英水（享年三一）。

かつて愛読した『李香蘭――私の半生』によると、山口が児玉と出会ったのは彼女が二一歳だった一九四一年。人気女優として日本公演に臨んだ山口に対し、東宝社員だった児玉は山口のボディーガードとして押し寄せる観客から彼女を守る仕事を任されていた。ふたりはやがてひかれあい、互いの気持ちを確かめ合おうとしたその直前、児玉は陸軍報道班員としてフィリピンに出征してしまう。中国で暮らす山口のもとに写真入りの手紙が届いたのは一九四五年の初夏だった。

「こちらで一番人気があるのはラウレル大統領で、二番目は李香蘭です。こんな遠くであなたの評判を聞くのは、心楽しい」

山口が児玉の戦死を知ったのは、戦後しばらくしてからだった。知人の作家が「児玉さんは勇敢だったよ」と教えてくれた。「日本の民間人をすべて退避させてから、一人で敵陣に突っ込んでいったんだ……」。児玉のペンダントにはいつも山口の写真がはめ込まれていたことを、彼女はずっと後になってから知る――。

幕が上がると、山口は食い入るように舞台を観続けた。ハンドバッグからハンカチを取り出し、何度も目頭を強く押さえた。

舞台が終わると、私は山口を超高層ビル二七階にある中華レストランへと誘った。山口は長い間、窓に張り付くようにして外を見ていた。眼下に広がる二〇一〇年の東京は無数の光であふれていた。

「日本がこんな風になるなんて、私、夢にも思わなかった――」

彼女は見えない誰かに語りかけるようにそう言った。

14

私は長春で受けた山口からの国際電話で、今取り組んでいる取材の概要を簡単に伝えた。山口が「記事になるのを楽しみにしているわ。帰ったらぜひお話を聞かせてね」と言うのを聞いて、私は「了解。お土産を楽しみにしていてください」と伝えて電話を切った。私は電話を通じて山口と話ができたおかげで、大連での一件以来、沈み込みがちになっていた気持ちがほんの少しだけ軽くなったような気がした。


谷学謙への取材は午後二時から予定されていた。

私は午前中に長春市内を散歩した後、正午前には東北師範大学のキャンパスに入り、大学生に交じって簡単な昼食を取った。それでもまだ一時間ほど時間があったため、大学構内に造られた人工池の畔《ほとり》のベンチに座り、前日の夜にまとめた谷への質問を精査する作業に取りかかった。

取材は大学本部の総合楼六階にある会議室で行うことになっていた。スケジュールは国際合作与交流処の副処長とすでに打ち合わせ済みで、谷へのインタビューを約三時間実施した後、東北師範大学内に保管されている建国大学の資料を約一時間閲覧させてもらえることになっていた。

私がベンチを立ち上がり、会場となっている総合楼へと向かおうとしたとき、突然上着の携帯電話が鳴った。発信元が「非通知」だったので、また山口からではないかと思ったが、通話ボタンを押すと、流れてきたのは取材をコーディネートしてくれていた国際合作与交流処の副処長の声だった。

「たった今、教育庁から連絡がありまして。今日、谷先生にインタビューすることができなくなってしまいました」

「えっ」と私はすぐには状況がつかめずに驚いて言った。「どうしてですか？　今、もう大学に来てしまっているのですが……」

「申し訳ありません」と副処長は謝った。「今日はインタビューができません」

「今日はダメだ、ということですか」

「違います。谷先生へのインタビューはできません」

「できない？」

「そうです」と副処長は苦しそうに言った。「谷先生に会うことは許可されません」

一瞬、大連での出来事が脳裏をよぎった。

「面会を許可しないということは、どういう理由からなのでしょうか」と私は自分の感情をできる限り抑えて抗議した。「理由がわからなければ、こちらも承服できません」

「私にもわかりません」と副処長は言った。「私たちも大変困惑しています。私も谷先生もあなたにお会いできることをとても楽しみにしておりましたから……」

「その理由を教育庁だかに聞いてもらうことはできませんか」

「それはできません」と副処長はそこだけはきっぱりと拒否した。「それは私たちの仕事ではありません」

「理由を尋ねることがなぜできないのでしょうか」と私は少しだけ語気を強めて聞き直した。「私たちはお互いに面会を希望している。それを一方的に介入してやめさせるのですから、相応の理由が必要なはずです。それを説明する義務が教育庁にはあるはずです」

　副処長は質問には答えず、深い沈黙だけが受話器に流れた。私は怒鳴りたくなるのを必死に抑えながら、一方で多少攻撃的に話を進めた。

「私はそもそも東北師範大学の招聘状によって日本から中国に来ています。数カ月間準備を重ね、決して少なくないお金と労力をかけて今指定された会場のすぐそばにいます。それなのによくわからない理由によって予定されていた取材を許可しないというのは、あまりに非礼なことではないのでしょうか。中国人や中国共産党というのは、そのような非礼な人たちなのでしょうか――」

副処長は電話口で沈黙を続けた。日本に留学経験のある彼はたぶん、自分の行為の意味を熟知している。彼が向こう側から電話を切ろうとはしないことだけが、彼が示せる最大の誠意であるらしかった。

手触りのない沈黙だけが十数秒間流れた。私は百歩譲って「東北師範大学が所有している建国大学の資料だけでも見せていただくことはできませんでしょうか」と聞いてみた。まずはそこから風穴を開けようと考えたのだ。

副処長は「それもできません」と苦々しく答えた。「大学としてあなたに会うことができないのです。申し訳ありません。私としても非常に残念なのですが……」

彼に怒りをぶつけても、何も変わらないことはわかっていた。ただ誰かにこの怒りをぶつけないわけにはいかないほど、私の感情は煮えくり返っていた。

「それでは、私に『何もしないで日本に帰れ』と言うのですか――」

副処長との電話を荒々しく切った後、谷の自宅の番号を鳴らすと、思わぬことに谷本人が電話口に出た。谷も突然の取材の中止に困惑しているようだった。

谷が電話で話してくれたところによると、谷には私よりも一時間ほど早く取材中止の電話がかかってきたらしかった。やはり理由は一切告げられていなかった。「大学以外の場所で会えないでしょうか」と私が聞くと、「それは無理でしょう」と谷は声を震わせて言った。「もし会えば、必ず面倒なことになると思うのです――」

今回の取材中止の原因が数日前に大連で行った楊増志への取材に端を発していることはほぼ確実であるように思われた。だから私は、谷が今回の取材中止の原因を谷自身に起因するものではないかと誤解することを何よりも恐れた。私はそんな谷の誤解を解くために大連での一連の出来事を谷にその場で説明したかったが、間違いなく盗聴されているだろうこの電話で一体何を伝えればいいのか、その糸口がうまくつかめなかった。

谷は明らかに狼狽《ろうばい》していた。

「私はこの数週間準備を重ね、この日をずっと楽しみにしていたのです。あなたに伝えたいことがたくさんあります。午前中も胸を高鳴らせてずっと待っておったのです。それなのに突然電話が来て、日本人の記者とは会ってはいけないということになり、私は今どうしていいのか……、悲しくて……、悔しくて……、とても……」

中国政府はある意味で一貫していた。

〈不都合な事実は絶対に記録させない――〉

戦争や内戦を幾度も繰り返してきた中国政府はたぶん、「記録したものだけが記憶される」という言葉の真意をほかのどの国の政府よりも知り抜いている。記録されなければ記憶されない、その一方で、一度記録にさえ残してしまえば、後に「事実」としていかようにも使うことができる——。

戦後、多くの建国大学の日本人学生たちが「思想改造所」に入れられ、戦争中に犯した罪や建国大学の偽善性などを書面で残すよう強要されたことも、国内の至る所でジャーナリストたちに取材制限を設け、手紙のやりとりでさえ満足に行えない現在の状況も、この国では同じ「水脈」から発せられているように私には思われた。

そして、その「水脈」がどこから発せられているものであるのかを、そのときの私は建国大学の取材を通じて経験的に知り得てもいた。

建国大学の卒業生たちの取材を通じて私が確信したことが一つある。それは「小さな穴でも、大きくて厚い壁を壊すのには十分だった」という事実だった。

「小さな穴」とはもちろん「言論の自由」という概念を意味した。建国大学が学生に認めた「言論の自由」は、やがて中国人や朝鮮人の学生たちに物事を知ろうという勇気と現状を判断させる力を培わせ、反満抗日運動や朝鮮独立運動へとつながる確固たる足場となっていった。「知る」ことはやがて「勇気」へとつながり、「勇気」は必ず「力」へと変わる。そんな「知」の威力を誰よりも知り抜いているからこそ、国家がどんなに巨大化しても「最初の一歩」に赤子のように怯《おび》え、哀れなくらいに全力で阻止する——。

「私はこれまで、本当に辛い人生を歩んできました」と谷は涙声になってすがるように話した。「努力しても、決して報われることがない。そして今もまた、こういう経験をさせられる。私を日本の記者に会わせないということは、『彼ら』がまだ私を危険分子としてみなしているからなのでしょう？　どうして……、私はこんなにも努力しているのに……」

「盗聴されているかもしれませんから」と私が告げても、谷は電話を切ろうとはしなかった。電話口の向こうで一人の老人がむせぶように泣き続けていた。

第七章　ウランバートル

15

モンゴルの首都ウランバートルにあるチンギスハン国際空港に到着したのは、ちょうど新月の夜だった。飛行機は海に不時着するのではないかと不安に思えるくらい、光の失われた広大な穴のような空間に巨大な機体を滑り込ませていった。

降機用のタラップを降りると、予想以上の暗さと寒さが足元に来た。ナトリウム灯のオレンジの光が所々で道路やフェンスをぼんやりと浮かび上がらせてはいるものの、周囲は音さえも吸い込んでしまいそうな濃密な闇で塗り潰されている。空港内の気温表示は摂氏八度。私は日本出国時が三四度、長春出発時が二三度だったことを思い出し、この旅が北へ北へと向かっていることを皮膚の収縮によって理解した。

空港から乗ったタクシーは年季の入ったフォルクスワーゲンだった。サスペンションが故障しているのか、加速や減速をする度に車内が左に大きく傾き、まるで古びたスプリングマットに乗って路面を走っているようだった。問題ない、と運転手は言ったが、その言葉を裏切って車は空港を出てから数キロのところでエンジントラブルを起こして動かなくなり、運転手の知人の車に乗り換えて宿泊先のチンギスハンホテルに到着したときにはすでに午前一時半を回っていた。私は決して清潔とは言えないホテルの部屋に荷物を下ろすと、翌日の取材に備えてシャワーも浴びずにその日はベッドに潜り込んだ。

ウランバートルでは三期生の元モンゴル人学生、ウルジン・ダシニャムに会えることになっていた。日本から取材依頼の手紙を送ると、彼からは「チンギスハンホテルにお泊まりください。家からすぐ近くなので」と宿泊先を指定された。インターネットで調べてみると、ダシニャムの集合住宅はチンギスハンホテルのちょうど道路の反対側に建てられていた。

翌朝、ダシニャムは徒歩でチンギスハンホテルにやってきた。入り口のスロープをヨタヨタと登ってくる老人の姿が見えたので、慌ててロビーを飛び出していくと、彼は「一人で歩けるうちは介助はいりません。人に頼ると歩けなくなります」と私の手助けをきっぱりと断った。

片手に杖こそついているものの、背筋はピンと伸びており、動きのすべてに軍人のような力強さと冷徹さを備えている。彼の第一印象は、私がこれまで取材してきたどの建国大学の卒業生たちよりも硬質的なものだった。

私とダシニャムはホテルに併設されている、あまり美味《おい》しいとは言えない中華レストランで昼食を取った後、ダシニャムの提案により彼がかつて解説員を務めていたというウランバートル市内の美術館でインタビューを実施することにした。

タクシーの中で雑談を交わしているうちに、私はダシニャムが日本の政治経済の現状をリアルタイムで把握していることに驚かされた。

「菅《かん》と小沢はどちらが勝つと思うかね」

「菅と小沢……ですか」

「そう。今度の民主党代表選」

ダシニャムの口から突然飛び出した政治家の名前に、私は今自分がどこにいるのか一瞬見失いそうになってしまった。確かにその頃、日本では近く民主党代表選挙が予定されており、メディアを大きく賑《にぎ》わせていた。しかし、ここは取材合戦が激しく展開されている東京や大阪ではない。日本から三〇〇〇キロ以上も離れたモンゴルのウランバートルなのである。

私が当たり障りのない範囲で民主党代表選についての見解を述べると、ダシニャムはそんな私の姿勢が不満だったらしく、現在の民主党内の混乱の原因や自民党が再び政権を取る可能性、はたまた若干上向いてきた日本経済が次に直面する課題といった難易度の高い質問を次々と私にぶつけてきた。増税をめぐる国会でのやりとりや国民総背番号制への移行の可否、全国で発覚し始めていた高齢者の孤独死をめぐる問題など、彼の日本に関する知識は決して偏ることなく、多数の分野にまたがっていた。

私は日本には戦後数回行ったきりだというダシニャムがなぜこれほどにまで日本の情報に精通しているのか、疑問を抱いた。

「本を読んでいるからです」とダシニャムは私の質問に素っ気なく答えた。「言語を忘れないためには本を読むことです。新聞でも雑誌でもいい。文字を読んでさえいれば、頭の中にはその国の言語が流れますから、言葉を忘れることはありません」

ダシニャムがかつて勤務していたというザナバザル美術館は、空が広く見えるように設計された広場の片隅にひっそりとあった。ニューヨークやパリにあるような荘厳な美術館とはお世辞にも言えなかったが、それでも黄や橙《だいだい》といった暖色を外壁に効果的に使うことにより、訪れる者に安心感を与える造りになっていた。

私は最初にその特徴的な洋風建築の前でダシニャムに写真を撮らせてもらうことにした。ダシニャムは特に恥ずかしがることもなく、私のリクエストに応じて体の向きや表情を変えながらフレームの中に納まってくれた。

私が写真を撮り終えた直後、美術館から恰幅《かっぷく》のいい中年女性が飛び出してきて、モンゴル語で何かを叫びながらダシニャムに激しく抱きついた。ダシニャムの表情から察するに、彼女はこの美術館に勤務する職員らしく、ダシニャムに懐かしさと心からの敬意を表しているらしかった。

私たちは女性に引きずり込まれるようにして入場料も払わずに美術館の中へと入った。ダシニャムは美術館内ではかなりの有名人らしく、職員たちは彼とすれ違う度に懐かしそうに握手を求めたり、軽く抱き合って短く会話を交わしたりしていた。私としてはできれば早めにダシニャムとのインタビューに入りたかったが、知人と会う度に決して短くない立ち話が始まってしまうため、ダシニャムへの取材はいったんあきらめ、しばらくは館内の展示を見ながらダシニャムの体が空くのを待つことにした。

大理石の階段を上がると、二階には古代モンゴル時代に作られた馬具や弦楽器、青銅刀などの美術品が展示されており、その一角に見学者がモンゴルの歴史を視覚的に学べる特別展示のコーナーが設けられていた。今は美術館として使われているこの建物自体についての記載もあり、それによると、一九〇五年にウランバートル初の西洋風二階建て建築として建設されたこの建物は当初、ロシア人の商業施設として使用されていたが、その後は中国政府に接収されて銀行になったり、再びロシア政府に取り戻されてロシア軍の司令部になったりして、一九六一年以降にようやくモンゴルにおける芸術の拠点として使われるようになったのだという。それらの記載や展示を見ながら、私はこの「草原の国」と呼ばれるモンゴルの歴史をどこまで知り得ているだろう、と職業記者として少し恥ずかしい思いを感じた。

一三世紀、中央アジアに巨大なモンゴル帝国を築いた草原の民たちは、一七世紀になると清朝の支配下に入り、「外モンゴル」と呼ばれる植民地へと成り下がってしまう。一九一一年の辛亥《しんがい》革命をきっかけに独立を求める機運が高まり、一九二四年にはソ連の支援を受けて世界で二番目となる社会主義国「モンゴル人民共和国」を成立させたものの、ソ連が一九九一年に崩壊すると、後を追うように民主国家「モンゴル国」へと姿を変える。彼らの歴史はまさに、ソ連と中国という二つの大国に挟まれながら暮らさざるを得ない「流浪の民」としての歴史でもあった。展示コーナーの最後に掲げられていたプレート中の文言《もんごん》が私には印象的だった。

〈モンゴル民族は今も複数の国に分断されながら暮らしています。モンゴル国で暮らすモンゴル人は推定で約二五〇万人。一方、中国で暮らす「モンゴル族」は五〇〇万人以上いるとみられています――〉

「お待たせしてしまい、申し訳ない」
私が特別展示のコーナーを見て回っていると、ダシニャムが私の方に歩み寄ってきた。私が「どこかに腰を落ち着けてゆっくりと話ができる場所はありませんか」と尋ねると、彼は「それならば、使われていない事務室はどうだろう」と言って、今は物置として使われている小さな事務室へと案内してくれた。

私は分厚い資料が何冊も積み重ねられた事務机の一角にノートを広げ、「まずは出生地についてお尋ねします」とダシニャムに尋ねた。

「ダシニャムさんはどこでお生まれになりましたか」

「草原です」とダシニャムは力強く答えた。「比喩ではありません。父はいつもこう言っていました。『お前は草の上で生まれたのだ』と――」

16

ダシニャムには自らの半生を語る前にどうしても、彼の父親の人生について語る必要があった。彼の父親はかつて、「ウルジン将軍」と呼ばれた満州国軍の著名なモンゴル人司令官だったからである。

ガルマエフ・ウルジンの人生については、ノンフィクション作家駒村吉重《こまむらきちえ》が二〇〇一年、『新潮45』二月号の「歴史の闇に葬られた満州国のモンゴル人将軍」という記事において、その詳細を紹介している。

その記事やダシニャムの証言によると、ウルジンは一八八九年、シベリアの少数民族であるブリヤート・モンゴル族の子としてロシアのチタに生まれた。小学校の教諭などを経て陸軍士官学校へと進み、ロシア革命が起きたときには帝政ロシアの職業軍人になっていた。

赤軍がバイカル湖周辺に押し寄せてくると、ウルジンの部隊は徹底抗戦を試みるものの、圧倒的な火力の前に敗れてしまい、ウルジンはやがて一族を連れて中国北部へと逃れる決断をする。その途中、身重だったウルジンの妻は草原に設置された移動用のゲルの中で一人の男児を産み落としていた。それがウルジンの長男ダシニャムである。「私は草原で生まれた」とダシニャムは言ったが、それは文字通り、草の上で産み落とされたことを意味していた。

シニヘイという北辺の町に住み着いたウルジンの一族はやがて、この広大な平原を見えない線によって分断しようという二つの「国家」に遭遇する。

「モンゴル人民共和国」と「満州国」である。

一九二四年、ソ連が事実上、自国防衛の衛星国家として「モンゴル人民共和国」を誕生させると、日本もそのソ連の政策を滑稽なほど真似するように、一九三二年、対ソ連の防波堤として中国東北部に「満州国」を成立させた。

草原に突如誕生した二つの「国家」。

ウルジンが選択したのは「満州国」だった。理由の詳細については明らかになっていないが、「赤（共産主義）よりも白（資本主義）を選んだ」（ダシニャム談）というのがその一つであったことは間違いない。ウルジンは満州国軍に騎兵大佐として迎え入れられると、モンゴル人部隊を束ねる興安《こうあん》北分省警備軍などの指揮官に抜擢《ばってき》され、やがてソ連軍と日本軍が戦火を交えた「ノモンハン事件」の最前線へと送られていく。

建国大学二期生だった藤森孝一は当時、ノモンハン事件の現場視察へと出かけた際に偶然ウルジンと面会し、彼の印象を次のように証言している。

「身長は約一九〇センチ、体重も一〇〇キロ以上はありそうな大男でしたが、人を威圧するようなところがまったくなく、丸眼鏡の奥ではいつも瞳が微笑んでいた。将軍というよりは小学校の先生といったような人物で、なぜこのような人が軍人をやっているのか、不思議に思えてしまうぐらいの男でした」

満州国軍の中枢へと入った後も、ウルジンはそれまでの生活を変えようとはしなかった。公館はハイラルに建てられていたが、週末の度に一族が待つシニヘイへと戻り、仲間たちと一緒に家畜の世話をしたり、古びた農具の修理をしたりして過ごした。

一方で、長男であるダシニャムだけは公館のあるハイラルに残し、生徒のほとんどが日本人によって占められていた哈爾浜《ハルビン》中学へと通わせた。

「将来は国家を担う人間となれ」

それがウルジンが息子ダシニャムに下した唯一の「命令」だった。

哈爾浜中学ではすべての授業が日本語で実施されていたため、ダシニャムは中学一年時こそ一五〇人中一四〇番台の成績だったが、日本語の猛勉強をした結果、二年時には二〇番台に入るようになり、三年時には一桁から外れることはなくなっていった。担当教員からは日本の一高（現・東京大学）に出願するよう勧められたが、当時のダシニャムにとって、建国大学に進学する以外の選択肢はまるで意味を持たないものだった。

「建国大学以外の大学には興味がありませんでした」とダシニャムは私の取材に当然のように言い切った。「『私は満州国民であり、満州国の最高学府は建国大学である』と信じていたからです。父に『建国大学に進学するよ』と報告すると、直接は何も言いませんでしたが、目の奥がどこか嬉しそうに微笑んでいました。何と言えばいいのか、私はとても充実した気持ちになったのを覚えています。満州国は私たちの夢でもありましたし、五族協和を実現させることが、父や私の使命でもあると考えていました。私たちはね、『故郷』を作りたかったんです。モンゴル人が、モンゴル人として普通に生きていける、普通の国をね。だから、私はどうしても建国大学で政治学を学びたかった」

「なぜ政治学だったのですか」

「軍隊に入りたかったからです」とダシニャムは単刀直入に答えた。「いや、ちょっとわかりづらいかもしれませんね。私は将来政治をするために、まずは軍隊に入りたかった。軍隊に入るなら経済学よりも政治学の方がいいだろうと考えていた。当時はね、軍隊の知識がなければ、政治など何一つ語ることができなかったのです。今もそうですが、軍は国家になくてはならないもので、国際政治は軍事力の比較によって事実上成り立っている。だから、私は建国大学を卒業したら真っ先に満州国軍に入るつもりでした。軍隊に入って、まずは戦争というものをしっかりと学んで、そしていつか旗長か参事官にでもなったとき、自分たちの国を作るということがどういうことなのかわかるのではないかと信じ込んでいた。だから……」

ダシニャムはそこで意図的に言葉を区切った。

「日本が戦争に負けたとき、私は目の前が真っ暗になりました――」

終戦直前の建国大学の様子を記した記録は、残念ながらこの世に多くは残されていない。宮沢恵理子が著した『建国大学と民族協和』によると、建国大学は一九四五年八月九日に新京が初めてソ連軍の空襲を受けると一一日早朝に緊急会議を開き、教職員や日本人学生がソ連軍侵攻に備えて応戦準備態勢に入ると同時に、中国人学生らは兵器廠《へいきしょう》へ勤労奉仕に出すことを決めている。午後四時、塾舎前に全学生が集合し、副総長が訓示を行って中国人学生たちを送り出すと、その後、一八歳以上の日本人学生たちは関東軍から首都防衛のための臨時非常召集を受けた。

当時大学内にいた七期生の長野宏太郎はその日の様子を次のように振り返っている。

「『着替えや洗面道具は一切不要。三日分の食料となんでもいい、凶器を持ってこい』という通達でした。関東軍の兵舎に行くと、『ソ連軍の戦車は国境を越えている。明日はいよいよ新京に突入してくる』と聞かされました。道路の脇には蛸壺《たこつぼ》があって、誰がどこに入るかを決めました。『戦車が進んできたら爆弾を抱えてキャタピラの下に飛び込め、それが首都防衛だ、大学を守るのだ』と――」

ダシニャムは八月一二日、勤労動員の一環で新京郊外の軍需工場にいた。ソ連侵攻の情報が伝えられると、学生たちはすぐさま大学に戻ることを決め、近くの駅へと急いで向かった。ところが、いくら待っても列車が来ない。学生たちは仕方なく、新京へと続く線路の上を歩いて進むことにした。

敗戦の報を聞いたのは、野営目的で立ち寄った小学校だった。引率していた日本人教官が「もう終わりだ」と崩れ落ち、別の日本人教官が「解散。今後は各自で考えて行動せよ」とその場で自由行動の方針を告げた。

絶望と混乱が入り乱れるなかで、ダシニャムは「どんなことがあっても新京に戻る」と決意を固めた。新京にはモンゴル人の居住区があり、そこでは多くのモンゴル子女たちが生活している。ダシニャムは近所の村から馬を奪うと、モンゴル人学生たちとその馬に乗って数十キロ離れた新京へと鼻先を向けた。

故郷を持たない同胞の身をどうやって守ればいいのか――。

ダシニャムは馬上でそのことばかりを考えていた。新京南部のモンゴル人居住区には自ら資金を出し合って造った女学校や集会場があり、モンゴル人のほとんどはそこに避難していたはずだった。ダシニャムは仲間のモンゴル人学生たちをそれらの施設へと向かわせると、自分は直近の情報を入手するため、当時興安局で最も力を持っていたモンゴル人局長の自宅へと飛び込んだ。

局長の自宅は扉が開け放たれており、目的を告げて面会を求めると、使用人に別室へと通された。奥の部屋では会議が続いているらしく、男たちの低い声がした。会議は紛糾しているようだった。ソ連軍が攻め込んできたとき、人々をどこに避難させ、どこに向かうか。何を放棄し、何を守るのか――。

そのとき、ダシニャムはある聞き慣れた声を耳にする。

「こうなった以上、誰かが責任を取らなければなりません」とその声は周囲を諭すように発言していた。「私はすでに身の処し方を決めております――」

父だ、とダシニャムは直感した。それは紛れもなく、当時、陸軍興安学校の学校長になっていた父ウルジンの声だった。

ウルジンが自ら死を選ぼうとしていることは、そのときのダシニャムにも十分わかった。にもかかわらず、彼はその父の判断をむしろ軍人として「正しい」と思った。父の決断を誇りに感じ、それでいいのだ、という安堵感のようなものさえ胸に抱いた。

応接室の扉が開かれたとき、ダシニャムは意を決して客人たちの前へと飛び出した。突然の息子の登場にウルジンは一瞬驚いたような顔を見せたが、すぐにいつもの柔らかな表情へと戻り、ダシニャムの肩に分厚い手の平を置いただけで、一言も交わさずにその場を通り過ぎていった。ダシニャムは振り返り、父に向かって何かを告げたが、ウルジンは振り向こうとはしなかった。

そのとき何を叫んだのか、ダシニャムはもう覚えていない。

それがダシニャムの見た父ウルジンの最後の姿だった。

17

私とダシニャムは美術館の事務室で二時間ほどインタビューを続けた後、午後五時を回って美術館の閉館時間が近づいてきたために、取材場所をダシニャムの自宅へと移すことにした。私としてはかつての資料などを見ながらダシニャムにインタビューできるので好都合だったが、ダシニャムの狙いは別にあったらしく、「妻があなたの訪問を心待ちにしているのだ」と恥ずかしそうにその理由を打ち明けた。

チンギスハンホテルでタクシーを降りた後、私とダシニャムは道路を挟んでホテルと反対側にあるダシニャムの集合住宅へと歩いて向かった。日本の公営住宅のような団地の階段を三階ほど昇り終えると、鉄製の扉が突然開き、部屋の中から清楚な洋服を着たダシニャムと同年代の女性が現れた。

「疲れたでしょう。さあどうぞ、中へ——」

彼女が流暢《りゅうちょう》な日本語を話すのを聞いて、私はあからさまに驚いてしまった。「君より日本語が上手だよ」とダシニャムは妻にコートを預けながら言った。「北京大学で日本語を勉強していたんだ。戦前のことだけれどね」

八畳ほどのリビングに入ると、すでにお茶の準備が整えられていた。白磁の器で出されたお茶は中国やモンゴルのものではなく、正真正銘の日本茶だった。ダシニャムが手洗いに立った隙に「日本風」の理由を尋ねると、奥さんは流暢な日本語で、「孫の一人が最近東京の大学を卒業し、関東で銀行員として働いているの。近頃は日本の映画やテレビを見るのが夫婦共通の趣味なのよ」と夫婦の近況を語ってくれた。私はそれまで抱えていたいくつかの疑問がすんなりと解けたような気がして、なんだか嬉しい気分になった。ダシニャムが今もこうして流暢な日本語を維持できている理由は、決して彼が日本語の本を読み続けてきたことだけではなかった。彼は最愛の妻と一緒にずっとこうして使い続けてきていたのだ。辛い記憶や感情を内包する日本語という異国の言語を——。

手洗いから戻ると、ダシニャムは妻が座っていた大きなソファーに一緒に腰掛け、テーブルの上の日本茶をすすった。それから「お前も聞くかい」と妻に言い、妻がゆっくりと頷くのを確認してから、彼らが生きた「戦後」について語り始めた。

第二次世界大戦が終結しても、ダシニャムは「祖国」には戻れなかった。あるいは、その表現は適切ではないのかもしれない。ロシア革命でふるさとを追われ、逃走中に草原で生まれたダシニャムにとって、戻るべき「祖国」がどこであるのか、自分でもよくわからなかったからである。

戦後、ダシニャムが最初に就いた職業はソ連兵と日本人との通訳だった。ソ連軍は当時、日本人が所有していた工場や学校から機械や設備を効率良く接収するため、私情を挟まずにロシア語を日本語へと翻訳できる若い通訳を必要としていた。建国大学でロシア語を学び、ロシア人でも日本人でもなかったダシニャムは、その格好の人材として半ば強制的に徴用された。

ソ連軍が撤退すると、しばらくは中国政府の合作所の職員として事務作業に従事した。ちょうどその頃、教師をしていたモンゴル人女性と知り合い、結婚する。それが同じソファーに座っている最愛の妻らしかった。ふたりはダシニャムの「故郷」であるハイラルへと戻り、ウルジンが暮らしていた公館を使って新しい生活を送り始めた。

ところが、ある日突然、共産党政府から「公館は政府の所有物である」と一方的に宣告され、職場もその日のうちに解雇されてしまう。政府の出先機関に出向いて説明を求めても、接収の理由どころか、かつて公館に住んでいたという住居証明や合作所での勤務証明書さえも発行してもらえなかった。

転居や就職が極めて困難になったダシニャムは、同じような境遇に陥っていたモンゴル人たちとグループを作り、草原でタルバガン（モンゴルなどに生息するリス科の動物）を撃って、それを市場に持ち込んで現金に換えるという生活を何年も続けた。肉も毛皮も良質なタルバガンは闇市に持ち込めば一〇〇匹を牛二頭と交換できるだけの価値があったが、ハンターの仕事は常に危険と隣り合わせであり、どんなに暮らしを切りつめても人並みの生活を送ることはできなかった。

そんな糊口《ここう》を凌《しの》ぐ生活からダシニャムたちを救い出してくれたのは、当時ウランバートルで暮らしていた妻方の母の存在だった。娘や婿たちが中国で想像を絶する生活を強いられていることを知った母親は、政府の有力者を頼って娘たちをモンゴルへと連れ戻すよう要請し、それを実現へと導いてくれたのである。

ところが当日、家財を処分して駅へと向かうと、ダシニャムだけが一人家族から引き離され、列車への乗車を拒否されてしまう。「出国が許可されているのは妻と子であり、お前の出国は認められない」というのが中国官吏の言い分だった。

住居も家財もないなかで、ダシニャムは再び一人草原へと戻り、タルバガンを撃ちながら生活を続けた。ウランバートルから毎月のように届けられる手紙には、あなたの帰国を繰り返し政府に要請している、といった妻からのメッセージが綴られていたが、ダシニャムは過度の期待を持たないように自らを戒めながら日々を過ごした。

ダシニャムが中国を出国できたのは、それから数年後の秋である。ウランバートルで家族と再会したダシニャムは知り合いの計らいで政府系図書館に職を見つけ、その後、ザナバザル美術館の解説員を約二〇年務めた。

そんなダシニャムのもとに一九九二年、ある一通の証書が届いた。郵送元はロシア連邦検察院。内容は父ウルジンに関するものだった。

〈新憲法第三条第一項とロシア連邦法律により、ガルマエフ・ウルジンの名誉を回復することを決裁した──〉

書面には短い文章で、それまでまったくわからなかった父ウルジンの足取りが記されていた。ウルジンはソ連軍が新京に入城した直後の八月三〇日、自らソ連軍に出頭し、一七回に及ぶ軍事法廷の審問の結果、一九四七年三月、五八歳で銃殺されていた。

「不思議なことにね」とダシニャムは自宅のリビングで当時の心境を振り返った。「その書面を読んだとき、私はあの敗戦直後の日と同じように、『これでよかったんだ』と思ったんです。何と言うか、実に父らしい死に方だというか。それこそが父の望んでいた道だったように思えて……」

「悔しいとか悲しいといった感情ではなく？」

「ええ、そういう感情はまったくありませんでした」とダシニャムは続けた。「あるいは、あなたには私が薄情な人間のように思えるのかもしれません。でも、父は元来、誰かの犠牲になることをいとわない人間でしたし、父は自らソ連軍に出頭した段階で当然自分がどうなるのかわかっていたと思います。ただ……」

「ただ?」

「それらの記録を受け取ってから、私なりに少し考えたことがありました」とダシニャムは日本茶の入った器を両手で包みながらゆっくりとした動作で私を見上げた。「果たして父の人生は幸せだったのだろうか、ということです。大きな目標を抱え、自らの信念に従って人生を閉じた。でも、父が最も愛していたのは、穏やかな草原の生活でした。いつの日かモンゴル民族が平和に暮らせる国を持つ。そんな夢を抱き続けていたばかりに、生きている限り国家や国土というものから逃れることができなかった。そのために常に強く生きなければならなかったのだとしたら、あるいは優しい性格だった父にとって、それはとても不幸な人生だったのかもしれないと――」

翌日、私はダシニャムに誘われて戦後ソ連軍の捕虜としてモンゴル国内に抑留された旧日本兵たちの慰霊地を訪ねてみることにした。チンギスハンホテルでタクシーを呼ぶと、ロビーにつけられたのはかなり旧式の日産サニーだった。日産サニーは市街地を抜け、草すらも生えていない褐色の荒野を延々と走り続けた。

「ダンバダルジャー記念公園」と名づけられた日本人慰霊地は小高い丘の中腹に造られていた。駐車場に車を止めると、私とダシニャムは運転手をそこに待たせたまま、時間をかけて公園内を見てまわることにした。

赤茶けた坂道を登っていくと、頂上付近には抑留者を祀《まつ》るドーム状のモニュメントが建てられていた。モニュメントは全体が巨大な反響装置のようになっているらしく、真下に立つと草原を抜けていく風の音がひときわ大きく周囲に響いた。足元には一本のラインがひかれており、壁面の説明によると、その線は遠く祖国日本の方角を指し示しているという。

記録によると、戦後モンゴルに抑留された日本人は一万二三一八人。一九四七年の帰国までに一割強の一五九七人が亡くなり、八三五人がここダンバダルジャーに埋葬された。一九九一年以降、モンゴルが民主化されたのをきっかけに日本政府が抑留に関する調査を始め、一九九四年から一九九九年にかけてこの地に埋葬されていた遺体を掘り起こすとともに、それらをすべて火葬して祖国へと持ち帰った。巨大なモニュメントは一連の事業の終結を記念して二〇〇一年に建てられたものらしく、小さな資料館にはこの地を訪れた日本の皇族や国会議員などの写真が何かの証明写真のように展示されていた。

モニュメントから駐車場へと続く坂道の脇の窪地《くぼち》には、一本の木製の柱が今にも朽ち果てそうな状態で残されていた。道を外れて見に行ってみると、それは一九六六年に訪れた慰霊団が最初に建てた慰霊碑らしかった。高さ一メートル六〇センチほどの木柱には、四方に墨のようなものでそれぞれメッセージが刻まれており、半世紀が経った今でもその文言をかすかに指で追うことができた。柱の北面には「諸士よ祖国日本は」と書かれており、東面には「見事に復興しました」と記されていた。

「故国を離れて生きるということは、想像を絶するほど大変なことです」とダシニャムはその木柱の前で私に言った。「帰れる、という保証があればいい。一生ここに骨をうずめるんだ、という覚悟があるなら、まだましだ。帰れるかどうかわからない、帰りたい、と思っているときが本当は一番辛いんです……」

丘の中腹から見下ろすと、南北西の三方は湖面がうねったような曲線を持った山々に囲まれ、東方の遥かかなたにウランバートルの街並みがぼんやりと見えた。氷河によって削り出された北米や欧州の山並みとは違い、穏やかな稜線《りようせん》だけをとらえれば、目の前の風景はかすかに日本の山河のそれと似ていなくもなかった。

しかし、色彩という面から言えば、それはまったくの別物だった。日本の山河が美しく緑や青で染め抜かれているのに対し、丘の中腹から知覚できるのは、土がむき出しになった褐色の山々だけである。私は木柱のそばにたたずみながら、この地に抑留されていた日本人たちはこの山並みを見ながら一体何を考えていたのだろうかと想像してみた。

極北の厳しい風雪に耐えながら、春に咲き誇る桜の姿を何度思い起こしたろう。誰に知られることもなくひっそりと死んでいく、その無念さにどれほど絶望しただろう――。

ダシニャムは私の方に歩み寄って言った。

「私があなたの取材を受けようと思ったのは、あなたをここに連れてきたかったからなのです。異国の地に捕らえられ、人知れず死んでいく。それがどれほど辛く、悲しいことだったのか。それを忘れないでいてほしいと。それをあなたに伝えてほしいと――」

私は黙って頷きながら、木柱に向かって頭を下げた。ダシニャムはくるりと木柱の方へと身を返し、消え入るような日本語で言った。

「この地に眠る人たちよ。故国の若者がはるばる遠く訪ねてきたぞ」

その声は丘を抜けていく風に運ばれ、遥か遠くにまで響いた気がした。

第八章　ソウル

18

韓国の仁川《インチョン》国際空港からソウル中心部へと向かうリムジンバスは、日本人の女性観光客の姿でいっぱいだった。旅行会社が企画した買い物ツアーの参加者なのだろう。隣の女子学生は席に着くなり絶えず韓国料理のレストランガイドに見入っていたし、後部座席の団体は韓流《ハンりゅう》ドラマのパンフレットにいくつもの赤丸を付け、ロケ地めぐりの計画を楽しそうに話し合っている。そんな騒々しい、戦後取材の雰囲気からはだいぶかけ離れた車内の空気を、私はむしろ楽しんでいた。外国を旅するということはいつの時代においても非日常的な行為であり、人の心をときめかせてくれる。建国大学の卒業生たちもきっとそれは同じだっただろうし、私にとってもそうだった。

学生時代、私はバックパッカーとして七〇を超える国々をめぐった。その最初の渡航先がこの韓国だった。何か特別な理由があったわけではない。ただ距離的に近かったのと、チケットが格段に安かったのだ。

旅行は初めから波乱含みだった。ソウルの金浦《キンポ》国際空港（当時はまだ仁川国際空港が開港していなかった）に到着した直後、スコールでソウル市内を流れる河川が氾濫し、交通機関が完全に麻痺したために、ホテルの予約などしていない貧乏旅行者は空港から身動きが取れなくなってしまった。

窮地を救ってくれたのは、飛行機でたまたま隣の席に乗り合わせた韓国人のビジネスマンだった。日本に留学経験のある彼は到着ロビーで右往左往している私の姿を見つけると、「行く場所がないのなら、私の家に泊まりなさい」と土砂降りの雨の中をタクシーで彼の自宅まで連れて行ってくれた。自宅はソウル市南部のオリンピック施設の跡地を使って造られた大規模なマンション群の中にあり、彼はそのマンションの一室で妻と生後半年の息子の三人で暮らしていた。

私はそこで実に二週間もの間、「ホームステイ」のような形で居候生活を続けた。家族と一緒にテレビを見ながら朝食を食べ、ビジネスマンが出勤するとそれに合わせてソウル市内の観光に出かけた。夜はビジネスマンに誘われてレストランや屋台で夕食を食べた。彼はソウル市内の大学に通う親類や知人にも連絡を取ってくれ、私は昼間、彼らと一緒にソウル大学校や延世《ヨンセ》大学校などを回って大学の講義を覗《のぞ》いたりした。

そんなちょっと風変わりな「海外旅行」のなかで、私は韓国や韓国人について実に多くのことを実体験として学んだ。日本とは異なり、人と人との距離が格段に近いこと。飲み屋で男たちが集まると、他人同士がまるで大学の運動部のように酒を注《つ》ぎ合って騒いだり、酔っぱらってケンカをしたりすること。情にもろく、年長者を敬い、子どもや赤ん坊を異常なまでに可愛がること……。

二週間の滞在を終え、お礼を言ってビジネスマンのマンションを後にしたとき（彼は申し出た宿泊費用を一切受け取らなかった）、私は「本を読んだだけでは決してわからないことがあるのだな」という極めて当たり前のことを体全体で理解した。そして、日本に帰国すると同時に大学に休学届を提出し、そのまま世界一周の旅に出た。私は心底見てみたいと思ったのだ。オリンピックの跡地に造られたソウルのマンションのような所に住み込んで、世界の人々がそこでどのように暮らし、何を大切にしながら生きているのかということを――。

五期生の元朝鮮人学生・金載珍と面会するのは二回目だった。

韓国には日本と同様に建国大学の出身者で作る「同窓会」が存在しており、卒業生たちは年に二回、ソウル市内で会合を開いて半世紀以上もの間、相互のつながりを維持し続けていた。金はその韓国人同窓会の現会長であり、日本人卒業生が二〇一〇年六月に東京で開いた「最後の同窓会」にも元朝鮮人学生の代表として招かれていた。

金とは当初、ソウル市内で会う予定になっていたが、直前に「足を悪くしてしまい、遠出ができない」との連絡を受け、私の方から彼の居住地に出向くことにした。ソウル駅から韓国高速鉄道に乗って二時間ほど行くと、彼の生まれ故郷である大邱《テグ》という山並みの美しい街に着いた。タクシーに乗って行き先を告げると、高層団地が建ち並ぶ新興住宅の一角で見覚えのある顔が手を振っていた。「お元気でしたか？　お待ちしておりました」と金は極めて流暢な日本語で私を出迎えてくれた。

日本の公営住宅とそっくりな、決して広いとは言えない２ＤＫで、私たちはしばらく韓国人卒業生の近況などについての情報を交換しあった。

私が翌日ソウル市内で新制三期生の姜英勲と面会する予定なのだと告げると、金の表情がわずかにかげった。「何か問題があるのでしょうか」と聞いても、答えてくれない。「政治上の問題でしょうか」と質問を変えると、金はわずかに首を振って否定した。

「最近の出来事を記憶できないようなんだ。あの姜英勲が、と私も残念でならないんだが……」

これまでの取材では、建国大学に通っていた非日系の学生たちの多くが戦後、「日本帝国主義への協力者」とみなされ、自国の政府などから厳しい糾弾や弾圧を受けていた。ところがただ一国だけ、母国に戻った彼らを「スーパーエリート」として国家の中枢に組み込もうとした国がある。

韓国である。

一九一〇年に日本に併合され、一九四五年の終戦時には独自の政府や軍隊を持たなかった韓国は、日本の敗戦によって独立を勝ち取ると、優れた頭脳を有する建国大学の出身者たちを積極的に登用し、いち早く国の基礎を築こうとしたといわれている。

なぜか――。

彼らは優れた語学力や国際感覚を身につけていただけでなく、当時国家が最も欲していた軍事の知識を習得していたからである。

今でこそ多くが現役を引退してしまっているが、一九七〇年代や八〇年代には政府や軍、警察、大学、主要銀行などにおける多くの主要ポストを建国大学出身者が握り、政財界には建国大学出身者のサークルのようなものが結成されていたといわれている。慶《キョン》北《ブク》大学校で経済学を教えていた金もそのうちの一人であり、私が翌日に取材を予定していた姜英勲《カンヨンフン》は、軍幹部から首相の地位にまで上り詰めた、その代表格だった。

私は金との再会を約束して彼の自宅を後にすると、翌日の姜との取材に備えるため、その日のうちに韓国高速鉄道でソウルへと戻った。

翌日、私は約束の一時間も前に取材場所に指定されていたロッテホテルのカフェテリアに入った。日本の植民地時代に朝鮮半島初の大型ホテル「半島ホテル」として誕生し、戦後一大リゾートへとその姿を変えた有名ホテルには、宿泊客の目を和ませるための様々なインテリアが施されていた。カフェテリアの一角に設けられた小さな池には水藻の間を悠々と泳ぐ錦鯉《にしきごい》の姿を見ることができた。

ところが、約束の時間を過ぎても姜はカフェテリアに現れなかった。私は姜がホテルのどこかで迷っているのではないかと思い、ホテルの入り口付近を探してみたり、フロントに頼んで館内アナウンスを流してもらったりしたが、結局姜は見つからなかった。

約束の時間から一時間が過ぎても姜と会うことができなかったため、私は思い切って姜の自宅に電話を入れてみることにした。いくらかけても自宅の電話がつながらないため、今度は直接彼の携帯電話にかけなおしてみると、姜ではなく、代わりにクリスティーナというイングリッシュネームを名乗る女性秘書が英語で電話口に出た。

「ロッテホテルで姜さんをお待ちしているのですが」と私が言うと、彼女は「本当ですか?」と私を少し疑っているような声で答えた。彼女の説明によると、今日は誰とも面会の約束は入っておらず、姜は今から病院へ診察に行く予定なのだという。明日も午後には別の会合に出席しなければならず、取材に応じられるかどうかはわからない、と彼女はきっぱりとした口調で言った。

私はクリスティーナに事情を説明し、姜と直接話をさせてもらえないだろうかと頼んでみた。

すると、短い空白を挟んだ後に、聞き覚えのある日本語が電話口に出た。

「えっ、今日でしたか」と姜は私の説明を聞きながら驚いた様子で言った。

「ええ。一時間近くロッテホテルでお待ちしておりました」

「そうでしたか……申し訳ない。私は大丈夫ですよ。会えるのを楽しみにしています。あなたはいつお帰りになりますか」

「明後日の午後に帰ります」

「それなら明日の午後に会いましょう。私はちょっと物忘れをするようになっているので、今、秘書に代わります。あなたは英語を話せるでしょう?」

音声がクリスティーナの英語に変わった。

「すみません。お気づきかもしれませんが、姜は今、最近の出来事をうまく記憶できないのです。過去の出来事についてお話しすることはできるのですが……」

彼女と日程をすりあわせた結果、午前中ならば時間が作れるというので、私は翌日の午前一〇時にロッテホテルの同じカフェテリアで待ち合わせることにした。クリスティーナは「明日は私も彼に同行するので、今度は間違いなく会えるでしょう」と約束してくれた。

翌日、姜は約束の午前一〇時ちょうどに数人の秘書を引き連れてロッテホテルの中央玄関に現れた。私は約束の時間に姜を送り届けてくれたことについてクリスティーナに感謝の意を伝えると、姜をエスコートするようにして予約をしていたカフェテリアの窓際の席までゆっくりと歩いた。姜は店内に作られた段差をうまく越えることができずに少々難儀したものの、店内を普通に歩くくらいであれば、杖は必要なさそうだった。

「昨日はどうも申し訳ありませんでした」と姜は金と同様、日本人かと聞き間違うほどの流暢な日本語で挨拶をした。「私の方が予定をすっぽかしてしまったようで。最近物忘れが激しくて、心底困っているのです。どうかこの歳に免じて許してくださいね——」

私は小さく首を振り、この目の前で穏やかな微笑みをたたえている、今年で九〇歳になるという韓国の元首相と向き合った。

かつて、私はこの老人の顔をテレビのブラウン管で見たことがあった。私がまだ高校生だった一九九〇年、ニュース番組の映像は静かに歩み寄るふたりの政治家の姿を映し出していた。

一人は北朝鮮の最高指導者である金日成《キムイルソン》。もう一人は初の南北首相会談を成功させた目の前の姜だった。

布張りのいすに腰を下ろすと、姜は小さな声で私に尋ねた。

「日本の外務省の方でしたっけ……？」

会話の歯車がいったん途切れ、隣でクリスティーナが韓国語で何かを囁《ささや》いた。

「日本の新聞記者の方……」と姜は少し驚いた表情でクリスティーナの声に耳を傾けていた。

「……そう、そうですか、建国大学のことを調べていらっしゃる。わかりました。どうもすみません。最近頭がどうも惚《ほう》けてきてしまって。そうですか。いいでしょう。私の知っていることはなるべく、あなたに親切にお答えしましょう」

私が小さくお辞儀をすると、姜はにこやかに微笑んでくれた。

19

私は今回、姜への取材を普段では用いない特別な方法で実施することを決めていた。取材時間が二時間と厳しく制限されていたため、姜に一から過去を聞き出すことはあきらめ、姜を長年取材してきた元朝日新聞ソウル特派員の前川惠司が二〇〇八年に著した『帰郷——満州建国大学朝鮮人学徒　青春と戦争』（三一書房）の文脈に沿って、事実関係を確認するような形で質問を進めていった。所属新聞社の先輩でもある前川とは出張前に新宿駅で面会し、取材のアドバイスを貰《もら》ってもいた。

前川が著した『帰郷』や姜自身の証言によると、姜が生まれたのは、満州と朝鮮の国境付近にある昌城《チャンソン》という小さな村だった。両親は養蚕を手がける自作農で、決して裕福とは言えなかったが、「両親が愛に満ちあふれていた」（本人談）ため、貧しさを苦痛だとは思わなかった。

小学校を卒業すると、姜は五年制の農学校へと進んだ。ところが、そこで待っていたのはあまりに退屈な日々だった。授業では農業理論や農業経済に触れることなく、「実習」という名の農作業だけを強制された。姜は農学校を中退して司法学校に転入しようかとも考えたが、田舎で厳しい生活を続けている両親が授業料の高い司法学校への転入を許してくれるとは思えなかった。

その頃、姜は日本の中学に転校した親友に次のような手紙を送っている。

「自分も君のように日本に渡って勉強がしたい」

すると、親友から思いがけない返事が届いた。

「日本に来ないか。君なら十分にやっていける」

直後、姜は人生の大きな「賭け」に出る。両親が農学校の学費にと仕送りしてくれた大金の五〇円を握りしめ、釜山から下関《しものせき》へと向かう連絡船に飛び乗ったのである。

一五歳の春だった。船が釜山港を離岸するとき、姜は目から涙があふれて止まらなかった。下関に到着後、すぐに両親に手紙をしたためている。

「農学校を辞め、日本に来ました。広島の中学に転入します。名を挙げるまで、決して戻らない覚悟です」

一五歳の姜にとって、日本は驚きの連続だった。最初に目を見張ったのは、列車の車窓から見える日本の風景の美しさだった。朝鮮半島では岩山が多く、わずかな木々もオンドルの薪にしようと住民が伐採してしまう。ところが、日本に広がる山々はどこも青々とした森に覆われ、列車が山あいを通過するたびに、区画整理された田んぼがきれいに並んでいたりする。朝鮮半島では女性が自転車に乗って走り回ることなど想像もできないことだったが、窓から身を乗り出すようにして周囲の風景を見ていると、時折白い帽子を被《かぶ》った若い女性が自転車にまたがり、すっと田んぼの畦道《あぜみち》を横切ったりした。そんな光景に出くわすたびに、姜は大きな声をあげて何かを叫びたい気持ちになった。

「今でも夢に見る恥ずかしい失敗があります」と姜はこんなエピソードを打ち明けてくれた。「下関から広島へと向かう列車の中での出来事でした。隣の日本人女性が物売りからサイダーを買って飲み始めたのです。私は物珍しくてね。じろじろと見ていたのだと思うのですが、彼女が突然、『一口どうですか』と私に勧めてくれたのです。私は嬉しかったのですが、サイダーを飲んだこともないし、第一、瓶に刺さっているストローを使ったことがない。私は緊張してサイダーを受け取ると、そのままストローに息を吹き込んでしまったのです。瓶からサイダーがものすごい勢いであふれ出てきて、私の服はびしょびしょになりました。周りのお客さんは笑ってね。『おやおや、学生さん』という明るい感じの笑い声でした。私は恥ずかしいのやら、嬉しいのやら、それで一気に日本が好きになったのです」

姜は広島の高田中学に転入すると、脇目もふらずに勉強を続け、その年の期末試験では九三点という総合得点で学年一位の成績を収めた。教師からはまずは第三高等学校（現・京都大学）へと進み、その後は京都帝国大学か東京帝国大学に進んで法学か医学を学んではどうかと指導を受けたが、姜にはそれらの助言に素直に頷くことができなかった。日本で勉強を続けていくためには何かしらの方法で資金を確保する必要があったが、当時の姜はまだその方法を見つけられないでいた。

進路指導の担当から「建国大学はどうか」と勧められたのは、進路決定の直前だった。「学費や生活費は全額官費で支給される」という条件に加え、募集要項に記載されている「二次試験は東京で実施する」という文言が姜には特に魅力的に映った。東京は当時、姜が一度は行ってみたいと願っていた憧れの街だったからである。

一次試験に合格した後、東京・青山で行われた二次試験では、座談会形式による口頭試問が実施された。冒頭、試験官の一人が受験生たちを見渡してこう告げた。

「建国大学の最大の使命は五族協和の実現である。満州では日本人、朝鮮人、中国人、モンゴル人、ロシア人が力を合わせて一つの国を作り上げなければならない。その使命に従って君たちを指導するのが、各民族から選ばれた教授陣である。朝鮮人の崔南善もその一人だ。このなかに朝鮮人の受験生がいれば、彼の名前を一度は聞いたことがあるだろう」

崔南善《チェナムソン》——。

その名前を聞いたとき、姜は驚きのあまりひっくり返りそうになってしまった。朝鮮人ならその名を知らぬ者はいない。一九一九年の「三・一独立運動」で反日運動が朝鮮半島全土を覆い尽くしたとき、その火種となった「独立宣言書」を起草して逮捕された人物こそが、朝鮮を代表する独立運動家の崔南善なのである。

〈本当に崔が指導するのか〉

崔の名を聞いて、姜はぐらっと心が揺れた。すべてが日本の抑圧下にある朝鮮半島で生まれ育った姜にとって、崔の存在はあまりに大きく、恐ろしく、そして魅惑的でもあった。

崔ならきっと正しい道を教えてくれる——。

二次試験を終え、東京から広島へと向かう列車に飛び乗った頃にはもう、満州の空が姜の胸の中いっぱいに広がっていた。

一九四一年四月、新制三期生として建国大学に入学すると、姜は同期の朝鮮人学生七人と共に真っ先に崔の官舎を訪れている。

崔は新入生の朝鮮人学生に会うなり、こう告げた。

「君たちは朝鮮民族である。『日本人』などでは決してない――」

以来、朝鮮人学生たちは休日のたびに崔の官舎を訪れ、昼食や夕食をごちそうになりながら、民族の講義を受けるようになった。崔はあやふやな理想主義者ではなく、極めて厳格な意味での現実主義者だった。日本政府や日本人の批判ばかりしている学生たちをとがめ、「では、君たちに何ができるのだ」と厳しく問いただしたりする。理想と現実の差異を明確にするよう学生たちに求め、それらを近づけていくためには具体的に何をすればいいのか、学生たちに考えさせたりもした。

「焦るな」というのが当時の崔の口癖だった。「時は必ずやってくる。それまで力を蓄えておくのだ」

だから一九四三年、建国大学の朝鮮人学生たちが学徒出陣の意志確認を求められたとき、すでに建国大学を辞官していた崔は次のような言葉で学生たちを送り出したと伝えられている。

「軍隊は民族にとってなくてはならない最大のものであり、独立時にはそれらの知識と経験が絶対的に必要になる。君たちは日本のために戦うのではなく、軍とは何かを学ぶのだ」

姜は幹部候補生試験を受けて合格すると、本土防衛に備えて秋田県内の陸軍演習場に配属され、そこで敗戦の八月一五日を迎えた。いくつもの懸念が姜の胸の中を交錯した。朝鮮半島で暮らしている親族はどうなったのか。広島の親友たちは原爆の被害を免れたのか。満州にある建国大学は存続するのか——。

姜は邪念を打ち消して、まずは自分に課せられた任務を遂行することにした。当時、秋田連隊には約六〇〇人の朝鮮人が配属されていたため、姜は二人の朝鮮人少尉と分担して、まずは彼らを無事に祖国へと送り返すことにした。しばらくの間は秋田県内に留まり、ソウルに到着したのは一〇月二〇日。姜は最後の任務をやり終えたことを確認すると、両親が待つ昌城の村へと戻った。

しかし、姜は最愛の地にわずか五カ月間滞在しただけで、再びふるさとの村を飛び出してしまう。中国との国境付近にある小さな村ではそのときすでにソ連の主導による共産化が進行しており、村のあちらこちらで貧農の若者が集められ、戦闘の訓練が実施されていた。ある日、村の水力発電機がソ連兵によって村外へと持ち出されたことをきっかけに村の共産化に激しい抵抗を示すようになった姜は、やがて周囲から「反革命分子」とみなされるようになり、当局から出頭命令を受けたその夜、五人の友人を引き連れて漁船に飛び乗り、再び三八度線を越えたのだ。

暗黒の海を南下していくとき、姜は一五歳の春に朝鮮半島を飛び出したときとは明らかに異なる、自らの過去が黒く塗りつぶされていくような喪失感を覚えた。これからどうやって生きていけばいいのか、確かなものが何一つなかった。もう二度とふるさとの土を踏むことはないだろうという予感だけが鵺《ぬえ》のように胸の中に浮遊していた。

　一九四六年四月、姜はソウルに到着すると、韓国軍が幹部将校の育成を目的に設立していた軍事英語学校（後の韓国陸軍士官学校）に入学し、再び軍人としての道を歩み始めた。建国大学の出身者であり、その語学力や日本における軍隊の経験により当初からエリートと目されていた彼は、創設間もない韓国軍のなかで確実に出世の階段を昇り詰め、四年後には早くも陸軍本部の人事局長を務めるまでになっていた。

　一九五〇年六月、戦車を先頭に約一〇万の北朝鮮兵が三八度線を越境し、朝鮮戦争が始まると、姜は中部戦線の第二軍団参謀長へと役職を変え、北朝鮮という「母国」からの侵攻を体を張って食い止めようとする。兵力比、北一六万に対し韓国九万。砲門数、北六〇〇門に対し韓国九〇門。戦力的には圧倒的な劣勢にあったが、侵攻開始二日後に国連決議で米軍の支援が確実になった段階で、姜は「負けはなくなった」と確信した。あとはできるだけ兵力を温存して南へと後退し、米軍が到着するまでの時間を確保すればいい。

　八〇日後、米軍が仁川に奇襲攻撃を仕掛けると、戦局は一気に逆転し、前線は再び北へ北へと回復していった。戦線がアコーディオンのように半島を上下し、南北で四〇〇万人とも五〇〇万人ともいわれる犠牲者を出した後、朝鮮戦争は開戦三年後の一九五三年七月に民族と国土を二分したまま「休戦」を迎えた。

同じ民族同士が互いに銃を突きつけ合った不条理極まりない戦争は、姜の胸に絶望の暗い闇しか残さなかった。部下の若者たちが命を賭して戦っている相手は同じ民族の若者であり、敵兵が必死に守ろうとしている土地は、同時に、姜の親族らが暮らすふるさとでもあった。

戦争が休戦に持ち込まれたとき、姜はこの戦争がいつかまた、民族同士で血を流し合う新たな戦争の引き金になるのではないかという懸念を抱いた。一つの民族が南北に分かれ、三年もの間、数百万人もの同胞を殺し合ったのだ。互いの関係が近ければ近いほど、その憎しみは増幅し、簡単には消し去ることができない。その憎しみの力を借りて軍や政府が人々を誘導すれば、不毛な殺し合いが再び容易に始まってしまう――。

だから一九六一年五月、朴正煕《パクチヨンヒ》少将（後に大統領）がクーデターを起こして軍が政治に大きく介入したとき、士官学校の校長になっていた姜は、クーデターを支持しようとソウル市内を正装で行進した士官学校の生徒たちを厳しい文言で戒めた。

「軍は政治に介入してはならない。軍は政治に中立でなければならない」

その言動が後の軍事政権に「反革命分子」との理由を与え、姜は約四カ月間投獄される。そして陸軍中将のまま退役へと追い込まれると、亡命同然の状態でアメリカへと渡ったのである。

朝鮮半島を離れ、大学の研究者として約一六年間の生活を送るなかで、姜は同じ一つの民族でありながら、今は南北に分断され、互いに憎しみあうようにして暮らしている二つの「祖国」をどうすれば一つの「母国」に戻すことができるのか、ただそれだけを考え続けた。

きっかけはある日突然やってきた。一九七九年、大統領の座についていた朴正熙が側近によって射殺されると、姜は軍独裁政治の幕引きを宿命づけられて一九八八年に大統領に就任した盧泰愚《ノテウ》により、韓国の首相として招聘される。盧は姜の士官学校校長時代の教え子の一人でもあった。

姜は首相の任期中にどうしても実現させたい「夢」があった。

南北朝鮮の対話である。

一九九〇年九月、念願だった分断後初となる南北首相会談を韓国ソウルで実現させると、その一カ月後、今度は板門店《パンムンジョム》を通って北朝鮮へと向かい、韓国首相として初めて北朝鮮の最高指導者である金日成と握手したのだ。

北朝鮮を訪問する際、姜には一つだけ懸念があった。姜にはまだ、生き別れたまま北朝鮮で暮らしている妹がいた。北朝鮮当局が妹を交渉の手段として利用してくるだろうということは、出国前から十分に察しがついていた。民族の将来を決するかもしれない大切な会談に、自らの家族が利用されることを姜は何よりも嫌悪していた。

妹が姜の宿泊施設にやってきたのは、金日成との会談の翌日だった。姜は悩んだ末に部屋で妹と会うことにした。すべては北朝鮮当局が準備した「外交」であり、会話の内容もすべて盗聴・録音されることを承知した上で、それでも会おう、と姜は思った。数十年ぶりに再会を果たした妹は両目に大粒の涙をためて、「私は偉大な首領様の恩恵で毎日素晴らしい生活ができています」と声が嗄《か》れるまで連呼し続けた。姜は何度も無言で頷いて、妹の体を力いっぱい抱きしめた。衣服を通して伝わってくる懐かしい妹の体温に、自分と同じように恋人や家族と再会できず、この狭い半島で生き別れのようになって暮らしている朝鮮民族の悲哀を感じた。

「我々は一つになるべきだ」と姜は思った。

「悲しむのはもう十分だ」と妹を抱きしめて強く思った。

20

姜への取材の時間が終わりに近づいていた。

姜はまだ自らの半生について語り足りない様子だったが、隣に座った秘書のクリスティーナが何度も小さな手帳をのぞき込むので、私は取材時間の延長をあきらめることにした。

「最後に一つだけ、どうしても聞いておきたい話があります」と私は覚悟を決めて踏み込んだ。「新制三期生の日本人学生・月原節郎と朝鮮人学生Kについての話です」

「ああ、Kですか」と姜はあっさりと私の質問に自らの関与を認めた。「よく知っています。Kは朝鮮人学生でしたし、私と同期でもありました。でも、彼の戦後について知ったのは首相を退任してからずっと後のことでした……」

私が朝鮮人学生Kの話を耳にしたのは、建国大学の取材を始めてからしばらく経った頃だった。建国大学の新制三期生のなかに戦後、北朝鮮の工作員になった人物がいるという。その人物が朝鮮人学生のKだった。

日本統治時代の南朝鮮で生まれ、鹿児島の中学を卒業したKは、戦争が終わると故郷のある「南」ではなく、ソ連が支配していた「北」へと戻り、大学教員になっていた。ところが、ある日突然当局に呼び出され、工作員として韓国に潜入するよう命じられてしまう。韓国軍では当時、姜などの建国大学同窓生たちが組織の中枢を担っており、彼らを懐柔して極秘情報を入手するというのが彼に与えられたミッションだった。

Kはその後、工作船に乗り込んでなんとか韓国に到達したものの、ソウル市内に向かう途中に飲食店で身元を暴かれ、その場で逮捕されてしまう。刑務所へと送られ、身柄を釈放されたのは、逮捕から二〇年以上が過ぎた一九八〇年代の後半だった。

「可哀想《かわいそう》に……」と姜は遠い目をして言った。「私は何もしてやれなかった……」

姜が本当のことを話しているのか、あるいは嘘《うそ》をついているのか、その時の私には判断がつかなかった。

私が東京都北区にある新制三期生・月原節郎の自宅を訪ねたのは、梅雨の終わりの頃だった。事前に取材のアポイントの電話を入れると、奥さんに「とても汚い家なので、どうかスーツではお越しにならぬよう」と申し訳なさそうに言付けられた。

月原の自宅は、一言で言ってしまえば「猫屋敷」だった。玄関に足を踏み入れた途端に数匹の猫が足元にまとわりついてきて、猫特有の糞尿《ふんにょう》の臭いが鼻孔をついた。どれもが一目で捨て猫か野良猫だとわかる毛並みの悪い猫たちだった。

月原は三階の寝室でそんな猫たちに囲まれながら生活していた。自らが経験した建国大学の学生生活については比較的気軽に答えてくれるものの、質問がKについての事柄に及ぶと、「昔のことは忘れたよ」と決して会話に応じようとしない。「いいじゃない、教えてあげなさいよ」と隣で妻がからかうように諭しても、月原は両目を細めて猫の背に手をやるだけだった。

新制三期の同窓生たちの証言によると、Kが刑務所を出ることができたのは一九八七年。職も身寄りもないKは生活に行き詰まると、かつて同塾で暮らした月原に金を無心する手紙を書いていた。

〈食べる物すらない。助けてほしい〉

敗戦後、同志社大学に再入学して神学を学び、その後、牧師になっていた月原は、Kから手紙を受け取る度に毎回十数万円ずつ封筒に入れ、韓国に送り届けていたというのだ。その総額は数百万円に及んだといわれている。妻は夫の行為を見て見ぬふりをした。その資金の出どころが、ふたりで貯《た》めた大事なマイホーム口座だったからである。Kは二〇〇三年に他界する直前、韓国の同窓生たちに月原との関係を打ち明けていた……。

北区の自宅で猫に囲まれながら暮らす月原は、私が「どんな人生でしたか」と尋ねてみても笑っているだけで答えなかった。

その隣で妻が「私にとっては素晴らしい人生でした」と涙ぐみながら私に言った。

クリスティーナの厳しい視線が取材の終わりを告げていた。姜が席を立ち上がろうとした瞬間、私は「最後にもう一つだけ」と断った上で、最後の質問を彼にぶつけた。

「姜さんの人生のなかで、一番記憶に残っている時代はいつですか」

植民地時代の朝鮮で暮らした少年時代、日本や満州で学んだ青年時代、独立を勝ち取り自国の軍隊の中枢を担った成熟期、一六年に及んだ米国での研究生活、首相として南北会談を成功させた壮年期……。そんな壮大なドラマのような人生のなかで、彼はいつの時代を「最も記憶に残っている」と振り返るのだろう。

「私にとってのそれは多分、建国大学の頃だと思います」と姜はしばらくの間考えてから答えた。

私はその答えを聞いて少しばかり失望した。彼の答えは明らかに建国大学を取材している私へのリップサービスを含んでいるように思われたからだ。

ところが、姜はそんな素振りを少しも見せずに、私が「なぜなのでしょうか」と質問すると、「若かったから」とすぐさま答えた。

「若いということは、実に価値のあることなんですよ」と姜は私に向かって笑顔で言った。「この歳になると、特にそう思うようになります。自分たちにはどんなことだって可能だとあの頃は思えたたし、実際、世界が激しく動いてもいましたからね。今の若者たちが感じているような、たぶん、こうなるだろうな、という推測が一つもありませんでした。それは若者にとってはとても幸せなことなんですよ。確実なものが何もないということは、すべてを自分たちで作っていけるということですからね」

私が彼の言葉を必死にノートに書き取っていると、姜は自ら建国大学の解釈について言及し始めた。

「建国大学についてはね、かなり多くのことが誤解して伝わっているように私は思います。中国はあのような教育ですからね、卒業生でも批判や非難をする人がほとんどでしょう。日本国内でも建国大学のことをあまりよく言わない人が多いと聞いています。ですが、それはちょっと間違っている、もう少ししっかり調べた方がいい、と私は思っています。満州国は日本政府が捏造《ねつぞう》した紛れもない傀儡国家でしたが、建国大学で学んだ学生たちは真剣にそこで五族協和の実現を目指そうとしていた。私が建国大学を振り返るときに、真っ先に思い出されるのはそういうところです。みんな若くて、本当に取っ組み合いながら真剣に議論をした。我々に足りないものは何か、我々は何を学べばいいのか。私は朝鮮民族でしたから、他の同窓生とはちょっと感想が違っているかもしれませんが、日本人学生たちはいかに日本が満州をリードして五族協和を成功させるのかについて熱くなっていたような気がします。中国人学生は、満州はもともと中国のものなのに、なぜ日本が中心となって満州国を作るのか、という批判が常に先に立っていました。その点、朝鮮人学生たちは最も純真な意味で、五族協和を目指していたと言えるのかもしれません。もともと満州には朝鮮民族が沢山住んでいましたし、かつては朝鮮民族の土地でもありました。当時、日本はアジアで最も力を持った強国でしたし、ソ連や欧州などの影響を考えた場合、日本の力を無視することなどできなかった。だから、我々は心から――本当の意味での――五族協和を目指したのです。柔道もやり、剣道もやり、合気武道もやったが、私にとっては毎晩開かれる座談会が何よりも面白かった。議論というよりは、ほとんどケンカでね。お互い本気ですから、よく殴り合いにもなりました。でも、そこは建国大学の良いところで、一夜明けたら夜の議論はすっかり忘れて、同じ釜の飯を食う仲間に戻れるのです。まあ、また夜が来て座談会になると、侃々諤々の末につかみ合いになるのですが……。それでも、簡単に『和解できる』という点だけをとっても、若さはやはり素晴らしいものだと、その後の人生で私は何度も羨ましく思ったものです――」

クリスティーナが目配せをして、姜に韓国語で何かを伝えた。

「友達と食事をする予定があるんだそうだ」と姜は席を立ち上がり、日本語で私に釈明した。「そうだ、君も一緒に来るといい。私もよく知らない友達だから、君が来てくれた方が有り難い……」

姜がそう言い終わろうとする前に、クリスティーナが英語で遮った。

「無理です。韓国の赤十字の副総裁と面会です」

姜は欧米人のように両肩をすぼめ、クリスティーナとしばらく韓国語で何かの会話を交わしていたが、すぐに「オーケー、オーケー」と彼女の忠告を受け入れた。

私は二分だけクリスティーナに時間をもらうと、カフェテリアの店内で姜の写真を撮影した。柔らかく斜めに光があたるよう窓際の席へと移動してもらい、肖像写真のようなアングルでシャッターを切った。

女性秘書に連れられていく一人の元朝鮮人学生の背中を静かにラウンジで見送りながら、私は、自分は記者としては失格なのかもしれないな、とその場に立ち尽くしながら一人思った。
聞きたいことはまだ山のようにあった。
もう二度と聞けないこともわかっていた。

第九章

台北

21

台湾桃園《とうえん》国際空港のタラップを降りると、頭上には抜けるような夏空が広がっていた。気温は三〇度を超えているのだろう。中国やモンゴルの気候に慣れ切っていた私の肌は半袖のシャツの間から忍び込んでくる濃密な空気の重さに耐えきれず、着ていたTシャツをぐっしょりと濡らした。

空港から乗車した乗り合いバスには冷房がついていなかったが、お陰で開け放たれた窓からはいくつもの懐かしい風景を堪能することができた。クーラーがまだ一般的でなかった時代の、強い日差しと人々の柔らかな暮らし。灼熱《しゃくねつ》の太陽を乱反射させる白い路面と、その上を汗だくになりながら駆け回るタンクトップ姿の子どもたち。排気ガスの臭い。日陰で涼んでいる小さな店の店主たち。どこか面倒くさそうに歩いている犬。大きな木の枝を揺らす風。原付バイクにまたがって楽しげに通学する女子高生たち……。

「台湾の怪物」と呼ばれた一期生の元台湾人学生・李水清《リーシヨイチン》は、繁華街を一本外れた四階建ての小さなビルの一室に住んでいた。呼び鈴を押すと、頭上から「三階に上がってきてください」という声がして、解錠を告げるブザー音と共に鉄製の扉が重々しく開いた。玄関には三階へと続く細い屋内階段が設置されており、壁には地下鉄駅構内で見かけるような、車いすを乗せて階段を上下できる特殊なレールが取り付けられていた。

三階の広い応接室で初めて李と向き合ったとき、私は目の前の老人が本当に「台湾の怪物」と恐れられた人物なのか、少しだけ不安になった。顔から上は一見普通に見えるものの、体の随所には包帯のようなものが巻かれ、部屋には消毒液のにおいが充満していた。前立腺のガン細胞が全身に転移し、アメリカで摘出手術を受けた後、毎日数種類の薬を飲み続けているのだ、と李は挨拶もそこそこに自ら症状を明らかにした。誤解を恐れずに言えば、三五歳の私の目には彼の姿が若干「不自然」に映った。極言すれば、彼はもうこちら側にはおらず、すでに死という境界線をまたぎつつあるか、たとえそうではなかったとしても、その死はどこかそれほど遠くないところで彼の来訪を待ち受けているように見えた。

ところが、そんな私の懸念とは裏腹に、取材の冒頭、私が中国・大連で取材した彼の同期生である元中国人学生・楊増志の話を向けると、李は「はははっ」とまるで別人のように大声を出して笑った。「そんなに愉快な話ではないと思うのですが……」と私が不満そうな表情をしても、彼は「そう、楊がねえ」といかにも楽しいといった様子でしばらく笑うことをやめなかった。

「いや、なに、君はまったく心配しなくていいんだよ」と李は笑いながら私に言った。

「本当にそうでしょうか」

「もちろんだとも」と李は大きく頷いて言った。「実を言うとね、楊と私は同期同塾の間柄なんだ。同じ部屋で眠り、同じ飯を食ってきた仲間ってわけだ。ヤツのことはヤツの親よりもよく知っている。楊にとってはね、あなたとの間に起きた一連の出来事は、すべて計算尽《ず》くなんだよ。取材の内容が当局に盗聴されていることも、どこかのタイミングで面会が中断させられるだろうということも。今の私にはね、あいつがそのとき、何をやりたかったのか、手に取るようにわかるね」

「楊さんは何をしたかったのですか」

「格好いいところを見せたかったんだよ」と李は笑った。「君だけにじゃない。君の背後にいるたくさんの同期生たちにね。俺は共産党政府なんぞには屈していないぞ、楊増志、未《いま》だ反骨精神ここにありってね。彼としてみればそんな感じだったんだろうな」

私はすぐには李が言っていることを理解することができなかった。九〇歳になる楊にとって、当局に拘束されるリスクを冒してまでそれらをアピールするメリットが果たしてどこまで存在するだろうか——。

「取材後に何か危害を加えられるということはないのでしょうか」

「あり得ないね」と李はきっぱりと言い切った。「もう九〇歳だもの。当局だって手荒な真似はできませんよ。死んでしまったら、それこそ大変なんだから。あるいは二、三日監獄に入れられた方が楊にとっては昔の記憶を懐かしむことができて嬉しかったのかもしれないけれど……」

　私が困った顔をするのを見て、李はさらに大きく笑った。

「君が知っているのかどうかはわからないけれど、楊は単に建国大学における反満抗日運動のリーダーだっただけじゃないんだ。中国大陸で共産党が実権を握った後は、その体制を徹底的に批判する政治グループの中心でもあり続けたんだよ。逮捕されては釈放され、釈放されてはまた逮捕される。その連続こそが彼の人生そのものだったんだ。でも誰も——少なくとも元建国大生は——彼を絶対に軽蔑しない。彼は凄い男なんだよ。楊の人生を見ていて、私はいつも感じるんだけれどね、彼は自分が正しいと信じたことについては絶対に、誰に何を言われようと最後までそれを曲げようとはしない。自らの意志に反して、行動を改めたり否定したりすることは絶対にしないんだよ」

「でも、それは今の中国という国で実行するにはあまりに大変なことではないのですか」

「確かに今はそういうことになるかもしれない」と李は続けた。「でもね、彼はもっと別の考え方をしていると私は思うね。楊にとってみればね、現在の共産党政権でさえ、たまたま今の中国に居座っている一時的な為政者にすぎないんだよ。だってそうでしょう? 一党独裁政権が未来永劫《みらいえいごう》継続するなんてあり得ない。すべては歴史が証明している。清朝は三〇〇年続いた。満州国は一三年で終わった。共産党政権は今六〇年ちょっと続いているにすぎない。中国の長い歴史から見ればね、今の中国の政治状態だって、ほんの一時代の揺らぎのようなものにすぎないんだよ。そんなものに惑わされて、自らの信念を翻させられてたまるか。それが彼の生き方なんだ。彼を知らない人にはちょっと理解するのが難しいかもしれないけれど――」

私は困った表情のまま頷いた。

「楊は君に伝えたかったんだと思う」と李は私の目を見て言った。「自分がどんな時代を生き抜いてきたのか、ということをね。たぶん、もっと君に伝えたいことがあったんじゃないかな。きっと相当悔しがっていると思うよ。今頃、当局の役人に怒りの鉄拳をふるっているかもしれない。杖をついているようであれば、それをブンブンと振り回してね。私はね、彼の気持ちがよくわかるんだ。何かを伝えたい、伝えなきゃならないっていう焦りのようなものを誰もがみんな持っている。我々はここまで苦労して、次の世代のために生きてきたのだと……」

私はふと李に取材を申し込んだときのことを思い出していた。李は当初、体調を理由に「取材は見合わせたい」としていたが、数日後には「まだ日程に余裕があるならば、台湾で一度お会いしたい」と取材応諾の回答に変わった。「できれば早めに来てほしい。私にはもう残された時間がそれほど長くはないような気がする」と手紙の末尾には記されていた。

私はそこで楊の話はいったん打ち切り、本来の取材目的である李自身の半生についてのインタビューを始めることにした。

「李さんはとても優秀な学生だったと卒業生のみなさんがおっしゃっています」と私は準備していた台詞《せりふ》で取材の本題を切り出した。「ご自身では何が原因で、そう思われているのだと思いますか」

建国大学に在籍していた学生のうち、非日系の若者の方が日本人に比べて学力的に優れていたというのが多くの卒業生たちの感想であり、研究者たちの共通した見方でもあった。それは非日系学生の多くが当時、日本人学生に比べると圧倒的に貧しい生活環境にあり、建国大学に入学するためには日本人のそれを遥かに上回る高倍率の競争を勝ち抜かなければならなかったからだと考えられていた。

そんな非日系の学生のなかでも、一期生の李水清は特別な存在として知られていた。記憶力や計算力、論理構成力などの基礎学力はもちろん、二つの相反する問題に共通の妥協点を見いだす力など、人間力を含めても李に敵《かな》うものはいないと多くの卒業生が口にしていた。

「私は孤児でしたから……」と李は最初の質問に端的に答えた。「だから、必死に勉強するしかなかったのです」

22

一片の新聞記事が残っている。一九三八年三月七日付の『台湾日日新報』。記事には「難関突破の李青年――」という四段見出しと共に、丸刈りの少年が恥ずかしそうに写っている小さな顔写真が添えられている。

《五族協和、王道楽土の建設に邁進している友邦満洲国が将来同国の指導者となるべき人材を養成するため来年五月首都新京に創設する建国大学の学生を広く日本からも募集する旨が発表されるや大陸を憧れる若人が一万人近くも殺到した事は既報の通りであるが、台湾からも（中略）厳重な第一次試験が行われその結果、黄山水（二〇）、林慶雲（二〇）、李水清（二一）の三君が（中略）この程合格内定の通知をうけ台湾健児の為に万丈の気を吐いた。（中略）

入学に内定した三君のうち黄君と林君は共に台南二中の五年生で同大学規定の正規の入学有資格者であるが、李水清君は正規の学歴が無く普通なら入学は難かしい

処《ところ》で、事実今度の合格内定者のうちで正規の学歴の無いのは恐らく同君一人だろうと云《い》われている程で……》

李自身は幼い頃の明確な記憶を有していない。貿易関連の仕事に就いていた父が病死し、貧しさに耐えかねて母が姿を消したのは、李が八歳のときだったからである。李は祖父母の家に預けられ、そこから小学校へと通った。小学校卒業後、一度は難関の商業学校に合格したものの、当時の経済状況からは学費を支払うことが難しかったため、昼は台湾総督府で給仕として働き、夜は台北の夜間中学で勉強した。

李はそこで現在の公務員一般職試験にあたる普通文官試験に挑んだ。試験科目は算術、国文（日本語）、漢文、地理、歴史、憲法、行政法、刑法、民法、経済の筆記一〇科目と法律、経済学の口頭試問二科目。毎年数百人の受験者のうち所属中学（夜間部を含む）からも一、二人ではあるが合格者が出ていた。

李はその普通文官試験にわずか一五歳で合格してしまう。周囲が彼の合格に驚いたのは、李が夜間中学からの合格者だったからだけでなく、彼の年齢が最年少の合格記録だったからである。

李はその後、昼間は普通文官の仕事に従事しながらも、終業後や休日には図書館に籠もって次なる目標に向かって勉強を続けた。高級官僚の登竜門とされる高等文官試験への挑戦である。

李の夢は教育分野の行政官僚になることだった。日本の占領下にある台湾では、どんなに台湾人が努力をしても日本人と同じようには認められない。必死に勉強しても、真面目にこつこつと働いても、学校や職場では正当な評価を受けることがない。李は自らが官僚になることで、そんな社会の歪《ゆが》みを少しでもなくし、台湾の子どもたちがその能力に応じて正しく評価されるようなシステムに作り替えたいと考えていた。

ところがある日、図書館の前に掲示されていた一枚の貼り紙が彼の人生を変えた。

〈学生募集、来たれ満州へ／学費、宿舎生活費、服装費等、全額官費支給さる――建国大学〉

李は一度は掲示板の前を通り過ぎたものの、貼り紙の文句が気になり、勉強に集中することができなくなった。

働かずに勉強ができるのか、と李は思った。孤児として幼い頃から苦学を重ね、現在も仕事を続けながら勉強を続けている李にとって、働かずに大学に通え、ただ勉学だけに打ち込めるという環境は、それまで想像したこともない夢物語だった。

その夜は早めに勉強を切り上げて、宿舎に戻った。そして、満天の星を見上げながら建国大学に願書を出してみようかと考えた。経済力がなくても、学力さえあれば大学に通える。

「満州か――」

声に出してつぶやいてみると、胸の中が急に熱くなったような錯覚を抱いた。

李が入学試験に合格し、建国大学に入学したのは一九三八年の春である。一期生の入学者は全部で一四一人。日本人七〇人、中国人四六人、朝鮮人一〇人、モンゴル人七人、ロシア人五人、台湾人三人という内訳だった。建国大学では授業はすべて民族協和や国家の将来について考えることに主眼が置かれており、個人的な問題を学内で語ることは固く禁じられていた。李にとってそれは即ち、台湾に住む同胞について考えることであり、台湾で暮らす子どもたちを今後どのように教育していくかを考えることでもあった。

李に大きな影響を与えたのは、満州史を担当していた老教授だった。

「歴史を学ぶということは、悲しみについて学ぶことである」とその老教授は最初の講義で学生たちに告げた。「満州の郊外にはなぜ、『某家窩棚《かほう》』（某家の掘っ立て小屋）という地名が多いのか。農民たちは北方の荒れ地を開拓するとき、最初に南向きの斜面を探し出し、土を掻《か》き出して洞窟を作った後、そこに家財道具を運び込んで生活を始める。前面だけに窓をつけるのは南向きであるために日照時間が長く、暖房用の薪の節約につながるからだ。四面の壁が地上に現れたとき、初めて開墾が成功したとみなされ、そこを拠点にやがて一つの村が形成される。堅忍不抜の精神が一つの地名に隠されている。

物事に深く踏み入ることによってのみ、そこには無限の苦しみと悲しみがあることに気づけるのだ――」

老教授は「生産を離れた民族は滅亡する」と告げ、「土から離れてはならない」と学生たちに説き続けた。そんな老教授の講義を聞きながら、李もいつかは自分も農民たちと一緒に無から有を作り上げる生活を送ってみたいと考えるようになった。

李がその決意を初めて他人の前で口にしたのは、建国大学の創設を推し進めた辻政信と面会したときだった。一九四〇年の冬休み、李がたまたま台湾に里帰りをしていたときに台湾内の大学で社会学会が開催され、建国大学からも数人の教授陣が出席していた。彼らは当時台北に滞在していた辻から「建国大学の学生に直接会って話がしたい」という要望を受け、そのとき偶然台湾にいた李を派遣したのである。

辻は高い塀で囲まれた日本式家屋に滞在していた。客間に通され、李が正座をしながら大きなテーブルの前で待っていると、やがて辻がひょっこりと現れた。

「忙しいところをわざわざすまないね」と辻は緊張している李に向かって優しく語りかけた。「現場の状況を知るには、現場の人間に聞くのが一番手っ取り早いのでね。組織を通して報告を受けているだけでは、本当の所は何もわからない」

随分と率直な物言いをする人だな、と李は辻の第一印象に意外性を感じた。辻は短く自己紹介をすると、まるで李に口頭試問でもするかのように、自分が設立に関わった建国大学の教授陣の評判や異民族の学生たちとの議論の内容などを単刀直入に尋ねていった。

「一つ質問をしてもよろしいでしょうか」と李は質問が一段落したところで辻に尋ねた。「辻先生の後ろの床の間には『水戸学全集《みとがく》』と見受けられる書籍がございます。なぜ、『水戸学全集』をお選びになっているのでしょうか」

「うん、良いことを聞くな」と辻はあえて険しい表情を作って李の質問に答えた。「周知の通り、水戸藩は徳川幕府の親藩だ。だが、国が危機に際したときには決して幕府をひいきせず、勤皇攘夷《きんのうじょうい》を提唱した。正しいことをやるということは、時に勇気がいることだ。それゆえに、私はこの全集を常時身近に置いていつでも見られるようにしている」

辻は李の質問がよほど嬉しかったのだろう。家の者に夕食を運ばせると、李に箸をつけるよう勧め、いっそう饒舌《じょうぜつ》になって自らの信念や戦場での経験談を語り始めた。

「生涯において大切なことは、己が真に信じることのできる『道』を見つけることができるかどうかだ」と辻は李に向かって説いた。「ゆえに、我々は生涯をかけて勉強に励まなければならない。そして、一度正しいと信じたことは他から何と言われてもそれを終身実行しなければならないのだ」

辻は李のことがよほど気に入ったのだろう。以来、事あるごとに李を自らの屋敷に呼び出し、夕食を共にするようになった。先客がいたり、やらねばならない仕事が残っていたりするときも、「睡眠時間を一、二時間削れば良いだけのことだ」と李を客間に招き入れて待たせ、夜が更けるまで日本や満州国の将来について議論するのを楽しんだ。

「ところで、李君」と辻はある日、食卓を囲みながら李に尋ねている。「君は建国大学を卒業した後は何をしたいと考えているのか」

「私は……」と李は突然の質問に言いよどんだが、包み隠さず本心を話すことにした。

「満州の地方に赴任したいと考えております」

「地方に?」と辻は一瞬いぶかった顔をした。

「はい」と李は正直に答えた。「満州国には現在一六七の県旗（著者註・満州国における当時の行政区画）があり、県旗ごとに青少年統監部と青年訓練所が一つずつあります。私が勉強したところによると、満州では現在、人民の大多数が農民です。彼らの生活は台湾の農民と比べても約二〇年は遅れています。私は建国大学を卒業後、できれば貧しい県旗の青少年統監部や青年訓練所に出向き、まずは青少年を訓練・教育することで生産技術や農業経済を地域に根付かせ、三〜五年のうちに台湾の農村の水準にまで引き上げたいと考えています」

「素晴らしい」と辻は満足そうに頷くと、「必ずや君の進路を応援する」と李の両手をとって深く握った。

人の出会いとはいつの時代においても不思議なものだと、私は李の話を聞きながら強く思った。

李と辻はその後互いに顔を合わせることはなく、それぞれが信じた「道」を突き進んでいく。李は建国大学に次いで大同学院を卒業すると、辻に語った言葉通り、志願して辺境の地の青年訓練所へと赴任する。他方、辻は陸軍将校として拡大した日中戦争や太平洋戦争の各戦場へと赴き、「地獄の使者」と称されるほどありとあらゆる蛮行に及んだ。各地で政府の要人を暗殺したり、自軍の将校に自殺を強要したりしただけでなく、マレー作戦では上層部の命令を無視して敵軍の戦車を奪って敵陣地に乗り込んだり、シンガポールでは華僑《かきょう》二〇万人を検問し、「反日分子」として数千人（東京裁判の記録によると約六〇〇〇人）を処刑したりしたと伝えられている。そんな血みどろの戦場で寝起きしながらも、辻は心のどこかで純真な理想を掲げる李のことが気にかかっていたらしい。バンコクで敗戦を迎え、自殺偽装や僧侶に変装するなどして中国に逃れて潜伏生活をしている最中、当時すでに台北で暮らし始めていた李に宛てて一通の手紙を書き送っている。文面ではあの日語り合った学生がその後どのような人生を歩んだのか、李の近況を尋ねる質問がしたためられていた。

「今でも覚えている夜があります」と李は私のインタビューに答える形で辻との記憶を

振り返った。「その日は昼から霧雨が降り、台湾にしては比較的寒い夜でした。私が謝辞を述べて部屋を出ようとすると、先生（辻）が先に雨着を着るようにしきりに勧めるのです。先生がまだ仕事を抱えていることを知っていた私は、時間を取らせては申し訳ないと言われるままに雨着を羽織り、礼を述べて玄関を出ました。ところが、庭を横切り、門の側《そば》に停《と》めていた自転車のところに辿り着いたものの、周囲の灯りが暗いために自転車の解錠がうまくいかないのです。数分の間格闘していると、玄関の扉が突然開き、先生が笑いながら歩み出て来ました。私は自分が門を出るまで先生が玄関で見守ってくれていたことを知り、『これが日本の軍人なのか』と驚いたものです。勇敢さと細心さは、あるいは表裏一体のものなのかもしれない、細心な人物だからこそ、危険に臨んでも自らを信じ抜くことができ、乱れぬ勇気を胸に秘めることができるのかもしれない、とそのときの私は思いました。人というのはわからないものです。私の目から見る限り、辻さんは今伝えられているような残忍な人間でも、非情な人間でもありませんでした……」

李が辺境の地である囲場《いじょう》県の青年訓練所に赴任したのは一九四五年二月だった。木炭で走るバスを降りると、出迎えに来てくれた若い職員に案内されたのは、古い酒造工場を改造しただけの粗末な訓練所だった。質素な土壁だけの宿舎にはオンドルはなく、床には干し草が敷かれているだけ。倉庫には食糧として約四〇トンの粟《あわ》と副菜の漬け物が少々残されていたが、それでどこまで食いつなげるのか、李には皆目わからなかった。

訓練所は人口約三〇万人の比較的大きな街にあったものの、住民の半数は小学校しか出ておらず、文字を正確に読み書きできる人も多いとは言えない地域だった。囲場県はケシの生産区であり、人々はアヘンを日常的に吸引している。歯が痛くなるとアヘンを吸い、腹をこわしてもアヘンを吸う。まずは住民たちが持っているアヘンを回収し、その害毒を教育するところから始めなければならなかった。

李はすぐに訓練所の扉や寝室、暖炉などの修復に取りかかると、管内の貧しい地域を重点的に回って生徒募集の貼り紙を貼った。

直後、辺境の村から一人の青年が訓練所を訪ねてきた。

「本を読んだことがない」とその青年は唐突に言った。「字が読めない。だから、ここに入所する資格がないと言われたが、特別に入所を認めてはくれないだろうか」

「君はなぜこの訓練所に入りたいのですか」と李は驚きながらも、まずは優しく話しかけるように青年に聞いた。

「蔑まれたくないのです」と青年は少々力みながら質問に答えた。「私の家には一二人も子どもがいます。土地を借りて耕作しているのでずっと貧しく、周囲からいつも蔑まれてばかりです。訓練所に入って勉強ができれば、もう誰からも蔑まれることはないと思うのです」

李は青年の話を聞きながらゆっくりと考えた。

「わかりました、いいでしょう。でも一つだけ条件があります。入所後毎日一時間、睡眠時間を減らすことができますか。夜、みんなが点呼を終えて就寝した後、一人で私の部屋に来なさい。私も毎日一時間、睡眠を減らして君に字を教えよう。どうかな？」

物質的には決して恵まれているとはいえない訓練所での生活は、李にとってはこの上なく充実した日々でもあった。問題は山積しているが、一つひとつ具体的な解決策を探っていくことで確実に道が拓《ひら》けているという手応えがあった。将来の目標とそこに至るまでの道のりを文書化し、それを丁寧に職員や生徒に説明していくことで、訓練所の中には我々は前進しているのだという前向きな雰囲気が徐々に生まれ始めていた。

「共に貧しさから抜けだそう――」

そんな李の掲げたスローガンは、しかし、日本の敗戦によって赴任後わずか半年ほどで水泡に帰してしまった。

23

終戦後、青年訓練所はソ連軍に接収されたため、李は建国大学の同級生たちの家々を訪ね歩きながら、約半年間かけて故郷である台湾に戻った。帰郷後も、しばらくは身動きが取れなかった。日本の帝国主義が瓦解したことで台湾の政治状況が極めて不安定になっており、満州国の最高学府を卒業したという経歴がどのように解釈されるのか、その見極めがなかなかつかなかったからである。

第二次世界大戦の終結後、台湾における一般行政は連合国軍の委託を受ける形で中国の国民党政府に委ねられていた。ところが、国民党政府の役人や軍人たちは日本統治時代のそれと比較しても著しく腐敗しており、政府内では役人や軍人による横領や贈収賄、強盗などが日常的に行われていた。

一九四七年二月、台北市内で闇タバコを売っていた台湾人女性に国民党政府の役人が暴行を加えたことがきっかけとなり、各地で政府に対する大規模な抗議デモが起きた。このデモ隊に政府側が機関銃を掃射したことで、市民の怒りが頂点に達し、暴動が炎のように台湾全土を包み込んだ。後に「二・二八事件」と呼ばれる動乱である。政府はすぐさま大陸の国民党政府に援軍を要請し、民衆の弾圧へと乗り出した。日本統治時代に教育を受けた医師や弁護士、裁判官というエリートたちが次々と逮捕され、容赦なく殺害されていった。

その政治的混乱のなかでも李は静観を貫き通した。建国大学の同期生が抵抗運動の中枢を担っているという情報を耳にしたり、後輩の一人が腹を撃たれて死亡したという知らせを聞いたりしても、李は決して動こうとはしなかった。李はこの無秩序化している社会のなかで、どちらか一方の勢力に荷担することの危険性を十二分に理解していた。彼らに口実を与えてはならない。政府の手によって日本の大学を卒業した高学歴者たちが次々と逮捕されていくなかで、彼らの次なる標的が建国大学の出身者であることは火を見るよりも明らかだった。

ところが、暴動発生から約一年半が過ぎた一九四八年一〇月、平穏だった日々はたった一日の不注意によって打ち破られてしまう。

その日は建国大学を二期で卒業した元台湾人学生が抑留先のシベリアから台湾に戻ってくるという記念の日だった。建国大学の出身者たちが十数人ほど集まり、彼の帰郷を祝福するためのささやかな会合が催された。

会の冒頭、李は集まった建国大学出身者のなかに一期の同期生Hが紛れ込んでいるのを見て、背筋が凍りつくような思いがした。Hは治安当局から反政府活動の中心人物とみなされており、暴動後に行方不明となっていたからである。

会は無事終了したものの、その一カ月後の一一月中旬、憲兵隊が会に参加していた建国大学出身者たちの自宅へと踏み込み、関係者すべてを逮捕した。李はその日のうちに車に乗せられて留置所へと送り込まれた。取り調べの内容はすべてHに関する事柄だった。Hはどこにいたのか、誰とどのように連絡を取っていたのか、支援している組織はどこか、建国大学の出身者との交信手段は……。

そのどれもが、李にはわかるはずもないことばかりだった。しかし、「わからない」と答えるとさらに厳しい「取り調べ」が別の密室で待っていた。

李は約二年半監獄につながれた後、高等裁判所へと送られた。そして、実質的には何も審理がなされないまま、一九五一年春に釈放される。いつ殺害されるかわからないという恐怖におびえながら、貴重な時間を浪費してしまったことが、李には悔しく、情けなかった。

このまま人生を終われない――。

食うに食えない状況へと追い込まれた李は釈放後、黙して機を待つのではなく、自ら行動に打って出ることに決めた。

最初に就いたのは漁船に乗って砂糖を日本へと密輸する「貿易業」だった。台湾の特産品である砂糖を日本本土に持ち込んで日本円に換え、帰りの船には日本製の化粧品や中古の電気機器などを積み込んで台北市内の闇市で売《う》り捌《さば》くのである。

しかし、李はただの「闇屋」では終わらなかった。砂糖の密輸に携わるなかで、李が目をつけたのが、砂糖を生産する際に生じるサトウキビの搾りかすだった。李は台湾ではほとんどが破棄されていたその廃棄物を工場からただ同然で譲り受けると、それらを粉砕して日本から輸入したパルプを混ぜ込み、「バガス（搾りかす）パルプ」として急成長を遂げていた教科書市場に売り込んだのである。

一連の循環は李に莫大《ばくだい》な利益をもたらした。李はそれらの販路を台湾国内だけでなく、日本や中国で暮らす建国大学の卒業生のネットワークを利用して徐々に国外へと拡大させ、台湾を代表する一大製紙企業を築き上げたのである。六九歳で会長を引退するまでの間、「台湾の怪物」は台湾の製紙業界を強力に牽引し続けたのだ。

李の成功について特筆すべき点は、彼がその個人的利益のほとんどを自らの子どもたちの教育につぎ込んだことである。インタビューを実施した三階の応接間の戸棚や壁には、海外で暮らす子どもや孫たちの写真が所狭しと飾られていた。そのうちのいくつかは、海外の大学を卒業した際に撮影されたとみられる角帽やマントの晴れ姿であり、そのエンブレムを見れば、彼らが超一流大学の卒業生であることが容易にわかった。私がノートを差し出すと、李は自ら三男四女の経歴と現在の職業を書き出してくれた。

長男＝米ハーバード大学で物理学の博士号取得。現在、米海軍研究所教授。
次男＝米プリンストン大学で博士号取得。世界でいくつもの学術賞を受賞し、現在は台湾中央研究院に勤務。
三男＝米ハーバード大学で微生物学の博士号取得。現在、ハーバード大学教授。
長女＝米マサチューセッツ工科大学で化学工学の博士号取得。現在、アメリカ在住。

次女＝米ハーバード大学で修士号を取得。現在、アメリカで会計士として勤務。

三女＝米カリフォルニア大学バークレー校で物理学の博士号取得。現在はロックフェラー大学に勤務。

四女＝米マサチューセッツ工科大学で修士号取得。現在は製薬会社の研究所に勤務。


「孫も一七人ほどいるが、そのうち何人かはハーバードに通っている」と李は嬉しそうな表情を浮かべて私に話した。「孫の一人は今、ＮＡＳＡに勤務していて火星探査機のロケット発射の責任者を務めている。つい先日に発射される予定だったが、何かの影響で一年半ほど延びたらしい。孫が打ち上げるロケットというのを見てみたかったんだが、果たしてそれまで私の寿命が持つのかどうか――」

子どもたちの進学先や就職先がすべて理系分野に偏っているのは、彼らが進学先を選ぶ際、李が徹底して実用分野の選択を強要したからである。「祖国が消滅しても、研究を続けることができる普遍的な学問」というのが、当時李が進学に関して唯一子どもたちに課した要求であり、条件でもあった。

「私は孤児でしたから、家族というものに飢えていたのだと思います。だから、どうしても子どもたちには幸せになってほしかった」と李は壁際に飾られた子どもたちの写真を見ながら満足そうに言った。「だから常々、子どもたちには『具体的なことを学びなさい』と言い続けてきたのです。確かに音楽や絵画は美しく、人を悲しみから救ってくれる。しかし、それらは所詮、人々の頭の中で形作られた『幻想』にすぎないのです。唯物的な考えを否定する人は台湾にも少なからずいますが、私はそうは思っていません。人生を生き抜き、家族を養っていくということは、この国では決して生半可なことではないのです。そのためには、たとえ予期せぬことが起こったとしても、その揺らぎに惑わされることなく、生き抜いていくだけの術《すべ》を子どもたちには身につけさせておかなければならない。私は私の経験からそう信じています」

「それは李さんが満州の大学で勉強をしたからですか」と私は今回の取材に若干関連づけて質問をした。

「それもあるかもしれません。でも……」と李はわずかに言いよどんだ後、少し考えてから質問に答えた。「それは極めて限定的なものだろうと思います。私にとって一番大きかったことはやはり、私たちが今後もこの台湾という島国で暮らしていかなければならないという事実です。国が国として認められていない、常に不安定な立場に置かれている、この小さな島で生活を営んでいかざるを得ないというファクトです。今はアメリカや日本が我々の立場を支持してくれていますが、それだっていつまで続くのか、誰もわからない。小さな島と大きな大陸がケンカをすれば、どちらが勝つのか、誰の目から見ても明らかです。台湾はそれ自体では存立できない。その島で暮らすということがどういうことなのか。これは台湾人でなければ、きっとわからないことでしょう」

「李さんにとって台湾とは——」と言いかけて、私は急に自分が恥ずかしくなった。

私はこの「国」の本質をどこまで知り得ているだろう。現在の民主化された台湾の姿は一九九二年にかろうじて言論の自由が認められてからのことにすぎない。「二・二八事件」以降に発令された戒厳令は実に四〇年も継続し、国際的な批判によって戒厳令を解除された後も、国家安全法によって「自由」は人々の手の届かないところに置かれてきたのだ。権利で守られすぎている日本で育った脆弱《ぜいじゃく》な私は、彼が歩んだ道のりをどこまで本当の意味で理解することができるだろう。

「私にとって台湾は……」と李は私の質問を引き受けて最後に言った。「難しく、愛《いと》しい、母親のような国です」

私は恥を忍んでもう一つだけ質問を重ねた。

「李さんのお母さんはどのような方だったのでしょうか」

李は微笑みを浮かべただけで、その質問には答えなかった。

第十章　中央アジアの上空で

24

カザフスタンのアルマトイへと向かう韓国・仁川国際空港の出発ロビーでは、かつて取材で面会した懐かしい笑顔が待っていた。一連の取材のきっかけを与えてくれたシルクロード雑学大学の長澤法隆と、新潟で最初に取材に応じてくれた六期生の宮野泰。ふたりは遠くから私の姿を見つけると、「こっち、こっち」と上半身を大きく使って慌ただしく手招きをした。

「随分と遅かったじゃないですか」と少し怒ったような長澤の顔に、私は台風の影響で空港に到着するバスが大幅に遅れてしまったことを釈明した上で、まずは「お疲れになりませんでしたか」と待合室の固いいすに腰掛けている宮野の体調を気遣った。

「大丈夫です」と宮野は微笑みを浮かべて私に言った。「こんな所でへばっているようではこれからの長い道のりを乗り切ることができませんから」

宮野や長澤が企画していた中央アジア行きに私が同行できることが決まったのは、日本出国の直前だった。宮野や長澤が出席を予定していたキルギス政府主催の旧日本兵抑留記念館の設立式典が偶然、私の海外出張の期間と重なったのだ。私は取材の日程やルートを大幅に変更することができなかったため、キルギスで開催される設立式典については取材をあきらめ、彼らがキルギスへと向かう途中に立ち寄るカザフスタンで、宮野が六五年ぶりに再会するという元ロシア人学生を同行取材する予定になっていた。

建国大学の元ロシア人学生、ゲオルゲ・スミルノフがカザフスタンで暮らしていることが明らかになったのは、二〇〇三年のことだった。在カザフスタンの日本大使が偶然アルマトイの教会を訪れた際、日本語を話す白人の老人に声をかけられ、彼がゲオルゲ・スミルノフであることがわかったのである。「私がここで元気に暮らしていることを建国大学の同級生に伝えてほしい」と伝言を託された大使は一連の事情を日本の新聞社に伝え、それらの事実が紙面で報じられたことによって、それまで安否がわからなかった元ロシア人学生の生存が五八年ぶりに確認されたのだ。

突然飛び込んできた元ロシア人学生の生存情報に、建国大学の日本人同窓会は大騒ぎになった。彼らはすぐさまスミルノフに励ましの手紙を送ることを決め、数週間後にはスミルノフの同期である六期生の日本人学生たちが同窓生の近況や戦後の同窓会の活動などを記した手紙を在カザフスタンの日本大使館宛てに送り届けた。

数週間後、スミルノフから同窓会宛てに返事が届くと、彼らはさらに大喜びし、スミルノフと親交の深かった六期の同期生をカザフスタンに派遣できないかどうかの検討を始めた。しかし、同窓会では「若造」として扱われている六期生でさえもそのときすでに八〇歳近くになっており、本人の体調や家族の反対などを考慮に入れると人選はなかなか進まなかった。

新潟在住の六期生の宮野がかつての抑留先であるキルギスを訪れるという知らせが同窓会に舞い込んだのは、同窓会が代表者のカザフスタン派遣をあきらめかけていた、ちょうどその頃だった。宮野はスミルノフと同じ六期生であり、在学時にはロシア語を専攻してもいる。建国大学の日本人同窓会は八五歳の小柄な宮野に元ロシア人学生との六五年ぶりの再会を託したのである。

アルマトイへ向かうアシアナ航空機は午後六時一〇分に仁川国際空港を飛び立った。光のビーズをちりばめたようなソウルの夜景はすぐに遠ざかり、厚い雲の層を抜けると一面の星空が小さな円窓の外に広がっていた。私は疲れていたのだろう、しばらく手元の文庫本に意識を集中していたが、気がつくとシートに寄りかかるようにして深い眠りに落ちていた。

機体のわずかな揺れで目を覚ましたときには、機内の窓はすべてシェードが下ろされ、乗客たちは人工的な暗闇のなかで胸に薄手の毛布をかけて浅い眠りについていた。そのなかでただ一人、私の隣に座っている宮野だけが天井のスポットライトを点灯させて手元で小さな本のようなものを読んでいた。

のぞき込んでみると、それは本ではなく、ロシア語が記された小さな単語帳だった。

「宮野さん……」と私は複雑な気持ちになって宮野に小さく声をかけた。

「いやはや、見つかってしまいましたか」と宮野は恥ずかしそうに照れ笑いした。「せっかく現地に行けるのに、話せないのでは恥ずかしいですからね。八〇を過ぎるともう新しい単語を覚えることは難しいのですが、少しでも現状の維持につながればと……」

宮野はそう言うとキュッと唇を結び、再びロシア語の単語の海のなかへと意識を沈めていった。ホタルのような小さな光の中心で、宮野は異国の言葉が記されたメモ帳を一枚一枚めくっている。私は毛布を引き上げ、再び眠りにつこうとしたが、睡魔はやってこなかった。気がつくと、やはり「言語」というものを武器に世界中を駆けめぐった、一人の建国大学卒業生のことを思い起こしていた。


「ジョージ」と呼ばれたその元日本人学生の墓を私が訪ねたのは二〇一〇年初夏だった。北陸本線で福井県越前《えちぜん》市の武生《たけふ》駅まで行き、タクシーに乗って四〇分ほど海沿いを走ると、彼の遺骨が納められている「福泉寺《ふくせんじ》」という小さな寺に着いた。住職に案内されて寺のすぐ裏手にある墓地へと回ると、一角に「戸泉如二」と控えめな文字で彫り込まれた円筒形の墓石がひっそりと置かれていた。私は墓石の前でしばらくの間両手を合わせながら、人の名前はその人の人生をどこまで左右するのだろうと、そんなとりとめのないことを考えていた。

　ジョージは日本人の父とロシア人の母を持つ、建国大学では珍しい「ハーフ」の日本人学生だった。父親は西本願寺の僧侶であり、一九一〇年に帝政ロシアのサンクトペテルブルクに派遣されて国立ペトログラード大学法学部に入学した後、そこで知り合ったロシア人女性と結婚していた。夫婦は生まれたばかりの色白の男児に、いずれ訪れるだろう国際的な時代に活躍できるよう、日本語でも英語でも発音が可能な「如二」という名前を授けた。

　ジョージはその名前に込められた両親の期待通り、前向きで外向的な青年へと育っていった。哈爾浜中学を卒業後、四期生として建国大学に入学した彼は、すぐに学内の「有名人」になった。理由は容姿と語学力。母親譲りの色白で端整な顔立ちをした美男子が日本語はもちろん、ロシア語や中国語を母国語同然に操るのである。

　運動神経も抜群で、特にウインタースポーツは彼の独壇場だった。

　厳しい冬が到来すると、建国大学の学生たちはよく、スケート靴を手に大学近くの南湖へと向かった。多くの学生がペンギンのように氷上をヨタヨタと歩くのがやっとのなかで、ジョージだけは次元が違った。遠く女子学生たちが見守るなか突然氷片を散らして湖面の中央へと駆けだしたかと思うと、瞬時に方向を変えて宙へと舞い上がり、回転ジャンプを決めたりするのだ。

ジョージは乗馬の名手でもあった。同級生たちは当時、彼が馬を操って空飛ぶ鳥を素手で捕まえるという、ちょっとにわかには信じられない光景を目撃している。

「そう難しいことではないのだよ」とジョージは同級生たちに向かって言った。「やつらを飛べなくすればいいだけだ」

ジョージが馬にまたがって雪が積もった白銀の荒野へ駆け出すと、近くの窪みで羽を休めていた鳥たちが一斉に空へと舞い上がる。彼らはどこかに着地できる場所を探そうと必死に上空を旋回し始めるが、満州の荒野には止まれる木や林が見当たらない。やがて疲れて徐々に高度が下がってくる鳥を目がけて、ジョージは馬で執拗に追いかけ続けた。

速い、と誰もがジョージの馬を見て思った。鳥が頭上で方向を変えると、ジョージの馬も方向を変える。鳥は遠くに飛んで一度は着地するものの、すぐに馬が近づいてくるので本能的に飛び上がり、再びふらふらと飛行を続けなければならない。しばらくは鳥が圧倒的な優勢を保ち、人馬が鳥にからかわれているような光景が続いていたが、それらが三〇分以上も続くと攻守はたちまち逆転し、地上で休めない鳥たちはやがて飛び上がれなくなり、最後にはジョージの手に落ちた。

「こういうことだ」とジョージは鳥の肢《あし》を片手でつかみながら同級生たちの前で満足そ

うに言った。白銀の荒野で褐色の馬にまたがり、体全体から真っ白な湯気を巻き上げて笑うジョージは、同級生たちの目にはまるで映画のワンシーンのように映ったという。

当然、女性にもめっぽうもてた。彼は休日の度に同級生と連れ立って新京の繁華街へと繰り出し、ガールハントに夢中になった。日本人離れしたルックスに人並み外れた運動センス。それに未来を約束された最高学府のエリート学生というステータスも加わって、新京の名だたる令嬢たちが面白いように彼の手に落ちたという。各地で開かれているピアノの発表会に来賓として顔を出し（同窓生の証言によると、「建国大学の学生です」と名乗れば、大抵の発表会には参加が許されたらしい）、そこでお気に入りの女の子を見つけては、後日、内緒で酒場に連れ出す、というのが彼の常用していた「作戦」だった。

「ジョージは女の子の扱いが抜群にうまいんだよ」とジョージと何度も悪事を共にした四期の桑原亮人は私の取材に振り返った。「彼は優しいんだよ。他の男たちは自分がいかに凄いか、威張り散らすだろう？　その点、彼は違うんだな。女の子の悩みなんかを聞いてあげちゃったりしてさ、寄り添いながらそっと慰めたりするんだよ。そんな、当時の日本人ではちょっと恥ずかしくてできないことをさ、ジョージは当たり前のようにやるから、女性はみんなめろめろになっちゃうんだよ」

そんな建国大学でひときわ異彩を放っていたジョージは戦後、同窓生たちの間で長らく「行方不明」になっていた。満州で暮らしていた彼の両親は戦後間もなく故郷の福井に引き揚げてきていたが、その両親でさえも息子の生死がつかめないでいた。

彼が突如人々の前に姿を現したのは、敗戦から二二年が過ぎた一九六七年一二月だった。同月二〇日付の日本経済新聞文化面に、彼が自らの半生について語ったインタビュー記事が突然掲載されたのである。

きっかけを作ったのは、学生時代にジョージと悪事を共にした同期生の桑原だった。戦後、日本経済新聞の整理部記者になっていた桑原は、「行方不明」になっていたジョージが二二年ぶりに突然帰国したという情報を聞きつけると、旧友の顔を一目見ようと彼の故郷である福井に駆けつけたのである。桑原はそこで彼がたどった二二年の半生を聞き、その場で「記事にさせてくれないか」と頼み込んでいた。

インタビューは当初、戦後・復員問題を専門とする大阪社会部のベテラン記者によって行われたが、ジョージは初稿を見るなり「(事実を) 作りすぎている。桑原、お前が書いてくれ」と桑原本人に執筆を依頼していた。整理部記者だった桑原は、自身が初めて担当するインタビュー記事を実に丸一週間もかけてデスクへと投げた。

日本経済新聞に掲載された記事はよくまとまっているとは言えないものの、ジョージという国際的な名前を持った青年がどのような半生を生きたのかについて克明に物語っている。

彼もまた建国大学卒業生の一人として、激動の「戦後」のなかにいた。

二十二年ぶりの復員　偶然の連続—中支から転々南米へ

私はことし七月、南米のオランダ領スリナムから帰国して福井県庁に出頭し、二十二年ぶりに復員手続きを終えた。私が日本の土を踏んだのは、現住地スリナムを引き揚げてきたからではない。父母の菩提《ぼだい》をとむらうとともに、日本とスリナムとのきずなを強めるような開発事業その他の計画をまとめるためである。

私は大正十二年一月一日、ロシア革命後のレニングラードで生まれた。父戸泉憲溟は福井県今立町粟田部《いまだてちょうあわたべ》の福泉寺の住職だったが、西本願寺から派遣されてロシアに渡り、白系ロシア人の母と結婚したのである。私が生まれて間もなく一家は福井の寺に帰り、やがて満鉄に就職した父に伴われて大連に渡った。ハルビンの小、中学を終え、新京（現在長春）の建国大学に入学した。父は当時、同大学の教授であった。昭和十八年十二月一日、学徒動員で南満州の海城《かいじょう》へ入営、終戦時は中支武昌《ぶしょう》の飛行隊にいた。階級は少尉であった。

私はソ連軍占領下の満州に残した両親を、長男として自分が責任をもって日本に連れて帰らねばならないと決意して現地除隊したが不思議な運命の糸にあやつられるようになったのはこの時からだ。終戦直後から除隊までに二回、南京《ナンキン》から飛行機と汽車で北京までは行ったが、結局あきらめて南京に逆戻りした。日本軍が引き揚げた後、こんどは一民間人として南京から山海関まで数カ月かかって馬でたどりついた。そこから先は歩いてハルビン方面を目ざしたが、奉天《ほうてん》（現・瀋陽）付近で国府軍に逮捕され、収容所に入られた。政治犯の容疑であった。昭和二十二年の夏のころだと思う。約半年で無実釈放となったが、当時治安が悪くて、両親の消息を探るどころではない。

思案の末、またもとの収容所で居候約二カ月、白系ロシア人が上海に集結しているという情報を耳にしたので、国府軍の飛行機に便乗して上海に出た。しかし目ざす両親はおろか、日本人も見つからない。やむをえず、ＩＲＯ（国際難民救済機関）の世話になった。そのうち共産軍が南京付近まで攻め込んできたという情報が伝わり、なんとしても中国大陸から脱出したいと思った。

そこで頼んで中国船に乗せてもらった。懐中もとより無一文、水夫のような仕事をさせられた。乗り込んだ船はフィリピンのマニラどまり。昭和二十三年の春のころだったろうか。同地は対日感情が悪くて、いつも不安感にさいなまされた。セブ島に渡ってみたが、ここはさらに対日感情が悪い。

うまく船を見つけて豪州のメルボルンへ行った。しかし、仕事にはありつけず、停泊中の各国船をたずねては飯を食べさせてもらっていた。そのうち米国船の雑用夫にやっと口が見つかった。行く先はイタリアのナポリだという。船はインド洋を航海中に突然エンジンが故障して止まってしまった。船長の依頼でいじっているうちに偶然なおり、ほうびに四百ドルと一、二年ではすいきれないほどたばこをもらった。これが終戦以来初めて私が得た収入である。

ナポリに上陸したのは昭和二十三年の秋深いころだった。当時の私にとっては、一日一日をどうして生きのびるかが焦眉の急であり、当たって砕けろという方式しかなかった。船に乗るにも乗り込んだあとで行く先を聞くというありさまだった。万事、志と違ってはるばるとヨーロッパまで来てしまっては両親のことはあきらめざるをえなかった。

私は腰を据えて自活するためになにか技術を身につけなくてはならないと思って、飛行隊にいた経験を生かしてフィアットの自動車工場に職工見習いとして入れてもらった。無給だが、船でもらった大量の米国たばこと米ドルが生活をささえてくれた。ごちそうもホテル代もタバコ一本ですんだのである。ナポリは温暖な気候風土で風光も明媚《めいび》、加えて人情もこまやかだった。一年ほどたって職工としても一人前になったころ、会社からオランダのアムステルダムにあるフィアットの系列会社に推薦された。こんどは月給ももらえる。アムステルダムに行って約二カ月たったころ、会社から五年契約で南米のスリナムに行かないかという話を受けた。

私とスリナムとの結び付きはこの時に始まる。私はそれまで中学時代の地理で蘭領ギアナというのは南米の北の方にある植民地だという程度の知識しかなかった。給与その他の条件はいいいし思い切ってその話に乗ることにした。スリナムの首都パラマリボに着いたのは昭和二十四年の十二月十三日のことだった。自動車の修理工として一生懸命に働き、やがて班長になり、最後の一年間は修理部門の部長に昇進した。

五年契約で働いている間に、つとめて貯金をし、契約切れ後はそれまでの地盤をもとに独立して運搬船の経営を始めた。四十トンの船を買い、仕事は順風満帆にいっていたが、ある日、豚を船底に積んで運んでいた時大きな横波を食ってあっという間に沈没、命からがら岸にはい上がったが、積み荷の弁済などでまたぞろ無一文。

エッソの注文を受けてガソリン運搬車を作ったりした後、華僑と組んでオレンジジュース会社を設立した。しかし輸入原料の高騰と、税制改正による高額課税で三年前に倒産、こんどは一人で銀行から借金し、仏領ギアナとの貿易を始めた。最近一年半はスリナムの漁業開発のため水産会社を設立、現在貿易と水産両方に手を広げて、ようやく私の地位も一応安泰といえるようになった。ところで私は十六年前に現地で結婚した。妻は混血で三十八歳、修理工時代の私が語学の勉強をするのを手伝ってくれたのが縁である。現在十五、十三、十と女ばかり三人の子供がおり、いずれもオランダ系の学校で勉学中である。

さて、こんど私が日本に帰ってきたのはなによりもまず、両親の菩提をとむらうためである。私があれほど一緒に連れて帰りたいと思っていた母は昨年十二月、そして父も今年の三月に急死した。仕事が忙しくて私は両親の死に目に会えなかった。父は五、六年前手紙で「いま日本に帰る必要はない、そちらでがんばれ」と言ってきたが、母が死んでからはすっかり気落ちしたらしく、私もスリナムに父を呼ぼうとその日を楽しみに準備をしていた矢先であった。

この両親を捜し出してくれた人に私は非常な恩義を感じている。いまから六、七年前、パラマリボの町で華僑と違って折り目の正しい感じの人を見つけた。もしや日本人ではと思って、半ば忘れかけていた日本語の片言で話しかけたところ、味の素のセールスマンだという。そこで私は「福井出身の戸泉（当時正確な本籍地を忘れていた）だが、両親を捜してほしい」と頼んだ。すっかりその人にそんな依頼をしたことも忘れていたところ、一年ほどたってから突然なつかしい母からの手紙が届いたのである。故国を遠く離れ、過去の結び付きと全く孤立絶縁の状態で、外国人の中に一人で働いているさ中に、生みの母からのたよりである。私は雲の中から降りて自分の足で大地を踏みしめたような充実感を覚えた。その大恩人は帰国後懸命に捜したがいまイタリアに駐在中で、直接お礼を言えないのは非常に残念だ。

　思えば終戦後の私は偶然の連続だった。こうした体験から私は父と違って宗教とは無縁ではあるが、神というか仏というか、あるいは別のなにか大きなものが存在するのではあるまいかと思われてならない。マニラからパラマリボまで、転々、意に反して日本から遠ざかるばかりではあったが、それでもたえず運命はいい方にいい方にと運んでいった。

　今後も波乱が前途に待ち受けているかもしれないが、私はなにも恐れない。過去二十数年にわたり一人の人間が体験できる限界以上のことにぶつかり、そのつどなんとか切り開いてきた。その自信はゆらぐものではない。私はその二十数年の物心両面の蓄積の上に立って日本への帰国を契機として、新たにしてかつ大きな野心に燃えている。


「なあ、桑原」とジョージはインタビューの終了後、かつての親友である桑原にこんな言葉を漏らしたという。「満州の雪原を駆け回っていた頃は楽しかったな」

「お互い若かったからな」と桑原は笑いながら頷いた。「こんな風に歳を取って日本で再会するなんて夢にも思わなかった」

桑原の台詞にジョージも笑ったように見えた。桑原にとっても自分がまさか将来新聞記者になり、かつての親友にインタビューしているなんて想像もできないことだった。「なあ、桑原」とジョージは再度桑原に言った。「俺はこれから人の役に立つ仕事をしようと思うぞ」

桑原にはジョージがどこまで真面目に話しているのかがわからなかったが、とりあえず曖昧に頷いた。

「おかしいか」とジョージは心配そうな顔で桑原に尋ねた。

「お前らしくないな」と桑原は笑いながらそれに答えた。「俳優にでもなれよ」

そのとき、ジョージがどこか不満そうな、それでいて半分嬉しそうな顔をしたのを桑原は覚えている。冗談のようにして言った桑原の台詞は、しかし一方で、桑原の本心でもあった。天衣無縫、明朗闊達《めいろうかったつ》。いつも自信に満ちあふれて見えたジョージとの記憶は、桑原にとっても、自分にも輝かしい青春時代が存在していたことへのささやかな証明でもあった。だからもしできるなら、今後もずっと、ジョージには桑原の手の届かないところで夢や憧れを与えてくれる存在でいてほしかった。

それでもジョージには何か思うところがあったのだろう。彼はその直後にスリナムへと一時帰国したものの、妻や娘たちを現地に残し、すぐさま日本に舞い戻ってきたのだ。一九七七年にシベリアとの水産貿易を行う第三セクターを福井県内に設立すると、二〇

○一年に心筋梗塞で死亡するまでの間、日本とロシアの経済交流に全力を注いだのである。

妻や娘たちはその後オランダへと渡り、日本で彼と一緒に住むことはなかったといわれている。彼の死後、葬儀には多くの建国大学出身者から弔文が届けられたが、呼び名はどれも本名ではなく、「ジョージ」というカタカナが記されていた――。

人の一生とはなぜこうも儚《はかな》いのだろう、と私はアルマトイへと向かう飛行機の中で一人思った。誰もが一度は、ジョージのように激しい人生を生き抜いてみたいと願う。でも、誰もがジョージのような人生を送れるわけではないし、たとえジョージのように生きることができたとしても、それが幸せなことなのかどうかについてはきっと誰にもわからない。

人は豊かな人生を生きたいと願い、そのためにもがき苦しんで多くのものを失いながら、最後には何を摑んだかを知ることもなく死んでいく。ジョージもそうだったし、これまで取材に応じてくれた多くの建国大学の卒業生たちもそうだった。

人生とは何なのだろう――。

私はため息をつきながら、飛行機の円い窓に取り付けられた遮光用のシェードを押し上げた。

暗闇のなかに無数の光の粒が浮かび上がって見えた。白く浮かんだ雲海の上を飛行機は西へ西へと飛び続けていた。

第十一章　アルマトイ

25

カザフスタンのアルマトイ国際空港に到着したのは午後一〇時過ぎだった。機内に到着のアナウンスが流れると、宮野泰と長澤法隆は互いに顔を見合わせて微笑んだ。到着ロビーでは六期生の元ロシア人学生、ゲオルゲ・スミルノフが宮野の到着を待っているはずだった。

ところが、飛行機が完全に停止して、いざ機内の出口へと向かおうとした矢先、宮野が突然足の痛みを訴え始めた。足がしびれてうまく歩けないという。宮野はその日、新潟から新幹線で上京し、成田空港からアルマトイに到着するまで一〇時間以上、狭い座席で同じ姿勢を強いられてきていた。宮野の年齢を考えれば、不調は仕方のないことかもしれなかった。

私たちは空港職員に事情を説明し、宮野に車いすを用意してもらうことにした。女性職員が運んできたのは旧ソ連軍の戦車のようながっしりとした車いすで、宮野はそれに腰掛けると、「なんだか急に歳を取ったような気がします」と恐縮しながら女性職員に何度もロシア語でお礼を述べていた。

　私が宮野の車いすを押し、長澤がその横に寄り添う形で入管を抜けた。その後、私は宮野とスミルノフが再会した瞬間の写真を撮るため、ふたりを残して一足先に到着ロビーへと向かった。

　到着ロビーと乗客出口は簡素なパーテーションで区切られていた。到着ロビーへと向かう途中、そのパーテーションの向こう側から嗄《しわが》れた叫び声のようなものが聞こえた。声は一定のトーンで何かフレーズのようなものを連呼している。歌だ、と私は気がついた。誰かが「歌のようなもの」を歌っているのだ。どこかで耳にしたことのあるメロディーだったが、それが何の曲であるのか、すぐには思い出せなかった。

　パーテーションを回り込んで到着ロビーへと出た瞬間、その歌がかつて建国大学の同窓会で卒業生たちが歌っていた「塾歌」であることに気がついた。正式な校歌を持たなかった建国大学の学生たちは、当時から事あるごとに寮の歌である「塾歌」を歌い継いできていたのだ。

　スミルノフだ、と私は思った。スミルノフに違いない。五〇〇〇キロ離れた日本からはるばるこの地を訪れる宮野のために、彼はこのカザフスタンの到着ロビーで共通の「塾歌」を歌いながら旧友の到着を待っているのだ。

　到着ロビーに飛び出すと、スミルノフは人混みの中央にいた。まるで大学の応援団員のように両足をしっかりと肩幅に開き、視線をわずか上方に向けて高らかに日本語の塾歌を歌い上げている。周囲の群衆は、これから何が始まるのか、大声で異国の歌を歌い上げている老人に興味の視線を向けていた。

「スミルノフさん」と私が呼ぶと、スミルノフは歌うのをやめて周囲を探した。そして、私の姿を見つけると、大声を出しながら駆け寄ってきた。

「ミヤノはどこですか」

「すぐに来ます」と私は日本語で言った。「スミルノフさんですよね」

「はい」とスミルノフは緊張した表情で頷いた。「私、ゲオルゲ・スミルノフ。ずっとここで待っていました」

私は小さくお辞儀をして彼のそばを離れると、再会の瞬間を撮影するためにカメラを構えてそのときを待った。スミルノフは私の行動に頷いて、それまで歌っていた塾歌をより大きな声で歌い始めた。周囲に人が集まり始め、乗客出口とスミルノフの間にアーチを作った。

「スミルノフ!」

車いすに乗った宮野はパーテーションの陰から現れた瞬間、待ち受けていたスミルノフに向かって小さく叫んだ。

「ミヤノ!」

スミルノフはまるで子どものように大声を上げ、車いすの方へと駆けだした。大柄のスミルノフは車いすの上から覆い被さるようにして小柄な宮野を抱きしめると、「オオッー、オオッー」と言葉にならない声を上げて泣き始めた。

ふたりの再会を見守っていた群衆からはぽつりぽつりと拍手が上がった。白髪の白人男性に「何が起きているのか」と聞かれたので、私が英語で「彼らは同じ大学の同級生だった。戦争で離ればなれになっていたが、六五年ぶりに再会した」と答えると、男性はその内容をカザフスタンの群衆へと伝え、周囲から一斉に拍手が沸き上がった。

「心が嬉しい。心が嬉しい」とスミルノフは何度も日本語で連呼していた。「ありがとう、ありがとう」と宮野はその度に繰り返し言い、練習してきたロシア語で「会いに来たぞ」とスミルノフの肩を叩き返した。

温かな群衆の拍手のなかをふたりは空港の出口へと進んでいった。スミルノフは長澤が押していた車いすを「ここからは私が押そう」と交代し、まるで戦場から帰還した英雄のように胸を張って到着ロビーを歩いた。その傍らで、私は夢中になってふたりの写真を撮り続けた。

空港の前では二台の車が我々の到着を待ち受けていた。スミルノフを空港まで運んできてくれた彼の長男の乗用車と、カザフスタンにおける一連の取材コーディネートを担当してくれることになっていた中年男性のバンだった。

た。

「ウエルカーム！」と小太りの中年男性は大げさに言うと、両手を広げて私たちをバンの中へと招き入れた。「さあ、日本の英雄のみなさま、どうぞ、どうぞ、私の車へ」

あまりにも不器用な出迎えに、私は若干まごつきながら「誰ですか？」と長澤に尋ねた。

長澤は少し困ったような顔をして目配せをした。

「実は今回、アルマトイにおける一連のコーディネートをお願いしている方なんですが、ちょっと変わっているというか、普通じゃないというか……。どうも小説家らしいんですが、私が今回の計画を持ち出したところ、ぜひ自分もその取材に参加したいと言い出しまして。その代わりに格安でコーディネートを受け持ってもらったという経緯があるんです」

我々の傍らで、宮野とスミルノフは嬉しそうにロシア語で会話を続けていた。

「どうでしょう」と長澤が私に提案した。「できれば、三浦さんにはふたりと一緒の車に乗っていただきたかったのですが、スミルノフさんの長男の車では少し狭そうですよね。もし差し支えなければ、私たちは遠慮して、話はホテルに着いてからゆっくり伺うことにしませんか」

「もちろんです」と私はすぐに同意し、宮野とスミルノフはスミルノフの長男の車で、私と長澤はコーディネート役の小説家の車に分乗して、その日の宿泊先に向かうことにした。

二台の車は四〇分ほどで噴水を備えた高級ホテルに到着した。宮野と私と長澤にはそれぞれ別々の個室が予約されており、我々はまずそれぞれの部屋に荷物を下ろしてから、フロントの前のソファーに座って六五年ぶりに再会したふたりの話を聞くことにした。

客室は豪華な外見からは想像もできないほど不衛生で質素なものだった。白塗りの壁は至る所で塗装が剝《は》げ落ち、カーペット上には小さなゴミが数十の単位で散らばっていた。ソ連時代のインツーリストホテルを改装しないでそのまま使用しているらしかったが、一つだけ、小さなライティングデスクの上に大きな果物の盛り合わせが置かれているのを見て、私は怒りを和らげた。よく見ると小さなメッセージカードが添えられており、そこにはあの車の中で会った小説家の名前が記されていた。

「どうでしたか？　私の心からの贈り物は！」と私がロビーに降りて行くなり、小説家は再び両手を広げて贈り物についての感想を尋ねた。「このホテルも半額で泊まれるように交渉してあります。これもすべて私の心からの歓迎の気持ちなのです」

私は歓迎の意を大げさに表現することがこの国の文化的慣習の一つなのかもしれないと思い直し、丁寧にお礼を言って小説家と握手を交わした。すると、私のすぐそばで長澤が彼に聞こえないように「あまり額面通りにとらない方がいいですよ」と耳元で囁くように言った。「彼はちょっと面倒な男なんです。自分では小説家だと言ってますがね、いわゆるトンデモ小説家です。実はちょっと問題がありまして……。彼はすでに宮野さんを主人公にした小説を書いちゃっているんです」

「小説？」と私は驚いて聞き返した。「それは知らなかった。どんな小説なのですか」

「それがひどいんですよ」と長澤は首を左右に振りながら言った。「宮野さんがキルギスの収容所にいたことがわかったとき、それらの事実がこちらの新聞にも出たらしいのですが、彼はその事実を脚色して勝手に小説を書いちゃったんです」

「売れたんですか」

「まったく、というか、それ以前の問題らしく、知人のロシア語研究者に読んでもらったところ、とにかくひどい内容らしいんです。抑留されていた宮野さんが現地で美しい少女と出会って大冒険する。怪物や蛇なんかがたくさん出てきて、最後はよくわからなくなるんだそうです。ひどいでしょ。しかも、宮野さんには取材どころか、それらを小説にすることさえも伝えていない……」

それでも、ＮＰＯを主宰している長澤としては今回の遠征については資金上の問題があり、格安でアルマトイでのコーディネートを引き受けたいと申し出てくれたトンデモ小説家の誘いを断り切れなかったのだという。こちらとしては取材で生じるホテルや車などの必要経費を支払う程度で、現地の案内や報道陣の手配などは彼に引き受けてもらっているのです、と長澤は渋い表情で説明した。

宮野は私たちよりも一足早くロビーに降りていたようで、窓際のソファーに座りながらスミルノフと夢中で何かを語り合っていた。スミルノフの日本語が十分ではないためか、宮野は時折ロシア語を交えたり、大きく身ぶりや手ぶりを使ったりして、日本の同窓生の現況を説明していた。私と長澤はしばらくの間、ふたりの「同級生」が楽しげに会話を交わしているのをロビーの片隅から見守っていた。

「どうしましょうか」と長澤が私に聞いた。「私たちはどうもおじゃまのようですね」

「そうですね」と私も頷いた。「今日はおいとましましょうか。ふたりには積もる話もあるでしょうし、私たちがいない方がしゃべりやすいかもしれない。明日は記者会見なんですよね」

「そうです。このホテルで午前一〇時から。三浦さんは他の報道陣と一緒の取材でも構いませんか」

「まったく構いません」と私は言った。「基本的な事実をまず会見でさらった後、どうしても聞きたい質問についてはその後個人的に聞くことにします。今はとにかくふたりの時間を大事にしてあげたい。だって六五年ぶりに会ったのですから。そんな貴重な時間を取材のために割かせるなんて、あまりにばかげていますよね」

先に部屋に上がって休んでいます、と私と長澤が手ぶりを交えて宮野に告げると、宮野はその配慮の意味を理解したらしく、「ありがとう」と小さく笑って隣に座っているスミルノフにも事情を伝えた。スミルノフの長男も明日は仕事があるらしかったが、あと一時間くらいであれば、ふたりのために時間を作ることが可能だという。階段を昇って二階の部屋へと上がっていくとき、嬉しそうに会話を続ける宮野とスミルノフの笑顔が見えた。

翌日の記者会見は、トンデモ小説家の雄大な作品計画によって幕を開けた。

ホテル内の小さな会議場に設けられた臨時の記者会見場には、トンデモ小説家が手配したとみられる新聞社や通信社、テレビ局などの記者たちが多数詰めかけており、彼はマイクの前で宮野とスミルノフを簡単に紹介した後、次に執筆する小説がいかに素晴らしく人の心を打つものであるのか、あるいは、その作品がいかに中央アジアと日本との懸け橋となりうる記念碑的な意味を持つのかなど、まるで映画の製作会見のように自らの構想について熱弁をふるった。

もちろん、記者の多くは彼の作品性には目もくれず、質問のほとんどが六五年ぶりに再会した宮野とスミルノフのふたりへと向けられた。カザフスタンに拠点を置くメディアだからなのだろう、質疑応答の後半には、質問のほとんどが極東の島国からやってきた宮野一人に集中した。中央アジアでの抑留生活はどのようなものだったか、その後、日本でどのような人生を送ったか、半世紀ぶりに現地を訪れるにあたり、今どのような感想を抱いているか……。宮野はその一つひとつに丁寧に答えていった。

記者会見での質問はすべてカザフ語やロシア語で行われたため、やりとりはすべて宮野のすぐ横に座った小柄なカザフスタン人女性によって日本語から現地語へと通訳されていた。「彼女がダナですか」と私が尋ねると、長澤は右手でグッドのサインを作ってみせた。

今回のカザフスタンでの取材にあたり、私はスミルノフの日本語が十分でなかった場合に備えて、長澤に通訳の手配を依頼していた。彼が紹介してくれたのが、ダナという二二歳のカザフスタン人女性だった。「通訳を仕事にしているわけではないのだけれど、しっかりとした日本語を話すことができるし、もちろん現地語も話せる」と長澤は紹介の際に太鼓判を押した。「向こうも日本語を練習したいらしく、とにかく『格安』だから、僕も中央アジアに行くときにはいつもお願いしているんだ」

長澤から教えてもらったダナのアドレスにメールを出すと、すぐに日本語で返事が届いた。カザフ国立大学で日本語を専攻したらしく、筑波《つくば》大学にも一年間留学した経験があるという。

記者会見の終了後、私はダナの近くに歩み寄り、簡単な挨拶と自己紹介をした。ダナは日本企業の新入社員のように両手で私の名刺を受け取ると、日本式のお辞儀をして「よろしくお願いいたします」と何度も執拗に頭を下げた。二二歳というよりはまだ少女期のあどけなさを残した高校生のようにも見える女性で、私が「緊張しなくてもいいよ。質問や言葉がわからないときには、何度でも繰り返し聞いてください。その方がこちらにとってもありがたいから」と言うと、彼女は再び何度もお辞儀を繰り返していた。

事実、彼女は極度の恥ずかしがり屋らしく、記者会見で宮野の通訳を担当しているときもずっと顔を赤らめたまま、登壇者の陰に隠れるようにして宮野の言葉を会場に伝えていた。

写真が大の苦手らしく、私が宮野やスミルノフの会見風景を撮影しようと舞台の袖からレンズを振ると、彼女は片手で顔を隠し、フレームの外へと逃げようとする。切れ長の美しい目を持ち、整った顔立ちであるにもかかわらず、彼女は自身の顔を写真に撮られることを極度に嫌っているようだった。日本語についてはかなり流暢にしゃべれるし、発音についても時折日本人と話しているのではないかと錯覚するほど、外国人に特有なアクセントがない。彼女によると、カザフ語と日本語はアクセントが非常に似通っているらしく、それが日本語を専攻した理由の一つでもあるらしかった。たった一年の留学でここまで異国語を身につけられるものなのかと、留学経験のない私には彼女の才能が羨ましく思えた。

記者会見の後、私たち一行はトンデモ小説家に連れられて、アルマトイ市内の観光に出かけることになった。彼の説明によると、市内には日本人の強制労働によって造られた建物が今でも現役として使われており、一部が観光名所にもなっているという。トンデモ小説家が案内してくれた市内の建築物はいずれも四、五階建ての重厚な建物で、民間のアパートや倉庫、郵便局といった官公庁の施設として使用されていた。「これらの建物は当時の日本人の勤勉さと技術の高さを証明するものであり、我が国の財産でもあるのです」とトンデモ小説家はなぜか誇らしげに私たちに語った。

市内の観光地を一通りめぐった後、私たちは宮野の要望によって強制労働に従事したままこの地で命を落とした日本人の墓地を訪れることにした。墓地はアルマトイの中心地から車で一五分ほど行った森の中にあり、無数の墓石が木漏れ日のなかに置かれていた。

宮野は墓地の入り口で鮮やかな桃色の花束を買うと、日本人が眠っているという集団墓地に向かって杖をつきながらゆっくりと歩いた。緩やかな坂道を登ると、あまり手入れのされていない静かな墓地の一角へと出た。芝生の上に台形状をした一〇〇近くの墓石が並べられている。

「墓地の案内板によると、ここが日本人抑留者たちのお墓らしいです」とトンデモ小説家が珍しく神妙な表情で私たちに告げた。「一つの墓石の下には六人の日本人が眠っているようです。誰が眠っているのかは、ちょっと今はわかりません」

宮野はダナの通訳を介してトンデモ小説家の話に耳を傾けていたが、説明が終わると小さく頷き、花束を抱えて「90」と番号が打ってある墓石の前へと歩み出た。そして、身動きすることなく数分間、墓石の前にしゃがんでじっと両目を閉じていた。ただ一言、「日本から来ました」という声だけが私の耳に届いた。

それが、宮野が「彼ら」にかけることのできる精一杯の言葉だったのだろう。私はその一言に胸が張り裂けそうな感傷を抱いた。六五年前、宮野もまた中央アジアのキルギスの地で、彼らと同じように生活していた。そして六五年後の今、土の中にいる人々と土の上にいる自分とを分けたものは、ほんの少しの偶然でしかなかったことを、彼は誰よりも知り抜いていたに違いない。

日本人墓地を参拝した後、私たちはトンデモ小説家の自宅へと招かれ、豪華なディナーをごちそうになった。彼の自宅はアルマトイ郊外にある比較的裕福な人々が暮らす集合住宅の一階にあり、テーブルの上には彼の妻が作ったカザフスタン料理とポルトガルから輸入された度数の強い赤ワインが並べられていた。

「ところで……」と食事が終わりかけた頃、トンデモ小説家は口をナプキンで拭いながら言った。「私はこの一連の壮大な歴史的ストーリーを映画にしたいと考えております」

食卓を囲んでいた日本からの来訪者たちが互いに顔を見合わせた。

「そこでみなさんにお願いしたいことがあるのです。映画化にあたり、みなさまには多大なる支援をしていただきたいのです。この素晴らしく壮大な物語が日本とカザフスタンの懸け橋になるように。どうでしょう、賛同を得られますでしょうか」

トンデモ小説家はそこで大きな拍手を期待していたのかもしれない。しかし、日本人の来訪者たちは誰もがぽかんとした表情をしたまま、しばらくの間、彼の意図をうまく摑めないでいた。

直後にダナが通訳してくれたところによると、トンデモ小説家は宮野の抑留生活やその後の日本での生活、そしてスミルノフとの再会という一連のストーリーを映画化し、日本とカザフスタンで発表したいと考えているようだった。彼の申し出はつまり、その映画製作にかかる資金を日本側から提供してもらうとともに、日本での公開時においては宣伝や劇場の確保をお願いできないだろうか、ということらしかった。

「申し訳ありませんが……」と長澤はトンデモ小説家の提案に口を挟む形で言った。「私が運営している団体はいわば旅行を目的とした市民団体で、十分な資金もメディアや政府機関へのネットワークもありません。もちろん、映画化の資金なんてとても出せる余裕などありません」

「なぜです」とトンデモ小説家は本当に驚いたような表情で言った。「宮野さんの話は心から胸を打つ本当に素晴らしい話です。日本人にとっても、カザフスタン人にとっても。このような歴史的な出来事をどうしてあなた方は後世に残そうと思わないのですか」

「残したいとは思います」と長澤は切り返すように言った。「ただ、私たちにはその力がない、と言っているのです。資金もなければ、ネットワークもない。協力したくても、協力できないと申し上げているのです」

「隣の新聞社の方はどうですか」と彼は突然私に質問を向けた。「新聞社であれば、政財界とたくさんつながりがあるでしょう。彼らにこの映画の話を紹介すれば、多くの人が関心を示すに違いありません。そうすれば二〇万ドルぐらいはすぐに集まるのではないですか」

「二〇万ドル！」と今度は私が驚く番だった。「二〇万ドルって何ですか」

「映画製作にかかる費用です」とトンデモ小説家は涼しげな表情で言った。「あくまで概算ですが、カザフスタンではそれぐらいかかるのが普通です」

「彼は一介の新聞記者です」と長澤がすかさず擁護してくれた。「彼はただ、宮野さんとスミルノフさんの記事を書くためにカザフスタンに来ているだけです。彼にお金の話を持ち出しても、ちょっとそれは難しいと思いますよ」

「それではどうしますか」とトンデモ小説家はあたかも感情を害されたといったような口調で言葉を続けた。「私はこれまでとても親切にアルマトイの案内をしてきました。でも、あなた方が私たちには協力できないというのであれば、私も今後は一切協力できなくなりますよ」

随分な物の言いようだな、と私は思い、目の前の小説家に急に嫌気がさしてきた。彼は宮野とスミルノフが再会したときも、ふたりが地元メディアの前で記者会見をしたときも、カメラはもちろん、録音機さえも回していない。映画製作の話がどこまで事実であるのかはかなり怪しかったし、私は何かの詐欺のようなものに巻き込まれてしまったような気がして、思わず表情をしかめてしまった。

「結構ですよ」と長澤はあっさりと彼の要求を拒否した。「私たちは明日から自由に行動しますし、ご予約していただいたホテルもキャンセルして別の場所に移りましょう。もちろん、ご希望であれば規定のコーディネーター料はお支払い致します」

「それとこれとでは話が違う」とトンデモ小説家は少し怒ったような声で長澤に言った。「私たちはここまで親身になってアルマトイでのコーディネートを引き受けている。先日は記者会見も開いて、映画化の方針も発表してしまっている。それなのに映画化については協力できないというのは、あまりに失礼な話ではないのですか」

「そんな話、事前にはまったく聞いていませんよ」と長澤は少し強く反論した。「私たちがお願いしたのは、アルマトイでのコーディネートだけです。映画化や記者会見については、あなたの方で勝手に設定したものでしょう。それにいいのですか？　私たちはこれから宮野さんと一緒に隣国のキルギスに行って、政府主催の抑留記念館の設立式に出席する予定ですが、私たちの許可がなければ、あなたはその式典に一切出席できなくなりますよ」

長澤とトンデモ小説家は互いに渋い表情をして、いくつもの皿の並べられたテーブル越しにそれぞれの思考をめぐらせていた。可哀想だったのは宮野だった。彼はテーブルの一番奥に設けられた主賓席に座り、自分や自分の過去の事柄をめぐって双方が激しく言い合いを続けているのをただうつむきながら聞いていた。

「とにかく……」と私はいたたまれない気持ちになってトンデモ小説家に切り出した。「私たちの側からすれば、映画の話は難しいと思います。それよりも、今回の宮野さんの抑留地の再訪をまずはじっくりと取材なさってみてはいかがでしょうか。映画化については、それらの取材が終わった段階でじっくり考えてみても遅くはないはずです。今回携わった私や長澤ではご協力できませんが、あるいはカザフスタンやカザフスタンに進出している日本企業のなかには、一連の計画に協力したいという方が出てくるかもしれません」

私がダナへと視線を移すと、ダナも心なしかホッとしたような表情で私の提案をロシア語へと訳してくれた。トンデモ小説家はそれでも不満そうだったが、とりあえず議論の着地点が見つけられたことに幾分安堵しているようにも見えた。

「ありがとうございました」と宮野はホテルへと戻る車の後部座席で、私や長澤に頭を下げた。「私は農家出身なもので、ああいう状況になってしまうともうどうしていいのやら、さっぱりわからなくなってしまって。やっぱり、彼らからするとお金が目当てだったんでしょうか。やっぱり、そうなのかな。日本人はそんな風に見られているのでしょうかね」

「宮野さんが謝る必要はありませんよ」と長澤はきっぱりと言い切った。「彼もたぶん、宮野さんの人生を歴史に残しておきたいという思いは、私たちとそう違わないんだと思うんです。ただ、ちょっと方法論が違うだけで。この調子だと、彼はきっとキルギスまでついてくると思いますが、あまり気にしないでください。向こうが話を聞きたいと言えば、話をしてあげてもいいし、気が進まないようだったら、道中、無視していてもかまいませんよ」

「そうでしょうか……」と宮野が悲しそうな表情で言ったのを、私と長澤はわざと聞こえないふりをした。


翌日の昼にはスミルノフの自宅で小さな歓迎会が開かれた。次の日には、宮野と長澤が抑留記念館の設立式に出席するためにキルギスへと出発する予定になっていたため、歓迎会は「壮行会」の意味合いも兼ねられていた。

前日の夜とは違って、家庭的で明るく、ほのぼのとした食事会だった。

「みなさんをお招きできて、とても嬉しいです」と会の冒頭、スミルノフがいかに宮野の来訪を待ちわびていたのかを感情をたっぷり込めて語った。宮野はスミルノフの挨拶を受けてすぐにその場で立ち上がり、同級生がいかにスミルノフのことを心配していたか、日本の同窓生たちから託された手紙をスミルノフの家族の前で朗読してみせた。小さなテーブルにはスミルノフの長男やその妻が作った手作りの郷土料理が並び、カザフ語のラベルが貼られたワインボトルが数本並べられていた。スミルノフは常時上機嫌で、次第に酔いが回ってくると、その場に直立して何度も建国大学の塾歌を歌い上げてみせただけでなく、大学で歯学を学ばせたという長男をテーブルの脇に立たせ、かつて教え込んだという日本の童謡を歌うよう命じたりした。

「桃太郎さ〜ん、桃太郎さ〜ん、お腰につけた〜吉備団子《きびだんご》〜」

今は市内で歯科医を開業しているという長男は少し恥ずかしそうにしながらも、「桃太郎」の童謡をオペラ歌手のように抑揚をつけて立派に歌い上げた。幼い頃、寝る前にいつもスミルノフから桃太郎の童話を聞かされていたといい、「一度も行ったことのない日本の物語を今でも完璧に再現できる。それが私の自慢なのです」と桃太郎のストーリーの一部を日本からの来訪者たちの前で誇らしげに披露してくれた。

秋の柔らかな日差しが薄いレースのカーテン越しに狭い団地の一室を揺らしていた。テーブルの角にはスミルノフの妻が腰掛けていたが、彼女はすでに恍惚《こうこつ》の人らしかった。

会の最後にスミルノフは彼女を抱きしめ、カザフ語かロシア語で何かを言った。「何と言ったの」とダナに尋ねると、「『素晴らしい人生だな』というロシア語と、奥さんのニックネームのようなものだと思います」と彼女は訳した。

翌朝、宮野と長澤は抑留記念館の設立式に出席するため、陸路でキルギスへと旅立っていった。出発前、私が「トンデモ小説家の方はどうなりましたか」と尋ねると、長澤は「途中で合流するという連絡が今朝入ったよ」と苦笑しながら答えた。「彼は彼で、宮野さんがどういうところで生活を送ったのか、見ておきたいんだろう」

半ばあきれたような長澤の笑い声を聞いて、あるいはアプローチの仕方を間違えているだけで、彼も本当はそれほど悪い人間ではないのかもしれないな、と私は少しだけ思い直した。

私はスミルノフとダナと三人で、宮野と長澤の出発を見送った。ふたりが乗ったランドクルーザーは大通りの角を曲がるとき、大きなクラクションを鳴らしてから姿を消した。「行ってしまいましたね」と私が言うと、スミルノフは感慨深そうに無言で頷いた。「実を言うとね」とスミルノフはゆっくりしたトーンで私に言った。「私は宮野が一体誰なのか、本当は覚えてさえいなかったんだ。今でさえ、どういう学生だったか思い出せない。当時、親友と呼べる日本人は何人かいたけれど、彼はそのうちの一人ではなかった。でもね、空港で会ったとき、どうしてだろう、思わず涙があふれてきたんだ。たぶん、そうだね。同じ境遇のなかを生きてきた人間だってことが、彼の姿を見たときにわかったからね。彼は車いすだっただろう？　私はそのとき心から思ったんだよ。ああ、私だけじゃなかった。私と同じように生きてきた人間がこうしてほかにも存在していて、こうやって再び会いに来てくれたんだって――」

私たちはロビーで紅茶を飲んだ後、記者会見が開かれたホテルの会議室で、スミルノフへのインタビューを実施することにした。

ほら、こんなものもあるんだよ、とスミルノフはインタビューの冒頭、かつて自らが通ったハイラル第三国民高等学校の卒業証書を嬉しそうに広げて見せてくれた。証書の上質紙はかすかに黄ばんでいるものの、文字や印影は歪んではいない。彼はこれまでその証書を肌身離さず持ち続けてきたのだと私に言った。私はまずはできるだけ質問を控えて、彼に自らの半生を自由に語ってもらうことにした。

「私の人生の前半は――」とスミルノフは嬉しそうに語り始めた。

「日本への憧れでいっぱいでした」

26

建国大学に在学中、ゲオルゲ・スミルノフは「白系ロシア人」と呼ばれていた。それはもちろん、「白人のロシア人」を意味するのではなく、共産色（赤）に染まっていない「白系」のロシア人という意味である。ロシア革命の直後、モンゴルで暮らすダシニャムの一家がそうであったように、スミルノフの一家もまたバイカル湖の近くのニエチエンスクという街から中国東北部のハイラルへと逃れてきていた。

ハイラル第三国民高等学校で日本語と英語を学んだスミルノフは、最も得意だった日本語を活かそうと満州国の最高学府へと進んだ。入学試験の口頭試問で「ノモンハン事件についてどう思うか」と尋ねられたとき、彼は主語を明確にして回答を述べた。

「共産主義との戦いだったと考えます。『敵』は近代化されて手強《てごわ》かったようですが、『我々』の軍隊は懸命に戦い、これをくい止めたと聞いております――」

青年期のスミルノフにとって、建国大学は金銭的な負担が少ないというメリットだけでなく、学問的にも多大な魅力を兼ね備えた大学だった。彼はそこでどうしても学んでみたい研究対象があった。

「日本」についてである。

ロシア革命で故郷を失った白系ロシア人にとって、日本は故国ロシアを戦争で打ち破ったアジアで唯一の国だった。近代化してまだ間もない極東の小国がどうして世界最大の陸軍大国を打ち負かすことができたのか。スミルノフは当時、日本の強さは近代的な工業力や技術力にあるのではなく、日本人を束ねている独特の倫理観や精神性にあるのではないかと考えていた。すなわち、いかなる場合においても秩序を失うことなく統制のとれた行動を取ることができる組織力こそが、戦争や戦闘といった非常時において極めて有効な「力」になるのではないか。スミルノフはロシアで再び民主主義が共産主義と対峙《たいじ》する日が来ることを想定し、日本が育んできたそれらの「力」を少しでも多く吸収したいと考えていた。

ゆえに、建国大学に入学すると、スミルノフは貪欲に日本の文化を自らのなかに吸収しようと試みた。毎晩遅くまで日本語の勉強を続け、不得意だった剣道や柔道の練習にも毎日のように参加した。

しかし、そんな勉学の日々は決して長くは続かなかった。スミルノフが入学した頃には戦局の悪化が学生生活にも影を落とし始めており、食事では肉や野菜が制限されたり、授業の代わりに軍需工場での勤労奉仕が頻繁に行われたりするようになっていた。

一九四五年六月、新京郊外で勤労奉仕に参加させられた際、スミルノフは身の毛のよだつ経験をした。「伏せろ」と教官が叫び声を上げたかと思うと、学生たちの頭上を突然、戦闘機が爆音をあげてかすめ飛んだのだ。地べたにはいつくばりながら見上げたスミルノフの目に映ったのは、日本軍や満州国軍のマークではなく、赤い旗印をつけた見たこともない戦闘機だった。

制空権が奪われている——。

スミルノフは夏休みを待たずに大学を飛び出すと、両親と二人の兄弟が待つハイラルへと帰郷した。そこで、家族の状況や周囲の情報を慎重に分析した結果、一家はひとまずハイラルを離れ、ハケと呼ばれるモンゴル系の小さな集落に住まいを移すことにした。万一、ソ連軍が侵攻してくるようなことになれば、白系ロシア人は真っ先に彼らの標的になる。一家はハケで小屋を借り、しばらくは越冬用の草刈りを手伝いながら局面が安定するのを待つことにした。

スミルノフたちの判断は正しかった。

八月、満州国に侵攻したソ連軍は各地で暴行や略奪の限りを尽くしたが、戦略上の重要拠点から遠く離れたスミルノフたちが暮らすモンゴル系の小集落には決して姿を見せることがなかった。一〇月になってスミルノフが街の状況を確かめようと弟と一緒にハイラルに戻ると、街からは日本人の姿が消え、スミルノフの自宅も跡形もなく破壊されていた。スミルノフはそこで、建国大学の同期生で親友でもあったロシア人学生Ａの最《さい》期《ご》について知る。スミルノフと同様、ソ連の開戦直前に大学を抜けてハイラルへと戻っていたＡはソ連軍の侵攻直後、自宅に閉じこもって家族を守ろうとしていたところを、「あそこのロシア人は日本のスパイだ」と近隣の中国人に密告され、家族全員がソ連兵によって射殺されていた。

スミルノフは家族と共に小さな集落に身を潜め、しばらくはモンゴル人たちの畜産の手伝いをしながら生活を続けた。ところが一九五〇年代に入り、中国全土を掌握した共産党政府が白系ロシア人たちを次々と拘束し始めると、周囲の白系ロシア人たちは「中国政府とソ連政府が協定を結び、白系ロシア人をソ連に送還し始めているのではないか」と次第に危機感を募らせていった。一度ソ連に送還されてしまえば、国内でどんな迫害が待っているかわからない。辛うじて資産を有していた知人の白系ロシア人たちは、アメリカやカナダ、オーストラリアへと次々と脱出していった。

スミルノフの一家が一通の通知を受け取ったのは一九五四年の秋だった。「衣服を持ち、指定された列車に乗車せよ」という連絡に一家は両手に抱えきれるだけの鞄を持って指定された駅へと向かったが、荷物はその場ですべて中国人官吏に没収されてしまい、乱暴に列車の中へと追い立てられた。

列車が中国とソ連の国境を越えたとき、手書きの名簿をチェックするソ連政府の役人から、「お前たちはD地方に行け」と家畜のように命令された。大型トラックの荷台に乗せられて連行された先は、D地方から一〇〇キロも北方にあるGという貧村だった。割り当てられた住居はとても家とは呼べそうもない、屋根に大きな穴が空いた倉庫のような廃屋で、近くにはエストニアやラトビアというこれまで弾圧され続けてきた地方の人々が穴だらけの服を着て生活していた。

Gでの生活は常に銃を持ったソ連兵によって監視されていた。食事はすべて配給制で、ほとんどがわずかなパンと水だけだった。肉はもちろん、野菜さえもない。冬になると、気温はマイナス二〇度以下にまで下がるので、夜には家族全員が抱き合うようにして眠らなければならなかった。大雪が降ると小屋の扉が開かなくなり、わずかな配給を受け取ることさえ困難になった。

そんな過酷な収容所生活のなかで、スミルノフを支えてくれたのはある先輩の存在だった。ふとしたことがきっかけで、同じ収容所内に建国大学の先輩である元ロシア人学生が暮らしていることを知ったのである。以来、スミルノフは監視兵の目を盗んで頻繁に彼の住居へと会いにいくようになった。

会話の話題に上ったのは、いつも学生時代に通った食堂の話だった。

「うまかったなぁ、ライスカレー」と元ロシア人学生はいつもなぜか得意げになってスミルノフに話した。「うどんも、すき焼きも、焼き鳥も。焼き鳥はさあ、すぐに串が何本もたまるんだ。九時が消灯時間だったから、八時に最後の乾杯をして、八キロの道のりをみんなで走って帰った。あの頃の新京の街並み、俺は今でも覚えているぞ」

スミルノフは週に一度は元ロシア人学生に会いに行き、人目を盗むようにして建国大学時代の話をしたり、片言の日本語で収容所内の政治情勢について語り合ったりした。

しかし、幸福な日々は長くは続かず、再会からしばらくが過ぎたある日、急に元ロシア人学生の住居が壊されてしまい、彼の姿も見えなくなってしまった。

僻地での暮らしは約一〇年間続いた。スミルノフはその間、時間と場所を見つけると、昔、受験勉強でよくやったように一人で黙々と日本語の単語や文章をつぶやき続けた。監視のソ連兵に見つかれば、その場で理不尽な暴行を受けたり、食事の配給を止められたりする危険性があったが、スミルノフにとっては自分が日本語を話せなくなることの方がその何倍も恐ろしかった。日本語を自由に操れるということは、自分が過去に優れた教育を受けたことの証《あかし》であり、「自分はほかの人間とは違うのだ」という誇りこそが、厳しい環境のなかで彼をこれまで生存へと導いてきた唯一のアイデンティティーでもあった。

スミルノフを収容所の生活から救い出してくれたのは、当時、アルマトイの建設現場で設計士として働いていた弟の存在だった。第二次世界大戦で二〇〇〇万人にも及ぶ人命と無数の公共施設を失ったソ連では戦後、復興を担う建築技術者が圧倒的に不足していた。そのため、哈爾浜大学の建築学科を優秀な成績で卒業していた弟だけは政府から特別に収容所生活を免除されており、戦後十数年が過ぎたとき、彼は特別に家族をアルマトイに招き寄せることが許されたのである。最初は母親だけが弟のもとへと招かれ、その後、スミルノフや兄弟もアルマトイに移住することが許された。

遥か北方の収容所で過ごしていたスミルノフにとって、カザフスタン地方の貿易拠点として栄えたアルマトイの街は天国かそれ以上の場所のように思えた。気候も温暖で、食べ物も豊富にあり、何よりソ連兵の監視を受けずに生活が送れる。アルマトイに移住する際に唯一求められたのが共産党への入党だったが、「母親を救うのだと思ってがまんしてくれ」とサインを求める弟に対し、スミルノフは何も聞き返さずに申請書の署名欄に名前を刻んだ。

一家はアルマトイの郊外に狭いアパートを借りた後、スミルノフはキリスト教会に仕事を見つけ、経理担当者として働き始めた。収入は決して多くはなかったが、毎日誰かのために働けることがスミルノフにとってはこの上なく幸せだった。ある日、あれほど夢中になって暗記したり暗唱したりしていた日本語を、いつの間にかほとんど忘れ去っていることに気づき、スミルノフは少なからずショックを受けた。何かにすがりついて生きていく、その必要性がなくなったのだ、と思い直してみたものの、一つの時代が終わってしまったような一抹の寂しさが胸の中にこみ上げた。

もう日本語を話すことはないのだろうか――。

そうあきらめて数十年が過ぎたとき、日本の大使が突然、自分の勤務する教会を訪ねてきた。あるいはそれは、神様のいたずらだったのかもしれない。スミルノフが日本語で自己紹介すると、大使は不思議そうな顔でスミルノフにこう尋ねたのだ。

どうしてあなたは日本語が話せるのですか、と――。

「私が日本を心の中にずっと留めておくことができたのは、ここにたくさん山があったからだと思うのです」とスミルノフは私のインタビューに少し難解な発言をした。

「山ですか」と私は聞き間違えたのではないかと思い、ダナにもう一度確認してもらった。

「そうです、山。英語で言うとマウンテンです」とスミルノフはホテルの窓の外を指差して言った。「アルマトイの街からはね、ほらこの通り、美しい山々が見えるでしょう？　私はこの山々を見ながらね、よく、『おっ、あの山は富士山に似ているな』とか、そんなことを考えておったのです。日本人は皆、特に満州で暮らしていた日本人は本当に富士山が大好きでしたから。新京にいても地方に行っても『おっ、あの山は富士山に似ているな』と、そういう話になるんです。『お前は本当の富士山を見たことがあるのか』と私はよく旧友をからかったものです。もちろん富士山を見たことのある人もいたけれど、満州で生まれた日本人のなかには富士山を見たことのない人の方がずっと多かった。そういう人を見つけるとみんなでからかってね。『お前は本当の富士山を見たことがないのに、なぜあれが富士山みたいだとわかるのだ』と大笑いしたものです。日本人にとって、富士山は故郷の象徴なんだということがわかり始めたのは、私が建国大学に入ってからでした。富士山は山ではない、天皇陛下と同じく、日本人のアイデンティティーなのだと。そういう精神的な側面を理解できた頃から、私も富士山が好きになりました。私は日本や日本人が大好きでしたから――」

ホテルの窓からは美しい稜線をもった、白銀に輝く山々が見えた。スミルノフだけでなくダナさえも、窓の外にそびえる雪山にしばらく視線を向けていた。

「だから、嬉しかったんだ」とスミルノフは視線を室内に戻してゆっくりと言った。「日本に原子爆弾が落とされて、何もかもが粉々になってしまったと耳にしたのは、私がまだモンゴル人の小集落で生活していたときでした。東京や大阪も焼け野原になり、もう日本にはまともに人が住める場所は残されていないと、多くの大人たちが真剣にそう考えていました。ところが、どうだい？　日本は物凄い勢いで息を吹き返したろう？　いや、息を吹き返したどころの騒ぎじゃなかった。車や電気製品など次々と新しい物を生み出して、あっという間に西欧諸国と肩を並べるだけの経済大国に成長したんだ。嬉しかったさあ。アルマトイの街にも日本車や日本製のカメラがたくさん出回り始めて、私はそれらの商品を見る度にかつての同級生の顔を思い浮かべたんだ。『おい、お前ら、ついにやり遂げたんだな』ってね。私は中央アジアの片隅で教会の仕事を手伝いながら、みんなに吹いて回りたいくらいだったさ。俺は建国大学という最高の大学で勉強したんだ。日本人の同級生だってたくさんいて、今も日本で大活躍しているんだぞって」

私が無言で頷いていると、スミルノフは柔らかな視線を通訳のダナへと向けた。

「だから、私も頑張ろうと思ったのです」とスミルノフはゆっくりと話を続けた。「日本で同級生たちが頑張っている。私も負けてなるものかと、そう思ったのです。彼らはたぶん、私が今カザフスタンで暮らしていることを知らないだろう。でもいつの日か、私たちが再び会える日が来たときに、恥ずかしい思いをしたくないと思ったんです。だから、二〇〇三年に私の教会でパーティーが開かれ、そこに各国大使が集まったとき、私は勇気を出して日本人大使の車に駆け寄り、『どうぞ一緒に参りましょう』と日本語で声をかけたんです。大使はびっくりしていましたよ。その後、新聞社に手紙を書いてくださって、私がカザフスタンで生きていることを日本の同級生に知らせてくれた。次々と懐かしい同級生から手紙が舞い込んでね。私は嬉しくて仕方なかったが、最初の手紙にはこう書かざるを得なかった。『友よ、ありがとう。ただ気が利かないぞ、まず最初に日露辞典を送っておくれ』。すぐに辞書と大量の手紙が送られてきた。半世紀ぶりに辞書を引き、日本語の手紙を読みながら嬉しくて涙が出たよ。そして、こうも思ったんだ。もしかすると、彼らの一人が私に会いに来てくれるかもしれない。そして数年後、本当に飛行機に乗って宮野がアルマトイにやってきたんだ――」

インタビューを終えてホテルの個室へと戻った後、私は五日間一度も交換されることがなかったベッドのシーツの上に横になりながら、スミルノフが心に抱き続けていた

「日本」とは一体何を意味していたのだろうか、と漠然とした意識のなかで考えた。日本を訪れた経験のないスミルノフにとって、「日本」という言葉が実際の国やそこに住む人々のイメージを含んでいたようには思えなかった。彼にとっての「日本」とは何だったのか。その設問ははからずも、私にとって「日本」とは何なのか、という私自身への問いにもつながっていった。

ベッドの上で思考をめぐらせているうちに、私は日本を出国する前に出会った一人の日本人研究者の言葉を思い起こしていた。

京都大学人文科学研究所教授の山室信一《やまむろしんいち》。満州国をテーマとするこの国の代表的な研究者であり、満州国の関連書籍のなかでは教科書的存在にもなっている『キメラ――満洲国の肖像』（中公新書）の著者でもある彼のもとを、私は建国大学をめぐる一連の取材に取りかかる前段階で訪れていた。

山室とはJR京都駅近くの新阪急ホテルのロビーで待ち合わせをした。「戦後の日本という国を先生はどのように捉えていますか」という私の漠然とした質問に、山室はふっと小さく笑ったように見えた。

「それはとても難しい質問ですね」と山室は言った。「私自身、まだそれを正確に捉える言葉を見つけ出せていないのかもしれません。でも……」

「でも？」

「私はそれを歴史のなかから学ぶことができるのではないかと信じています」

山室は著名な大学教授であるにもかかわらず、極めて謙虚でかつ実直な物の言い方をする人物だった。私が何かを質問する度に、時間をかけて「正しい言葉」を自らのなかに探しだし、それをわかりやすい言葉に変換して伝えてくれる。知識の提示に重点を置き、相手の側に理解を求めるのではなく、自らの能力によって相手のなかに知識や理論を伝達することを優先する、私がこれまで接してきたなかでは極めて希有な研究者だった。

「私はこんな風に考えています」と山室は私に言った。「私たちはもっと正しくかつての『日本』の姿を知る必要があるのではないかということです。日本や日本人はどうしても自国の近代史を『日本列島の近代史』として捉えがちです。一八九五年以降、日本は台湾を領有し、朝鮮を併合し、満州などを支配した。それらが一体となって構成されていたのが近代の日本の姿だったのに、日本人は戦後、日本列島だけの『日本列島史』に執着するあまり、植民地に対する反省や総括をこれまで十分にしてこなかった。日本人の植民地認識は近代の日本認識におけるある種の忘れ物なんです。そして、そんな『日本』という特殊な国の歴史のなかで、台湾、朝鮮、満州という問題が極度に集約されていたのが建国大学という教育機関だった、というのが私の認識であり、位置づけでもあります。政府が掲げる矛盾に満ちた五族協和を強引に実践する過程において、当時の日本人学生たちは初めて自分たちがやっていることのおかしさに気づくんです。そういうことを気づける空間は当時の日本にはほとんどなかったし、だから、それを満州で『実験』できていた意味は、当時としては我々が考える以上に大きいことではあった——」

「でも、失敗した」

「ええ、もちろん。彼らは必然的に失敗しました」と山室は言った。「私が満州国を研究していて強く思うのは、そこには善意でやっていた人が実に多かったということなのです。それがどうして歴史のなかで曲がっていくのだろうか、その失敗を私たちは歴史のなかから学び直さなければならない。来《きた》るべき時代に同じ轍《てつ》を踏んでしまうことになりかねないからです。人々が当時どのように悩み、なぜ失敗していったのか。今は建国大学を構想した石原莞爾についてもかなり批判的な人が多いけれども、石原もやはり悩みながら、そして失敗していった人だと思います。意図と結果。それを丁寧にたどっていかないと、満州をめぐる一連の問題は決して捉えることができないのです」

私が必死にメモを取っている姿を見て、山室は少しだけ話のスピードを遅くしてくれた。

「日本が過去の歴史を正しく把握することができなかった理由の一つに、多くの当事者たちがこれまで公の場で思うように発言できなかったという事実があります。終戦直後から一九八〇年代にかけて、満州における加害的な事実が洪水のように報道されたことにより、建大生を含めたかつての当事者たちは長年沈黙せざるを得ない状況に追い込まれてしまった。もっと当事者たちの声が聞かれていたら、満州国への認識なんかも変わったのではないかなと私は今思っています。もっとバランスの取れた歴史認識ができたんじゃないかと。それがようやく今になって、いくつかの証言が得られるようになってきました。私はよく学生たちに次のような表現で教えています。『歴史がせり上がってくるには時間が必要なのだ』と。歴史を客観的に見るためには相応の時間が必要なのです。だからといって、ただ時間の経過だけを待っていると、事実は確実に歴史の闇に埋もれていってしまう。今、メディアが必死になってかつての戦争経験者にマイクを向けていますが、あれは理にかなっているんです。人は亡くなる前に何かを残そうとする。自らの生きた証をこのまま歴史の闇に葬ってしまいたくないと。彼らは今、必死に残したがっているんです」

「私が建国大学を取材することは可能でしょうか」と取材前の私は山室に正直に尋ねた。

「もちろん、相当難しいと思います」と山室は言った。「必要な知識を積み重ねた上で、困難な手段をいくつか踏まなければいけませんから。でも、もしできるのだとすれば……」

山室は私の目を見て言った。

「今が最後のチャンスなのかもしれません」

アルマトイの最終日は調整日として空けていた。予定していた取材はすでに消化していたため、私はホテルで簡単な朝食を取った後、近くの公園に出向いて白樺《しらかば》の林のなかを散策したり、カザフスタンの国立中央博物館の館内を時間をかけて見学したりしながら時間を潰すことにした。

携帯電話が鳴ったのは昼過ぎだった。取材の進捗を尋ねる上司からの国際電話ではないかと思ったが、画面に表示されていたのはカザフスタン国内の番号だった。通話ボタンを押すと、聞き慣れた片言の日本語が飛び込んできた。

「ゲオルゲ・スミルノフです」と電話口の声は言った。「聞こえますか。スミルノフです」

私が挨拶をすると、スミルノフは少しかしこまった声で続けた。

「実は、ちょっとお話ししたいことがありまして……」

「どうぞ。私のできることでしたら」

「電話ではちょっと……。三浦さんは夕方ホテルにいらっしゃいますか」

スミルノフは電話では用件を伝えにくそうだったので、私たちは夕方四時にホテルのレストランで会うことにした。すでにインタビューは終了していたが、前夜取材ノートを見直した際に再取材したい点がいくつかあったので、私にとっても好都合だった。

午後四時、私がレストランの窓際の席で待っていると、スミルノフは小柄な女性を連れてホテルのロビーに現れた。よく見ると、連れ立っている女性は通訳のダナだった。スミルノフの背中に隠れるようにしてテーブルの間を歩いてくると、いつものように顔を真っ赤にして私の前で頭を下げた。

「コーヒーでいいですか」

ふたりがなかなか話を切り出そうとしないので、私はコーヒーが運ばれてくるまでの間、これまで取材に協力してくれたことへの感謝の気持ちをふたりに伝えた。おかげで非常にいい取材ができた、再会の写真についても紙面で大きく使えそうなものが撮れている、取材の状況を東京に報告したところ、反響の大きな連載企画になるのではないかとの見通しももらっている——。

「実はダナのことなんだ」とスミルノフは突然、私の会話を遮るようにして言った。「彼女のことで一つ相談に乗ってほしいんだ」

「どんな相談でしょう」と私はあえて表情を変えずに聞き返した。「私のできることなら、できる限りの協力はしますが……」

私はスミルノフの隣に座るダナの方へと視線を向けたが、彼女は席に座って以来、ずっと沈黙したまま下を向いているため、その表情からは何も読み取ることができなかった。

彼女の名を聞いて、私には一つだけ心当たりがあった。私はまだダナに通訳料を払っていなかった。当初、ダナには五日分の通訳料を私がカザフスタンを出国する前に支払うと約束していたが、アルマトイ滞在中に私の手持ちの米ドルが底をついてしまったため、彼女には日本に帰国した後に規定の通訳料を米ドルの小切手で郵送することで了承してもらっていた。あるいは、それを帰国前に払ってほしいというのであれば、今すぐに銀行に行ってクレジットカードで現金を引き出し、今日中にカザフスタン通貨で彼女に通訳料を支払おうと考えていた。

「彼女、勉強したいらしいんだ」とスミルノフは私の予想を完全に裏切って言った。

「勉強？」

「うん」とスミルノフは頷きながら言った。「日本語をもう一度勉強したいらしいんだ」

私は再びダナへと視線を向けた。女子高生のような二二歳は顔を真っ赤に染めたまま唇をきつく結んでいる。

「どうしてももう一度、日本で勉強をしてみたいらしいんだ」とスミルノフは繰り返した。「お願いというのは、その際、君にぜひ推薦状を書いてほしいということなんだ。入学を希望する日本の大学に提出するものと、奨学金を申請するためにカザフスタン政府に提出するものと。ダナからその相談を受けたとき、私も良い考えだと思ったんだ。

あなたは日本の新聞社に在籍している。そこに所属する現役の記者が推薦状を書くということは、きっと立派な生徒に違いない、と普通の人なら考えると思うんだ。カザフスタン人ならそう思う。そうすれば、またカザフスタン政府はダナに留学のチャンスを与えてくれるかもしれない……」

「お安い御用です」と私は言ったが、ふたりにはその言葉の意味が伝わっていないようだった。「わかりました」と私が慌てて言い直すと、ダナの表情にぱっと喜びの色が広がった。スミルノフが嬉しそうにダナの細い肩を叩くと、ダナはスミルノフを見上げ、ロシア語で何かを言った。

「推薦状、僕で良かったら、何通でも書きますよ」と私は急に嬉しくなって、思わず饒舌になって言った。「英語でも日本語でも、ちょっと勉強すれば、ロシア語でも書けるかもしれない。こんなに一生懸命通訳をしてくれたダナのためだもの、もし、僕の名前で不十分だったら、会社の上司に頼んでもいいし、出身大学の教授にだって頼んであげる」

下を向いているのでわからなかったが、ダナは涙ぐんでいるようだった。繰り出される彼女の日本語がだいぶ聞き取りにくくなっていた。

「私は……」とダナは泣きじゃくりながら一生懸命話した。「カザフスタンの大学で日本語を勉強していたとき、日本のドラマや映画を見ながら、『ああ、なんて素敵な国なんだろうな』といつも日本に憧れていました。日本語を少し理解できるようになって、留学生として日本で勉強できることが決まったとき、人生でこんなに幸せなことがあっただろうかと思えるくらい、私、嬉しかったんです。でも、私、ダメだった……。せっかく日本に行けたのに、日本人の友達が一人しかできませんでした。日本語の授業は毎日出たけれど、日本人と話す勇気が持てなくて、いつもカザフスタンの留学生と一緒にごはんに行ったり、映画に行ったり……。結局、日本のことがあまりよくわからないまま一年が終わってしまって……」

私は何も言わずに彼女の言葉を待った。

「でも、私、もう一度やってみたいんです」とダナは言った。「日本に行って、もっともっと日本語を話せるようになりたい、そう思ったんです。もっと日本のことをたくさん知りたい、今度こそ、日本の友達を作ってみたい……」

「頑張れ、ダナ」とスミルノフがつぶやくように言った。「『頑張れ、頑張れ』だ。いっぱい勉強して、いっぱい親友を作ってこい」

涙をこらえて懸命に話す二二歳の女性の横で、八五歳の老人がやはり涙をこらえて天井を仰ぎ見ていた。私は心が温かくなってふたりに何かを伝えようと思ったが、すぐには言葉が見つからなかった。

「私は全力で応援するぞ」とスミルノフが突然大きな声を張り上げて言った。

「よし、僕も応援する」と私も負けじと声を張り上げた。

「日本かぁ」とスミルノフは音量を落とさずに周囲に聞こえるような声で言った。「どんな国なのか、一度でいいから行ってみたかった。ダナよ、私の代わりにしっかりと見てきておくれ。真っ白い雪の帽子をかぶった富士山や、奈良の大仏や、皇居にかかる日本人が大好きな二重橋や――」

ダナは目を真っ赤に腫らし、下を向いて泣いている。

「これ以上の幸せがあるのだろうか」とスミルノフは誰に問いかけるでもなく言った。

「人生の最後に古い友人がはるばる遠くの国から私を訪ねてきてくれた。そして今、ここに私の夢を受け継いで日本に行きたいという若者がいる。私は今、最高に幸せだ。神よ、あなたは私に最高の人生を与えてくれた――」

スミルノフは両目いっぱいに涙を溜《た》めて、満面の笑顔で微笑んでいた。

あとがき

この作品については、取材や執筆の経緯について若干の説明が必要だと思う。

まず本書を構成する大部分の内容については、私が二〇一〇年四月から二〇一一年二月にかけて、所属新聞社の都内版担当記者として取材した事実に基づいている。そのうち海外で暮らす建国大学出身者を扱った部分については、二〇一〇年秋、同新聞社の夕刊総合面で計四回の連載記事として紹介した。

夕刊という限られた地域での掲載だったにもかかわらず、連載には多くの読者から反響が寄せられた。これをきっかけに、私は海外だけではなく、日本各地に散らばっている建国大学出身者たちの知られざる戦後についても記録として残したいと考え、ルーティーンの合間を縫って取材や執筆に取り組んだ。

当初は半年後の二〇一一年夏までに完成させる予定だったが、二〇一一年三月に東日本大震災が発生し、私は直後に被災地への赴任を命じられたため、任期中の一年間は一切原稿に向き合うことができなかった。ところがその後、私は偶然にも米国留学の機会を得たため、約一年の間、夜の二時間ほどを使って大学の図書館で執筆を進めた。よって、この作品は全体の三分の一が東京・国立の古民家で、三分の一が米コロンビア大学の図書館で、残りの三分の一が帰国後の神奈川・葉山《はやま》の借家で執筆されている。

初稿は取材開始から約四年が過ぎた二〇一四年一月に完成した。

ところが、直後にいくつかの問題が持ち上がった。

私は職業記者として取材した内容については十分な裏付けを取った上で記事化・作品化することを信条としている。多くの場合、取材に協力していただいた本人に草稿を読んでいただき、事実関係や物事の理解に誤りがないか、事前にチェックを受けるように心がけている。

しかし、今回の場合、取材から四年の月日が流れてしまったことにより、取材に応じていただいた多くの方がすでに鬼籍に入られていた。具体的には、作品に登場していただいた村上和夫さん、藤森孝一さん、百々和さん、ウルジン・ダシニャムさん、李水清さん、桑原亮人さんが二度とお会いできない方になっていた。

建国大学出身者の方々への取材には、常に「曖昧さ」に関する問題がつきまとった。一連の取材では、取材対象者のほとんどが八五歳以上という超高齢者だったため、証言内の事象の前後が入れ替わったり、詳細を取り違えていたりするという「勘違い」が頻繁に起きた。さらには、公安当局の監視を恐れるあまり、取材時の録音を拒否した上で、大事なところをぼかしたり、明らかに事実とは違う事象を証言したりするなど、記録としては成立し得ない対象者も何人かいた。

私は公表されている資料などをもとに、彼らの「曖昧さ」をなるべく排除した形で執筆を進めたが、完成した原稿を読み返してみたとき、その作業にも限界があることを認めざるを得なかった。私は数週間熟考した上で原稿の作品化を断念し、原稿は取材について当初から様々な意見やアレンジをしていただいた建国大学同窓会の方々に上納することで、自らにけじめをつけることにした。

ところが、彼らは原稿をすぐに受け取ってはくれなかった。「せっかくここまで書いていただいたのだから」と建国大学同窓会として原稿を預かり、事実や証言の裏付けをとるべく、かつての同窓生に原稿を送って意見を募ったり、故人の遺族に事実の確認を求めたりして、膨大な原稿の裏付け作業を自ら進めてくださったのだ。確認作業は数カ月に及び、多大な労苦の上に一応の完成稿ができあがったのは二〇一四年八月だった。

しかし、その確認作業のなかでも、新たな懸念が持ち上がった。原稿が作品化されることによって、現在も厳しい監視の下に置かれている海外の同窓生たちに当局の追及が及ぶのではないか、という作品が有する「加害性」に関する問題だった。

作品に登場していただいた海外の同窓生にも原稿を送り、事実の確認や意見を求めたが、すでにお亡くなりになっていたり、入退院を繰り返していて連絡がつかなかったりして、明確な心証をつかむことができなかった。彼らが語った証言には明らかに事実とは異なる部分も含まれていたため、同窓生の中には「これらの誤った証言こそが、彼らがいまだに自らの過去を明らかにできない状況に置かれていることの表れではないのか」と作品化に否定的な方も少なくなかった。

どう対処すべきか、建国大学同窓会の幹部の方々と色々と議論を交わしていたちょうどそのとき、原稿の確認を依頼していた元中国人学生の楊増志さんから、原稿の直しではなく、次のような漢詩が届いた。

人道七十古来稀
老夫欣迎九十七
——人生七〇古来稀なり、まして今や九七歳、歓《よろこ》びに堪えない

難得糊塗度歳月
一生坎坷有誰知
——これまでぼんやりと年月を重ねたことなどなかった。私が不遇な一生を送っていることは誰も知るまい

少壮拋顱為抗日
受尽酷刑判無期
——若くて元気な頃は抗日活動に没頭した。あらゆる拷問を受け、無期懲役の判決を受けた

我受酷刑灌涼水
十人受灌九人死
——水を無理やり飲ませられる拷問も受けた。一〇人がこの拷問を受け、私を除く九人が亡くなった

更由日憲転監獄
　監獄頓成日本的

――私は日本憲兵隊の手によって監獄へと送られた。監獄はこれを機に日本式の監獄となった

看守換成日軍警
　身佩戦刀逞威凶

――看守も日本軍の刑務官に代わった。軍刀を提げ、居丈高に横暴を働いた

我友被砍身潰爛
　由瘋致死被拋屍

――学友の一人は身を叩き切られ、傷口は爛《ただ》れてしまった。そして常軌を逸した言動者として殺され、遺体は放置された

我輩被押独居監
　独居非死即身残

――私は独居監に収容されたが、それは死を意味した

吃橡子面喝狗湯
　睡小面　脚対頭

――独居監では団栗《どんぐり》を挽《ひ》いた粉を食べ、狗肉汁《くにくじる》を飲んだ。寝るときは二人が自分の足と相手の頭を互いに向き合わせて寝るよう強制された

飢寒交迫又鞭笞
　罄竹難書残暴事

――飢えと寒さに襲われ、鞭打《むちう》ちの刑も受けた。その残虐のほどは竹を使い果たしても書き尽くせないほどだ

日寇終有滅亡時
　日皇投降我獲釈
勝利之后将喘息
　国共内戦硝煙起
兄弟血戦経三載
　一逃台湾一称帝
我因包庇一故友
　反革命罪再入獄
努力奮闘争改造
　十年徒刑七年釈
誰知回到社会里
　歴次運動当靶子

——日本はついに滅亡の日を迎えた。天皇降伏の報があって私は釈放され、自由の身となった
——日本に勝利し、一息入れて休養した。しかし、それも束《つか》の間《ま》、今度は国共内戦が始まり、戦闘は激化した
——同胞同士の内戦を経て、蔣介石は台湾に逃れ、毛沢東は中華人民共和国の主席となった
——私といえば、旧友を庇《かば》った廉《かど》で反革命の罪を負い、再度入獄を余儀なくされた
——懸命に思想改造に努めた。その甲斐《かい》あってか、懲役一〇年が服役七年で釈放された
——しかし、知る人はおるまいが、娑婆《しゃば》に戻って来ても、過去携わった幾多の政治運動が槍玉《やりだま》に挙げられた

交不完的心贖不完的罪
　朝掃公厠晩学習
浮雲終無遮日日
　一九七八摘帽子
従此不再受管制＊
　工大聘我当講師
寄語同慶諸賢哲
　人間正義指津迷

——心の底まで洗いざらい白状せず、贖罪《しょくざい》も不完全という罪で処罰され、朝は公衆便所の掃除、晩は思想学習を科せられた
——浮雲が終《つい》に日光を遮らなくなった日がやってきて、一九七八年、私は帽子を脱ぎ、汚名を濯《そそ》いだ
——以来、再び管制処分を受けることはなくなった。工業大学に招聘されて日本語の講師となった
——ここに一言寄せて諸賢哲と共に慶《よろこ》ぶ一方、世上云うところの正義では行く手に迷うのではないかと
（七期生　鈴木昭治郎氏訳）

＊管制——一定期間（三カ月以上二年以下）、一定の自由（表現活動や移動・面会など）を制限して、公安機関の監督下で社会生活を送らせる中国独特の刑罰

同窓生の方に訳していただき、叫びにも似た漢字の羅列の意味を知ったとき、私はど

のような形であれ、建国大学出身者たちの記録を世の中に残したいと思った。同窓会の幹部の方々と何度も話し合い、仮に作品として世に出す際には、現在も厳しい環境の下で寝起きしているとみられる同窓生については仮名を使用し、本人や家族に迫害が及ばないよう、事実関係をぼかしたり若干変更したりする次善策を取ることで記録として残すことに合意した。仮名を用いたり事実を変更したりした作品が「ノンフィクション」と呼べるかどうかについては今も自信が持てないが、作品はこれらの過程や思いを含んでいることをここに明記しておきたい。その後、先輩諸氏のアドバイスに従って集英社などが主催する「第一三回開高健《かいこうたけし》ノンフィクション賞」に応募したところ、本賞を受賞し、書籍化への道が開けた。

最後に私自身のその後の進路と執筆者としての感想を少し述べたい。

私は建国大学に関する一連の取材・執筆を終えた後、海外特派員として南アフリカのヨハネスブルクに赴任した。現在はアフリカ特派員として北アフリカを除くサハラ砂漠以南の計四九カ国を担当している。本作品のタイトルの中の「虹」は、アパルトヘイトを克服した南アフリカの故ネルソン・マンデラ元大統領が、人種や民族の違いを超えた多民族国家を目指そうと、南アフリカを複数の色が合わさってできる「レインボー・ネーション」（虹の国）に例えた歴史的な演説から借りている。彼が掲げた理想はまさに、建国大学卒業生たちが目指したものと同じ、「民族協和」の実現だったからだ。

ただ、理想は今も実現していない。アパルトヘイト廃止から二〇年が過ぎた今でも、この国では白人と黒人が、富裕層と貧困層が、互いに憎しみ合って暮らしている。

アフリカで生活を送る上で私が日々痛感していること。それは異文化の中で生活することはとても大変で、異民族同士が互いにわかりあうということは極めて難しい行為だということだ。

アフリカは狩猟民族の大陸、いわば弱肉強食の世界でもある。そこに農耕民族である日本人の私がのこのこと入っていって話し合いや譲り合いの精神で物事を前に進めようとしても、あらゆることがうまくいかない。日々衝突し、挫折し、泥酔し、また朝を迎えると再び衝突を繰り返すといった日々を続けている。

そんな困難な日常のなかで、ふと、もしかするとこれらの生活は、かつて建国大学の卒業生たちが当時向き合っていたものと同じようなものなのかもしれないな、と思うときがある。異文化のなかで、異民族の人々と共に生きようとする限り、私たちは衝突を避けては通れないし、そのなかでしか相手を理解したり、何かを学んだりすることができない。衝突のないところに、相互の理解は生まれない。そう信じて衝突を繰り返しながら、今では私も少しずつアフリカでの生活が送れるようになってきた。

執筆を終えた今、私は建国大学は日本の帝国主義が生み出した未熟で未完成な教育機関だったと思っている。設立時こそは海外から著名な学者を招聘すると豪語していたものの、実際には教職員の九割が日本人で占められていたし、語学においても日本語を共通語としたために日本人学生の中国語の能力はいっこうに向上しなかった。開学数年後には神道や天皇崇拝の強制も始まり、中国人学生が反満抗日運動を理由に憲兵隊に検挙された後は事実上の大学トップを軍出身者が握るなど、当初の崇高な理念は物理的な閉学を待たずにすでに崩壊していたと言っていい。

しかしその一方で、「五族協和」の理念を現実のものとすべく、全身全霊でぶつかっていった当時の若者たちはどうだったか。国策として外国との接触を禁じ、小さな島国に守られて自らの価値観のみで物事を前に推し進めようとしていた当時の大多数の日本人のなかで、彼らは新たな秩序や価値観を生み出すために広大な満州へと渡り、異民族の若者たちとの共同生活のなかで必死に生き残る道を模索しようとした。彼らは生きるために知ろうとした。そのためには広い世界に飛び出して、自ら傷つく道を選ぶしか方法がなかったのだ。

彼らが満州の大空にかけようとした「五色の虹」は、内包する理念の欠陥により必然的に崩壊し、無数の悲劇を戦後に残した。しかしその一方で、彼らが当時抱いていた「民族協和」という夢や理想は、世界中の隣接国が互いに憎しみ合っている今だからこそ、私たちが進むべき道を闇夜にぼんやりと照らし出しているのではないか。日本から遠く離れたアフリカの大地で、私は今そんなことを考えている。

「衝突を恐れるな」とある建国大学出身者は言った。「知ることは傷つくことだ。傷つくことは知ることだ」

彼らの言葉が、私のその後の進路を決定づけた。

この作品は多くの方々の支援とご理解によって完成の日を迎えることができました。特に取材・執筆の全般を支えて頂きました建国大学同窓会の方々には相応の感謝の言葉が見当たりません。とりわけ、窓口役になって頂いた鈴木昭治郎さんと長野宏太郎さんには、最後の最後まで事実の裏付けや確認作業に奔走して頂きました。

また、建国大学研究の先駆者である国際基督教大学の宮沢恵理子さんや満州国研究の大家である京都大学人文科学研究所の山室信一教授、韓国報道のエキスパートである元朝日新聞ソウル特派員の前川惠司さんには、原稿を完成させる上で貴重なご意見を頂きました。出版に関しましては、集英社学芸編集部の出和陽子さんにご尽力頂きました。

巻尾に、執筆作業を陰ながら支え続けてくれた、外国の街の名を冠した妻と「稲」「絆」というふたりの娘へ。

三人よりも大切なものを私は知らない。

二〇一五年九月
野生動物の取材で訪れたケニア南西部のサバンナで
三浦英之

主要参考文献　（文中引用文も含む）

『建国大学年表』（湯治万蔵編、建国大学同窓会建大史編纂委員会、一九八一年、非売品）
『建国大学と民族協和』（宮沢恵理子、風間書房、一九九七年）
『キメラ――満洲国の肖像』（山室信一、中公新書、一九九三年）
『シベリア抑留――未完の悲劇』（栗原俊雄、岩波新書、二〇〇九年）
『道芝折々の記』（百々和、三和書房、二〇〇七年、非売品）
『自分史回想』（百々和、文芸社、二〇〇七年）
『戦争と国土　司馬遼太郎対話選集6』（司馬遼太郎、文春文庫、二〇〇六年）
『卞子　出口なき大地』（遠藤誉、読売新聞社、一九八四年）
『帰還せず――残留日本兵六〇年目の証言』（青沼陽一郎、新潮社、二〇〇六年）
『図説「満洲」都市物語』（西澤泰彦、河出書房新社、一九九六年）
『大連・旅順歴史散歩』（邸景一・荻野純一他、日経BPコンサルティング、二〇一〇年）
『それでも、日本人は「戦争」を選んだ』（加藤陽子、朝日出版社、二〇〇九年）
『蟻の兵隊――日本兵2600人山西省残留の真相』（池谷薫、新潮社、二〇〇七年）
『李香蘭　私の半生』（山口淑子・藤原作弥、新潮社、一九八七年）

『帰郷――満州建国大学朝鮮人学徒　青春と戦争』（前川惠司、三一書房、二〇〇八年）
『遺書』（森崎湊、図書出版社、一九七一年）
『ノモンハン戦争――モンゴルと満洲国』（田中克彦、岩波新書、二〇〇九年）
『満州事変から日中戦争へ』（加藤陽子、岩波新書、二〇〇七年）
『歓喜嶺――建国大学第一期生文集』（建国大学第一期生会、一九八九年、非売品）
『最終戦争論・戦争史大観』（石原莞爾、中公文庫、一九九三年）
『大いなる幻影――満州・建国大学』（水口春喜、光陽出版社、一九九八年）
『草原の記』（司馬遼太郎、新潮社、一九九二年）
『満洲建国大学物語――時代を引き受けようとした若者たち』（河田宏、原書房、二〇〇二年）
『寫眞集　建國大學』（坂東勇太郎編、建國大學同窓會、一九八六年）
『東北八年回顧録』（李水清、建国大学同窓会、二〇〇七年）
『タムガ村600日　キルギス抑留の記録』（宮野泰、新潟日報事業社、二〇一四年）
『白塔――満洲国建国大学』（小林金三、新人物往来社、二〇〇二年）
『歴史の闇に葬られた満州国のモンゴル人将軍』（駒村吉重、「新潮45」12月号、二〇〇一年）
『天山の小さな国・キルギス』（三井勝雄、東洋書店、二〇〇四年）
『上野英信・萬人一人坑――筑豊のかたほとりから』（河内美穂、現代書館、二〇一四年）
『満州脱出――満州中央銀行幹部の体験』（武田英克、中公新書、一九八五年）

『甘粕正彦　乱心の曠野』（佐野眞一、新潮社、二〇〇八年）
『散るぞ悲しき――硫黄島総指揮官・栗林忠道』（梯久美子、新潮社、二〇〇五年）
『あの戦争から遠く離れて――私につながる歴史をたどる旅』（城戸久枝、情報センター出版局、二〇〇七年）
『虹色のトロツキー』1～8（安彦良和、中公文庫、二〇〇〇年）

これらに加え、建国大学各期発行の文集や同窓会会報、朝日新聞、日本経済新聞、台湾日日新報などの新聞各紙を参考にしました。

作中には現在からみれば差別的とみられる表現・内容が含まれますが、当時の状況を正確に伝えること、資料的な価値を考え、そのままとしています。

また、引用元の明らかな誤字については修正をしています。

戦前の文献からの引用は現代仮名遣い、新字体に改めました。

第三章の『藤森日記』につきましては、生前、本人の了解を得た上で現代文的に修正し、掲載しています。

解説

梯　久美子

本書を私が初めて読んだのは、単行本として世に出て間もない頃だった。そのときの本は、いま私の本棚にない。新聞に書評を書いたあと、日本の近現代史を学んでいる年少の友人にぜひ読んでほしいと思い進呈したのだ。

書評を書くときは本を再読するが、その際、重要だと思う箇所に付箋を貼る。私は書き込みができるよう大きめの付箋を使っていて、気づいたことをメモしていく。本書はその数が多くなり、本を閉じると天の部分にびっしりと付箋が立つことになった。本を手放す前にそれらを一枚ずつはがしていったのだが、その作業にけっこうな手間がかかったのを憶《おぼ》えている。

今回、解説を依頼され、あらためて本を入手して読み直したところ、前回と同じくらいたくさんの付箋が立った。内容を忘れていたからではない。前回とはまた違った箇所に心を惹《ひ》かれ、感銘を受けることになったのだ。

書評を書いたときに多くの付箋を貼ることになったのは、本書を読むまで満州建国大学のことを知らなかったからである。私は以前、満州から引き揚げた開拓団の人たちが、戦後、群馬県や栃木県の原野を開墾して作った村を取材したことがあり、満州関係の資料をある程度は読んでいたのだが、この大学について見聞きしたことはなかった。だから、このようなエリート養成機関が満州に存在したことにまず驚いた。

このときの興味は、主として日本の近現代史の中で、この大学がどう位置づけられるかにあった。何のために、誰によって設立され、どのような教育がなされたのか。日中戦争から米英との開戦、そして敗戦へと国の運命が変転する中で、どんな経緯をたどって消滅したのか——。それらを知りたくて、ページをめくる手が速くなった。こうした疑問に答えてくれる箇所が現れるたびに、付箋を貼っていったのだ。

満州建国大学は、日中戦争の最中であった一九三八年、関東軍と満州国政府によって、当時の新京市（現・長春市）に作られた。目的は、将来の満州国の国家運営を担う人材を育成することで、学費も生活費も官費でまかなわれた。創立当時は合格定員一五〇名に対し、日本領および満州国内から二万人以上の志願者があったという。

「民族協和」の理念を掲げ、日本人、朝鮮人、中国人、モンゴル人、白系ロシア人から優秀な学生を選抜し、共同生活をさせた。形だけの国際化ではなく、日本人は定員の半分に制限された。学生たちは「塾」と呼ぶ二十数人単位の寮に振り分けられ、授業はもちろん、食事、睡眠、運動など、生活のすべてを異民族と共にした。出自に関係なく学生たちは対等で、言論の自由が認められていた。当時の状況ではごく例外的なことである。塾内での「座談会」と呼ばれた議論の場では、朝鮮人や中国人の学生が、日本政府を批判することもあったというから驚かされる。

この大学のコンセプトは、あの石原莞爾《いしわらかんじ》が提唱したものだったということも、考えてみればなるほどと思うのだが、その名を目にしたときは「へえ！」と声が出た。石原の『最終戦争論』はよく知られているが、建国大学は、来るべきアメリカとの最終戦争に勝ち抜くための戦略の一環として彼が構想した、国策大学だったというのである。

満州に関してはおびただしい数の出版物が世に出ているが、本書の第二章で著者は、建国大学について書かれた書籍が非常に少ないことを述べている。それは、日本の敗戦にともなう満州国の崩壊によって開学からわずか八年で消滅し、関係資料が焼却されてしまったためだけではないという。

戦後、祖国に戻った卒業生たちにとって、日本の傀儡《かいらい》国家を担うためのエリート教育を受けた事実は、その後の人生を根底から揺るがすことになった。この大学に在籍していたことが知れると、自身や家族の生命や安全を脅かされる事態になりかねなかったことから、彼らは記録を残すことを好まなかったのだ。

日本人学生の多くはシベリアへ送られ、帰国後も能力に見合った職に就くことができなかった。日本人以外の学生にはもっと過酷な運命が待ち受けていた。日本の帝国主義への協力者と見なされ、逮捕や拷問を受けたり、僻地《へきち》へ隔離されて強制労働を強いられた者もいたという（こうした事情からも、この大学の性格がどのようなものだったかがあぶり出されてくる）。

読み進むにつれて、それまで知らなかった事実が次々に歴史の闇の中から立ち上がってくることに興奮した。満州について、あるいは近現代史や戦史について少しでも興味・関心のある人なら、私と同じように、ページをめくる手が止まらなくなるに違いない。

書評を書いたとき、本書を多くの人に手に取ってほしかったこともあり、私はこうした「事実」を紹介することに力を注いだ。文字数の制約の中で「歴史の闇に消えた知られざる国策大学」の存在をまずは知らせようとしたのだ。だがそのために、私自身の読み方も、いささか駆け足の「お勉強」に近いものになってしまったかもしれないと、単行本の刊行から約二年を経たいま、あらためて思う。

今回、この解説を書くために再読して、あらたに付箋を貼ることになった箇所は、その多くが、著者が出会った老いた卒業生たちの姿であり、その言葉だった。

建国大学の存在を知った著者は、卒業生たちの戦後を追って旅をする。日本、中国、韓国、モンゴル、台湾、そしてカザフスタン。私たち読者は、臨場感ある筆にみちびかれてその旅に同行し、いくつもの忘れがたい場面を、著者とともに目撃することになる。

たとえば、中国の大連での、一期生の楊増志へのインタビュー。在学中の彼は反満抗日運動の地下組織のリーダーで、のちに関東憲兵隊司令部によって逮捕されている。旧・大連ヤマトホテル、現在の大連賓館で著者と会った楊は、建国大学に入学した経緯や、そこでの経験を話し始める。それまでの取材は日本人の卒業生が対象であり、彼は著者が最初に取材した外国人の卒業生である。

彼の話によれば、大学ではマルクスやレーニン選書などの禁書だけでなく、孫文や蔣介石、さらには毛沢東の著作まで閲読することが許されていたというから驚く。それらを手分けして書き写し、回し読みした彼ら中国人学生は、学内で勉強会を開き、さらに新京にある各大学に活動を広げて抗日運動のネットワークを作っていくのである。

勾留され激しい拷問に耐えた楊は、差し入れの書類に建国大学の同塾の日本人学生たちの署名を見て動揺する。自分たちも嫌疑をかけられる危険を冒して、彼らは政治犯である自分に差し入れしてくれたのだ。当時の心情を語った「日本は私の心をどこまで引き裂こうというのだ……」という楊の言葉からは、若者たちがともによりよい世界を夢見て心を通わせた時間があったことが伝わってくる。同時に、歴史の非情さは、それを美談にするのを許さないことも。

〈その夜、楊は収監されてから初めて泣いた。心の底から日本を呪い、その一方で彼らにもう一度会いたいと思った〉と本文にある。この矛盾した思いは、建国大学の矛盾の象徴でもある。こうした複雑な関係性と心情が、いたずらに読者の感情を煽《あお》ることをしない、平静な筆致で描かれているところが、本書の厚みを増している。歴史の矛盾が個々の人間の肩にのしかかり、その人生を苦難に満ちたものにするという事実が、静かに伝わってくるのである。

自らの半生を語っていく楊の言葉を断ち切るように、楊に付き添っていた男の携帯電話が鳴り、それを境に取材現場の空気が一変する。そしてインタビューは突然断ち切られるのである。不都合な事実が語られるのを阻止しようとする中国当局による介入だった。

無理やり席を立たされ、タクシーに押し込まれる楊。だがその前に彼は、写真を撮りたいという著者に、さえぎる男の手を振り払って、「早く、しっかり撮ってください」と大声で言う。そしてカメラの前で背筋をピンと伸ばし、微笑《ほほえ》みを浮かべるのである。

中国での二人目の取材相手である七期生の谷学謙へのインタビューは、直前に中止になる。やはり当局の介入である。苦難の末に中国における日本語研究の権威となり、中国国内でスムーズに取材できるよう根回しをしてくれた谷であっても、当局の警戒と監視を免れることはなかった。盗聴されているに違いない電話で、最後に谷が語った悲痛な言葉からは、記録が記憶になり、やがて歴史となっていくことを知り尽くした中国という国家の、個人史をローラーで押し潰していくような非情さが見え隠れする。

このあとに続く旅の中でも、著者は鮮烈な印象を残す場面や言葉に数多く出会う。その体験をともにすることで、私たちは、あの時代といまは地続きであること、歴史は過去の物語ではなく、現在を侵食し、未来に影響を及ぼすものであることを、リアリティをもって知ることができるのである。

本書は、他民族の目から見た満州国を描き出し、私たち日本人が満州国とは何だったのかを考えるときに抜け落ちてしまいがちな視点を示してくれる。いま自分たちが立っている場所からのみ過去を見渡すとき、取りこぼすものがあることを、私自身、あらためて気づかされる思いがした。

ひとりひとりの人生の断面に光を当てることで、個人史と歴史が交わる瞬間を読者に提示し、人間が生きるとはどういうことなのかを、本書はありありと見せてくれる。そこに、報告や記録にとどまらない、作品としての価値がある。

歴史を、生身の人間の営みとして描くことができるかどうか。研究書でも評論でもない、ノンフィクションの死命を制するのはそこだと私は考えている。そのために書き手に必要なものは、過酷な運命を背負った人々の、人生の重さと対峙《たいじ》する覚悟とエネルギーであるが、本書からは確かにそれを感じることができた。

登場する人物ひとりひとりの記述は短いが、著者のたしかな描写によって、彼らがたどった長い人生のきびしさを、私たちは推し量ることができる。そしてそれが、ただ過酷なだけではなく、豊かさを含んだものだったことも、静かに降る雨が土壌にゆっくりとしみとおるように、理解できるのである。

（かけはし・くみこ　作家）

五頁、七～一三頁写真　『寫眞集　建國大學』（建國大學同窓會）より

六頁写真　（株）アマナイメージズ
（株）朝日新聞社（辻政信）

口絵写真　（株）朝日新聞社　撮影／越田省吾（山口淑子）
三浦英之（ほか全て）

写真頁デザイン・地図作成　鈴木成一デザイン室

本書は、二〇一五年十二月、集英社より刊行されました。

集英社文庫　目録（日本文学）

三浦綾子　残像
三浦綾子　石の森
三浦綾子　ちいろば先生物語(上)(下)
三浦綾子　明日のあなたへ　愛するとは許すこと
みうらじゅん　とんまつりJAPAN　日本全国とんまな祭りガイド
みうらじゅん　宮藤官九郎　どうして人はキスをしたくなるんだろう？
みうらじゅん　宮藤官九郎　みうらじゅんと宮藤官九郎の世界全体会議
三浦しをん　光
三浦しをん　のっけから失礼します
三浦英之　五色の虹　満州建国大学卒業生たちの戦後
三浦英之　南三陸日記
三浦英之　水が消えた大河で　ルポJR東日本・信濃川不正取水事件
三浦英之　帰れない村　福島県浪江町「DASH村」の10年
三浦英之　白い土地　ルポ 福島「帰還困難区域」とその周辺
三木卓　柴笛と地図
三崎亜記　となり町戦争
三崎亜記　バスジャック
三崎亜記　失われた町
三崎亜記　鼓笛隊の襲来
三崎亜記　廃墟建築士
三崎亜記　逆回りのお散歩
三崎亜記　手のひらの幻獣
三崎亜記　名もなき本棚
水上勉　故郷
水上勉　働くことと生きること
水谷竹秀　日本を捨てた男たち　フィリピンに生きる「困窮邦人」
水谷竹秀　だから、居場所が欲しかった。　バンコク、コールセンターで働く日本人
水野宗徳　さよなら、アルマ　戦場に送られた犬の物語
未須本有生　ファースト・エンジン
水森サトリ　でかい月だな
三田誠広　いちご同盟
三田誠広　春のソナタ
三田誠広　永遠の放課後
道尾秀介　光媒の花
道尾秀介　鏡の花
道尾秀介　N
三津田信三　怪談のテープ起こし
美奈川護　ギンカムロ
美奈川護　弾丸スタントヒーローズ
美奈川護　はしたかの鈴　法師陰陽師異聞
湊かなえ　白ゆき姫殺人事件
湊かなえ　ユートピア
湊かなえ　カケラ
湊かなえ　ダイヤモンドの原石たちへ　湊かなえ作家15周年記念本
宮内勝典　ぼくは始祖鳥になりたい
宮内悠介　黄色い夜
宮尾登美子　影絵
宮尾登美子　朱夏(上)(下)

集英社文庫　目録（日本文学）

集英社文庫　目録（日本文学）

村上　龍　ラッフルズホテル
村上　龍　すべての男は消耗品である
村上　龍　龍言飛語
村上　龍　エクスタシー
村上　龍　昭和歌謡大全集
村上　龍　KYOKO
村上　龍　はじめての夜 二度目の夜 最後の夜
村上　龍　メランコリア
村上　龍／中田英寿　文体とパスの精度
村上　龍　タナトス
村上　龍　2days 4girls
村上　龍　69 sixty nine
村田沙耶香　ハコブネ
村山由佳　天使の卵 エンジェルス・エッグ
村山由佳　もう一度デジャ・ヴ
村山由佳　野生の風
村山由佳　きみのためにできること
村山由佳　キスまでの距離 おいしいコーヒーのいれ方Ⅰ
村山由佳　青のフェルマータ
村山由佳　僕らの夏 おいしいコーヒーのいれ方Ⅱ
村山由佳　彼女の朝 おいしいコーヒーのいれ方Ⅲ
村山由佳　翼 cry for the moon
村山由佳　雪の降る音 おいしいコーヒーのいれ方Ⅳ
村山由佳　緑の午後 おいしいコーヒーのいれ方Ⅴ
村山由佳　遠い背中 おいしいコーヒーのいれ方Ⅵ
村山由佳　夜明けまで1《ワン》マイル somebody loves you
村山由佳　坂の途中 おいしいコーヒーのいれ方Ⅶ
村山由佳　優しい秘密 おいしいコーヒーのいれ方Ⅷ
村山由佳　聞きたい言葉 おいしいコーヒーのいれ方Ⅸ
村山由佳　天使の梯子
村山由佳　夢のあとさき おいしいコーヒーのいれ方Ⅹ
村山由佳　ヘヴンリー・ブルー
村山由佳　蜂蜜色の瞳 おいしいコーヒーのいれ方 Second Season Ⅰ
村山由佳　明日の約束 おいしいコーヒーのいれ方 Second Season Ⅱ
村山由佳　約束 ―村山由佳の絵のない絵本―
村山由佳　消せない告白 おいしいコーヒーのいれ方 Second Season Ⅲ
村山由佳　凍える月 おいしいコーヒーのいれ方 Second Season Ⅳ
村山由佳　雲の果て おいしいコーヒーのいれ方 Second Season Ⅴ
村山由佳　彼方の声 おいしいコーヒーのいれ方 Second Season Ⅵ
村山由佳　遥かなる水の音
村山由佳　記憶の海 おいしいコーヒーのいれ方 Second Season Ⅶ
村山由佳　地図のない旅 おいしいコーヒーのいれ方 Second Season Ⅷ
村山由佳　放蕩記
村山由佳　天使の柩
村山由佳　La Vie en Rose ラヴィアンローズ
村山由佳　ありふれた祈り おいしいコーヒーのいれ方 Second Season Ⅸ
村山由佳　猫がいなけりゃ息もできない
村山由佳　晴れときどき猫背 そして、もみじへ

集英社文庫

五色《ごしき》の虹《にじ》 満州建国大学卒業生《まんしゅうけんこくだいがくそつぎょうせい》たちの戦後《せんご》

2017年11月25日 第1刷
2024年10月16日 第3刷

定価はカバーに表示してあります。

著 者 三浦英之《みうらひでゆき》

発行者 樋口尚也

発行所 株式会社 集英社
東京都千代田区一ツ橋2-5-10 〒101-8050
電話 【編集部】03-3230-6095
【読者係】03-3230-6080
【販売部】03-3230-6393(書店専用)

本文組版 株式会社ビーワークス

印 刷 大日本印刷株式会社

製 本 大日本印刷株式会社

フォーマットデザイン アリヤマデザインストア マークデザイン 居山浩二

ISBN978-4-08-745667-7 C0195